RAYMOND ROUSSEL

Impressions

d'Afrique

PARIS

ALPHONSE LEMERRE, ÉDITEUR

23-33, PASSAGE CHOISEUL, 23-33

M DCCCCX

DERNIÈRES PUBLICATIONS

Volumes in-18 jésus. Chaque volume : 3 fr. 50

Mme ADAM (Juliette Lamber)	*Nos Amitiés Politiques avant l'abandon de la Revanche*	1 vol.
BARBEY D'AUREVILLY	*Philosophes et Écrivains politiques et religieux*	1 vol.
MARCEL BARRIÈRE	La Dernière Épopée : *Le Monde noir.*	1 vol.
ADRIEN BERNHEIM	*Trente ans de Théâtre*	1 vol.
FRÉDÉRIC BERTHOLD	*L'Invincible.*	1 vol.
ÉMILE BLÉMONT	*Artistes et Penseurs.*	1 vol.
MARIE ANNE DE BOVET	*La folle Passion*	1 vol.
GAUTHIER FERRIÈRES	*Gérard de Nerval*	1 vol.
MAXIME FORMONT	*La Chambre vide.*	1 vol.
JEAN DE LA GRÈZE	*Dialogues des Vivants.*	1 vol.
MAURICE GRIVEAU	*Histoires d'Art.*	1 vol.
ABEL HERMANT	*Les Transatlantiques*	1 vol.
—	*Les Confidences d'une Biche.*	1 vol.
PAUL HERVIEU	*Le Réveil. — L'Énigme.*	1 vol.
EUGÈNE JOLICLERC	*Les Enchaînés.*	1 vol.
DANIEL LESUEUR	*Le Fils de l'Amant.*	1 vol.
—	*Madame l'Ambassadrice.*	1 vol.
MAURICE MAINDRON	Dans l'Inde du Sud : *Le Coromandel.*	1 vol.
— —	Dans l'Inde du Sud : *Le Carnatic.*	1 vol.
RENÉ MAIZEROY	*Le Feu de Joie.*	1 vol.
MAURICE MONTÉGUT	*Le Roi sans Trône*	1 vol.
— —	*Les Cadets de l'Impératrice.*	1 vol.
A. DE MUSSET	*Poésies.* Édit. illustrée.	2 vol.
—	*Comédies.* Édit. illustrée	3 vol.
—	*La Confession d'un Enfant du siècle.* Édit. illustrée	1 vol.
—	*Nouvelles.* Édit. illustrée.	1 vol.
—	*Contes et Nouvelles.* Édit. illustrée.	1 vol.
—	*Mélanges de Littérature.* Édit. ill.	1 vol.
CHARLES D'OLLONE	*Sœur Marie-Odile.*	1 vol.
OSSIT	*Cyrène.*	1 vol.
MARCEL PRÉVOST	*Pierre et Thérèse.*	1 vol.
RAYMOND ROUSSEL	*Impressions d'Afrique.*	1 vol.
A. DE SAINT-GERMAIN	*L'Aimant.*	1 vol.
REMY SAINT-MAURICE	*Les Ressuscités.*	1 vol.
ALBERT-ÉMILE SOREL	*La Carrière amoureuse de M. Montsecret.*	1 vol.
ANDRÉ THEURIET	*Colette.*	1 vol.
RENÉE D'ULMÈS	*Sibylle mère.*	1 vol.
CAMILLE VERGNIOL	*La Chute de l'Aigle.*	1 vol.

Paris. — Imp. A. LEMERRE, 6, rue des Bergers. — 3.-49j4.

Impressions d'Afrique

DU MÊME AUTEUR

La Doublure. 1 vol. in-18. . . . . 3 50
La Vue. 1 vol. in-18. . . . . 3 50

————

RAYMOND ROUSSEL

Impressions d'Afrique

FAC ET SPERA

PARIS

ALPHONSE LEMERRE, ÉDITEUR

23-33, PASSAGE CHOISEUL, 23-33

M DCCCCX

Impressions d'Afrique

—

I

ERS quatre heures, ce 25 juin, tout semblait prêt pour le sacre de Talou VII, empereur du Ponukélé, roi du Drelchkaff.

Malgré le déclin du soleil, la chaleur restait accablante dans cette région de l'Afrique voisine de l'équateur, et chacun de nous se sentait lourdement incommodé par l'orageuse température, que ne modifiait aucune brise.

Devant moi s'étendait l'immense place des

Trophées, située au cœur même d'Éjur, imposante capitale formée de cases sans nombre et
baignée par l'océan Atlantique, dont j'entendais
à ma gauche les lointains mugissements.

Le carré parfait de l'esplanade était tracé de
tous côtés par une rangée de sycomores cente-
naires; des armes piquées profondément dans
l'écorce de chaque fût supportaient des têtes coupées, des oripeaux, des parures de toute sorte
entassés là par Talou VII ou par ses ancêtres au
retour de maintes triomphantes campagnes.

A ma droite, devant le point médian de la
rangée d'arbres, s'élevait, semblable à un gui-
gnol géant, certain théâtre rouge, sur le fronton
duquel les mots « *Club des Incomparables* »; composant trois lignes en lettres d'argent, étaient
brillamment environnés de larges rayons d'or
épanouis dans toutes les directions comme autour d'un soleil.

Sur la scène, actuellement visible, une table
et une chaise paraissaient destinées à un conférencier. Plusieurs portraits sans cadre épinglés à
la toile de fond étaient soulignés par une éti-
quette explicative ainsi conçue : « *Électeurs de
Brandebourg* ».

Plus près de moi, dans l'alignement du théâtre
rouge, se dressait un large socle en bois sur
lequel, debout et penché, Naïr, jeune nègre de

vingt ans à peine, se livrait à un absorbant travail. A sa droite, deux piquets plantés chacun
sur un angle du socle se trouvaient reliés à leur
extrémité supérieure par une longue et souple
ficelle, qui se courbait sous le poids de trois
objets suspendus à la file et distinctement exposés comme des lots de tombola. Le premier
article n'était autre qu'un chapeau melon dont
la calotte noire portait ce mot : « PINCÉE » inscrit en majuscules blanchâtres; puis venait un
gant de Suède gris foncé tourné du côté de la
paume et orné d'un « C » superficiellement tracé
à la craie; en dernier lieu se balançait une légère
feuille de parchemin qui, chargée d'hiéroglyphes
étranges, montrait comme en-tête un dessin
assez grossier représentant cinq personnages
volontairement ridiculisés par l'attitude générale et par l'exagération des traits.

Prisonnier sur son socle, Naïr avait le pied droit
retenu par un entrelacement de cordages épais
engendrant un véritable *collet* étroitement fixé à
la solide plate-forme; semblable à une statue vivante, il faisait des gestes lents et ponctuels en
murmurant avec rapidité des suites de mots appris par cœur. Devant lui, posée sur un support
de forme spéciale, une fragile pyramide faite de
trois pans d'écorce soudés ensemble captivait
toute son attention; la base, tournée de son côté
mais sensiblement surélevée, lui servait de métier

à tisser; sur une annexe du support, il trouvait à portée de sa main une provision de cosses de fruits extérieurement garnies d'une substance végétale grisâtre rappelant le cocon des larves prêtes à se transformer en chrysalides. En pinçant avec deux doigts un fragment de ces délicates enveloppes et en ramenant lentement sa main à lui, le jeune homme créait un lien extensible pareil aux fils de la Vierge qui, à l'époque du renouveau, s'élongent dans les bois; ces filaments imperceptibles lui servaient à composer un ouvrage de fée subtil et complexe, car ses deux mains travaillaient avec une agilité sans pareille, croisant, nouant, enchevêtrant de toutes manières les ligaments de rêve qui s'amalgamaient gracieusement. Les phrases qu'il récitait sans voix servaient à réglementer ses manigances périlleuses et précises; la moindre erreur pouvait causer à l'ensemble un préjudice irrémédiable, et, sans l'aide-mémoire automatique fourni par certain formulaire retenu mot à mot, Naïr n'aurait jamais atteint son but.

En bas, vers la droite, d'autres pyramides couchées au bord du piédestal, le sommet en arrière, permettaient d'apprécier l'effet du travail après son complet achèvement; la base, debout et visible, était finement indiquée par un tissu presque inexistant, plus ténu qu'une toile d'araignée. Au fond de chaque pyramide, une

fleur rouge fixée par la tige attirait puissamment
le regard derrière l'imperceptible voile de la
trame aérienne.

Non loin de la scène des Incomparables, à
droite de l'acteur, deux piquets distants de
quatre à cinq pieds supportaient un appareil en
mouvement; sur le plus proche pointait un long
pivot, autour duquel une bande de parchemin
jaunâtre se serrait en épais rouleau; clouée solidement au plus éloigné, une planchette carrée
posée en plate-forme servait de base à un cylindre
vertical mû avec lenteur par un mécanisme d'hor-
logerie.

La bande jaunâtre, se déployant sans rupture
d'alignement sur toute la longueur de l'intervalle, venait enlacer le cylindre, qui, tournant sur
lui-même, la tirait sans cesse de son côté, au détriment du lointain pivot entraîné de force dans
le mouvement giratoire.

Sur le parchemin, des groupes de guerriers
sauvages, dessinés à gros traits, se succédaient
dans les poses les plus diverses; telle colonne,
courant à une vitesse folle, semblait poursuivre
quelque ennemi en fuite; telle autre, embusquée
derrière un talus, attendait patiemment l'occasion de se montrer; ici, deux phalanges égales
par le nombre luttaient corps à corps avec acharnement; là, des troupes fraîches s'élançaient

avec de grands gestes pour aller se jeter bravement dans une lointaine mêlée. Le défilé continuel offrait sans cesse de nouvelles surprises
stratégiques grâce à la multiplicité infinie des
effets obtenus.

*
* *

En face de moi, à l'autre extrémité de l'esplanade, s'étendait une sorte d'autel précédé de plusieurs marches que recouvrait un moelleux tapis ;
une couche de peinture blanche veinée de lignes
bleuâtres donnait à l'ensemble, vu de loin, une
apparence de marbre.

Sur la table sacrée, figurée par une longue
planchette placée à mi-hauteur de l'édifice et
cachée par un linge, on voyait un rectangle de
parchemin maculé d'hiéroglyphes et mis debout
près d'une épaisse burette remplie d'huile. A
côté, une feuille plus grande, faite d'un fort papier de luxe, portait ce titre soigneusement tracé
en gothique : « *Maison régnante de Ponukélé-*
Drelchkaff » ; sous l'en-tête, un portrait rond,
sorte de miniature finement coloriée, représentait deux jeunes Espagnoles de treize à quatorze
ans coiffées de la mantille nationale — deux
sœurs jumelles à en juger par la ressemblance
parfaite de leurs visages ; au premier abord,

l'image semblait faire partie intégrante du document ; mais à la suite d'une observation plus attentive on découvrait une étroite bande de mousseline transparente, qui, se collant à la fois sur le pourtour du disque peint et sur la surface du solide vélin, rendait aussi parfaite que possible la soudure des deux objets, en réalité indépendants l'un de l'autre ; à gauche de la double effigie, ce nom « SOUANN » s'étalait en grosses majuscules ; en dessous, le reste de la feuille était rempli par une nomenclature généalogique comprenant deux branches distinctes, parallèlement issues des deux gracieuses Ibériennes qui en formaient le suprême sommet ; une de ces lignées se terminait par le mot « Extinction », dont les caractères, presque aussi importants que ceux du titre, visaient brutalement à l'effet ; l'autre, au contraire, descendant un peu moins bas que sa voisine, semblait défier l'avenir par l'absence de toute barre d'arrêt.

Près de l'autel, vers la droite, verdissait un palmier gigantesque, dont l'admirable épanouissement attestait le grand âge ; un écriteau, accroché au tronc, présentait cette phrase commémorative : « *Restauration de l'empereur Talou IV sur le trône de ses pères* ». Abrité par les palmes, de côté, un pieu fiché en terre portait un œuf mollet sur la plate-forme carrée fournie par son sommet.

A gauche, pareillement distante de l'autel, une haute plante, vieille et lamentable, faisait un triste pendant au palmier resplendissant; c'était un caoutchouc à bout de sève et presque tombé en pourriture. Une litière de branchages, posée dans son ombre, soutenait à plat le cadavre du roi nègre Yaour IX, classiquement costumé en Marguerite de *Faust*, avec une robe en laine rose à courte aumônière et une épaisse perruque blonde, dont les grandes nattes, passées par-dessus ses épaules, lui venaient jusqu'à mi-jambes.

*
* *

Adossé à ma gauche contre la rangée de sycomores et faisant face au théâtre rouge, un bâtiment couleur de pierre rappelait en miniature la Bourse de Paris.

Entre cet édifice et l'angle nord-ouest de l'esplanade, s'alignaient plusieurs statues de grandeur naturelle.

La première évoquait un homme atteint mortellement par une arme enfoncée dans son cœur. Instinctivement les deux mains se portaient vers la blessure, pendant que les jambes fléchissaient sous le poids du corps rejeté en arrière et prêt à s'effondrer. La statue était noire et semblait, au premier coup d'œil, faite d'un seul bloc; mais le regard, peu à peu, découvrait une foule de rainures tracées en tous sens et formant généralement de nombreux groupes parallèles. L'œuvre, en réalité, se trouvait composée uniquement d'innombrables baleines de corset coupées et fléchies suivant les besoins du modelage. Des clous à tête plate, dont la pointe devait sans doute se recourber intérieurement, soudaient entre elles ces souples lamelles qui se juxtaposaient avec art sans jamais laisser place au moindre interstice. La figure elle-même, avec tous ses détails d'expression douloureuse et angoissée, n'était faite que de tronçons bien ajustés reproduisant fidèlement la forme du nez, des lèvres, des arcades sourcilières et du globe oculaire. Le manche de l'arme plongée dans le cœur du mourant donnait une impression de grande difficulté vaincue, grâce à l'élégance de la poignée, dans laquelle on retrouvait les traces de deux ou trois baleines coupées en courts fragments arrondis comme des anneaux. Le corps musculeux, les bras crispés, les jambes nerveuses et à demi ployées, tout semblait palpiter ou souffrir, par suite du galbe saisissant et parfait donné aux invariables lamelles sombres.

Les pieds de la statue reposaient sur un véhicule très simple, dont la plate-forme basse et les quatre roues étaient fabriquées avec d'autres baleines noires ingénieusement combinées. Deux rails étroits, faits d'une substance crue, rougeâtre et gélatineuse, qui n'était autre que du mou de veau, s'alignaient sur une surface de bois noirci et donnaient, par leur modelé sinon par leur couleur, l'illusion exacte d'une portion de voie ferrée; c'est sur eux que s'adaptaient, sans les écraser, les quatre roues immobiles.

Le plancher carrossable formait la partie supérieure d'un piédestal en bois, complètement noir, dont la face principale montrait une inscription blanche conçue en ces termes : « La Mort de l'Ilote Saridakis. » En dessous, toujours en caractères neigeux, on voyait cette figure, moitié grecque moitié française, accompagnée d'une fine accolade :

$$\text{DUEL} \left\{ \begin{array}{l} \text{ἦστον.} \\ \text{ἤστην.} \end{array} \right.$$

A côté de l'ilote un buste de penseur aux sourcils froncés portait une expression d'intense et féconde méditation. Sur le socle on lisait ce nom :

EMMANUEL KANT

Ensuite venait un groupe sculptural figurant une scène émouvante. Un cavalier à mine farouche de sbire semblait questionner une religieuse placée debout contre la porte de son couvent. Au second plan, qui se terminait en bas-relief, d'autres hommes d'armes, montés sur des chevaux bouillants, attendaient un ordre de leur chef. Sur la base, le titre suivant gravé en lettres creuses : « Le Mensonge de la Nonne Perpétue » était suivi de cette phrase interrogative : « Est-ce ici que se cachent les fugitifs ? »

Plus loin une curieuse évocation, accompagnée de ces mots explicatifs : « Le Régent s'inclinant devant Louis XV », montrait Philippe d'Orléans respectueusement courbé devant l'enfant-roi, qui, âgé d'une dizaine d'années, gardait une pose pleine de majesté naturelle et inconsciente.

Contrastant avec l'ilote, le buste et les deux sujets complexes offraient l'aspect de la terre cuite.

Norbert Montalescot, calme et vigilant, se promenait au milieu de ses œuvres, surveillant spécialement l'ilote, dont la fragilité rendait plus redoutable le contact indiscret de quelque passant.

Après la dernière statue, s'élevait une petite logette sans issues, dont les quatre parois, de largeur pareille, étaient faites d'une épaisse toile noire engendrant sans doute une obscurité absolue. Le toit, légèrement incliné suivant une pente unique, se composait d'étranges feuillets de livre, jaunis par le temps et taillés en forme

de tuiles; le texte, assez large et exclusivement
anglais, était pâli ou parfois effacé, mais certaines pages, dont le haut restait visible, portaient ce titre : *The Fair Maid of Perth*, encore
nettement tracé. Au milieu de la toiture se dé-
coupait un judas clos hermétiquement, qui, en
guise de vitrage, montrait les mêmes feuillets
colorés par l'usure et la vieillesse. L'ensemble de
la légère couverture devait répandre au-dessous
de lui une lumière jaunâtre et diffuse pleine de
reposante douceur.

Une sorte d'accord, rappelant, mais en très
atténué, le timbre des instruments de cuivre,
s'échappait à intervalles réguliers du centre de
la logette, en donnant le sentiment exact d'une
respiration musicale.

**
* *

Juste en face de Naïr, une pierre tombale,
placée dans l'alignement de la Bourse, servait
de support aux différentes pièces d'un uniforme
de zouave. Un fusil et des cartouchières se joignaient à cette défroque militaire, destinée, selon toute apparence, à perpétuer pieusement la
mémoire de l'enseveli.

Dressé verticalement derrière la dalle funéraire, un panneau tapissé d'étoffe noire offrait au regard une série de douze aquarelles, disposées trois par trois sur quatre rangs pareils étagés symétriquement. Grâce à la similitude des personnages, cette suite de tableaux paraissait se rattacher à quelque récit dramatique. Au-dessus de chaque image on lisait, en guise de titre, quelques mots tracés au pinceau.

Sur la première feuille, un sous-officier et une femme blonde en toilette tapageuse étaient campés au fond d'une luxueuse victoria; ces mots « Flore et l'adjudant Lécurou » indiquaient sommairement le couple.

Ensuite venait la « Représentation de *Dédale* », figurée par une large scène sur laquelle un chanteur en draperies grecques semblait donner toute sa voix; au premier rang d'une avant-scène, on retrouvait l'adjudant assis à côté de Flore, qui braquait sa lorgnette du côté de l'artiste.

Dans la « Consultation », une vieille femme vêtue d'une ample rotonde attirait l'attention de Flore sur un planisphère céleste épinglé au mur et tendait doctoralement l'index vers la constellation du Cancer.

La « Correspondance secrète », commençant une deuxième rangée d'épreuves, montrait la femme en rotonde offrant à Flore une de ces *grilles* spéciales qui, nécessaires pour déchiffrer certains cryptogrammes, se composent d'une simple feuille de carton bizarrement ajourée.

Le « Signal » avait pour décor la terrasse d'un café presque désert, devant lequel un zouave brun, attablé sans compagnon, désignait au garçon un large bourdon mû au faîte d'une église voisine; en dessous, on lisait ce dialogue bref: « Garçon, qu'est-ce que cette sonnerie de cloche? — C'est le Salut. — Alors, servez-moi un *arlequin.* »

La « Jalousie de l'Adjudant » évoquait une cour de caserne où Lécurou, levant quatre doigts de la main droite, semblait adresser une furieuse semonce au zouave déjà vu sur l'image précédente; la scène était brutalement accompagnée de cette phrase d'argot militaire : « Quatre crans! »

Placée en tête de la troisième rangée, la « Rébellion du *Bravo* » introduisait dans l'intrigue un zouave très blond qui, refusant d'exécuter un ordre de Lécurou, répondait ce seul mot « Non! » inscrit sous l'aquarelle.

La « Mort du Coupable », soulignée par le commandement « Joue! », se composait d'un peloton d'exécution visant, sous les ordres de l'adjudant, le cœur du zouave aux cheveux d'or.

Dans le « Prêt usuraire », la femme en rotonde réapparaissait pour tendre plusieurs billets de banque à Flore, qui, assise devant un bureau, semblait signer quelque reconnaissance de dette.

La rangée finale débutait par la « Police au Tripot ». Cette fois, un large balcon, d'où Flore se précipitait dans le vide, laissait voir, par certaine fenêtre ouverte, une grande table à jeu, entourée de pontes fort effarés par l'arrivée intempestive de plusieurs personnages vêtus de noir.

L'avant-dernier tableau, intitulé « La Morgue », présentait de face un cadavre de femme exposé derrière un vitrage et couché sur une dalle ; au fond, une châtelaine d'argent accrochée fort en évidence se tendait sous le poids d'une montre précieuse.

Enfin, le « Soufflet fatal » terminait la série par un paysage nocturne ; dans la pénombre on voyait le zouave brun giflant l'adjudant Lécurou, tandis qu'au loin, se détachant sur une forêt de mâts, une sorte de pancarte éclairée par un puissant réverbère montrait ces trois mots : « Port de Bougie ».

Derrière moi, fournissant un pendant à l'autel, une sombre bâtisse rectangulaire de très petites dimensions avait pour façade une grille légère aux minces barreaux de bois peints en noir ; quatre détenus, deux hommes et deux femmes de race indigène, erraient silencieusement à l'intérieur de cette prison exiguë; au-dessus de la grille, le mot « Dépôt » était inscrit en lettres rougeâtres.

A mes côtés se tenait le groupe nombreux des passagers du *Lyncée*, attendant debout l'apparition du défilé promis.

II

ientôt un bruit de pas se fit entendre; tous les regards se tournèrent vers la gauche, et par le coin sud-ouest de l'esplanade on vit s'avancer un étrange et pompeux cortège.

En tête, les trente-six fils de l'empereur, groupés par ordre de taille sur six rangs, composaient une phalange nègre présentant différents âges entre trois et quinze ans. Fogar, l'aîné de tous, placé derrière parmi les plus grands, portait dans ses bras un immense cube de bois, transformé en dé à jouer par un complet badigeonnage blanc semé de rondelles creuses peintes en noir. Sur un signe de Rao, indigène chargé de surveiller l'évolution du défilé, la troupe d'enfants se mit à longer à pas lents le côté de l'esplanade occupé par la Bourse.

Après eux venaient, en séduisante théorie, les dix épouses du souverain, gracieuses Ponukéléiennes remplies d'attraits et de beauté.

Enfin, l'empereur Talou VII parut, curieusement accoutré en chanteuse de café-concert, avec sa robe bleue décolletée formant, par derrière, une longue traîne, sur laquelle le numéro « 472 » se détachait en chiffres noirs. Sa face de nègre, pleine d'une énergie sauvage, ne manquait pas d'un certain caractère, sous le contraste de sa perruque féminine aux magnifiques cheveux blonds soigneusement ondulés. Il guidait par la main sa fille Sirdah, svelte enfant de dix-huit ans dont les yeux convergents se voilaient de taies épaisses, et dont le front noir portait une *envie* rouge affectant la forme d'un minuscule corset étoilé de traits jaunes.

Derrière, marchaient les troupes ponukéléiennes, composées de superbes guerriers au teint d'ébène, lourdement armés sous leurs parures de plumes et d'amulettes.

Le cortège suivait peu à peu la même direction que le groupe d'enfants.

En passant devant la sépulture du zouave, Sirdah, qui sans doute avait compté ses pas, s'approcha soudain de la pierre tombale, sur laquelle ses lèvres déposèrent doucement un long baiser empreint de la plus pure tendresse. Ce pieux devoir accompli, la jeune aveugle reprit affectueusement la main de son père.

Sur le point d'atteindre l'extrémité de l'esplanade, les fils de l'empereur, dirigés par Rao, tournèrent à droite pour longer le côté nord du vaste quadrilatère; parvenus à l'angle opposé, ils évoluèrent une seconde fois et redescendirent vers nous, tandis que le défilé, toujours alimenté à sa source par de nombreuses cohortes, suivait exactement leurs traces.

A la fin, les derniers guerriers noirs ayant fait leur entrée au moment où l'avant-garde enfantine touchait la limite sud, Rao fit dégager les abords de l'autel, et tous les nouveaux venus se massèrent en bon ordre sur les deux faces latérales, le visage tourné vers le point central de la place.

De tous côtés, une foule nègre, formée par la population d'Éjur, s'était rassemblée derrière les sycomores pour prendre sa part de l'attirant spectacle.

*
* *

Toujours réunis sur six rangs, les fils de l'empereur, gagnant le milieu de l'esplanade, s'arrêtèrent face à l'autel.

Rao prit dans les bras de Fogar le monstrueux dé à jouer, qu'il balança plusieurs fois pour le jeter en l'air de toute sa force; l'énorme cube, haut de cinquante centimètres, monta en tournoyant, masse blanche mouchetée de noir, puis, décrivant une courbe très fermée, vint rouler sur le sol avant de se poser. D'un coup d'œil, Rao lut le numéro *deux* sur la face supérieure, et, s'avançant vers la docile phalange, montra du doigt le second rang, qui seul demeura en place; le reste du groupe, ramassant le dé, courut se mêler à la foule des guerriers.

Talou, à pas lents, rejoignit alors les élus que le sort venait de désigner pour lui servir de pages. Bientôt, au milieu d'un profond silence, l'empereur se dirigeait majestueusement vers l'autel, escorté des six enfants privilégiés, qui portaient à pleines mains la traîne de sa robe.

Après avoir gravi les quelques marches con-

duisant à la table sommairement garnie, Talou
fit approcher Rao, qui tenait à deux mains, en le
présentant à l'envers, le lourd manteau du sacre.
L'empereur, se baissant, entra sa tête et ses bras
dans trois ouvertures ménagées au milieu du
tissu, dont les larges plis, en retombant, l'enve-
loppèrent bientôt jusqu'aux pieds.

Ainsi paré, le monarque se tourna orgueilleusement vers l'assemblée comme pour offrir à
tous les regards son nouveau costume.

L'étoffe, riche et soyeuse, figurait une grande
carte de l'Afrique, avec indications principales
de lacs, de fleuves et de montagnes.

Le jaune pâle des terres tranchait sur le bleu
nuancé de la mer, qui s'étendait de tous côtés
aussi loin que l'exigeait la forme générale du
vêtement.

De fines zébrures d'argent rayaient en zigzags
courbes et harmonieux la surface de l'Océan, afin
d'évoquer, par une sorte de schéma, la continuelle ondulation des vagues.

Seule, la moitié sud du continent était visible
entre le cou et les chevilles de l'empereur.

Sur la côte occidentale, un point noir, accompagné de ce nom « Éjur », était situé près de
l'embouchure d'un fleuve dont la source, assez
avant dans l'est, sortait d'un massif monta-
gneux.

Des deux côtés du vaste cours d'eau, une

immense tache rouge représentait les États du
tout-puissant Talou.

En manière de flatterie, l'auteur du modèle
avait reculé indéfiniment les limites d'ailleurs
mal connues de l'imposante contrée soumise à
un seul sceptre ; le carmin éclatant, largement
distribué au nord et à l'est, s'étendait au sud jusqu'à la pointe terminale, où les mots « Cap de
Bonne-Espérance » s'étalaient en grosses lettres
noires.

Au bout d'un moment, Talou se retourna vers
l'autel ; dans son dos, l'autre portion de l'étole
montrait la partie nord de l'Afrique tombant à
l'envers au milieu du même encadrement mari-
time.

La minute solennelle approchait.

Le monarque, d'une voix forte, commença la
lecture du texte indigène tracé à l'aide d'hiéroglyphes sur la feuille de parchemin dressée au
milieu de la table étroite.

C'était une sorte de bulle par laquelle, en
vertu de son pouvoir religieux, Talou, déjà empereur du Ponukélé, se sacrait lui-même roi du
Drelchkaff.

La proclamation achevée, le souverain prit la
burette destinée à figurer la sainte ampoule, et,
se plaçant de profil, répandit de l'huile sur l'ex-

trémité de sa main, pour se graisser ensuite le front avec le bout des doigts.

Il remit aussitôt le flacon à son poste, et, descendant les degrés de l'autel, atteignit en quelques pas la litière de feuillage ombragée par le caoutchouc. Là, le pied posé sur le cadavre d'Yaour, il poussa un long soupir de joie, levant triomphalement la tête comme pour humilier devant tous la dépouille du défunt roi.

En revenant après cet acte orgueilleux, il rendit à Rao l'épais manteau promptement enlevé.

Escorté de ses six fils qui, de nouveau, soulevaient sa traîne, il marcha lentement dans notre direction, puis tourna vers le théâtre des Incomparables pour se ranger devant la foule.

A ce moment les épouses de l'empereur s'avancèrent jusqu'au milieu de l'esplanade.

Rao les rejoignit bientôt, chargé d'une lourde terrine qu'il posa sur le sol parmi elles.

Les dix jeunes femmes s'affalèrent ensemble autour du récipient, plein d'un épais aliment noirâtre qu'elles mangèrent avec appétit en employant la main pour le monter jusqu'à leurs lèvres.

Au bout de quelques minutes, la terrine, entièrement vide, fut remportée par Rao, et les négresses, rassasiées, se mirent en place pour la *Luenn'chétuz*, danse religieuse qui, fort en honneur dans le pays, était spécialement réservée aux grandes solennités.

Elles commencèrent par quelques lentes évolutions mêlées de mouvements souples et onduleux.

De temps à autre elles laissaient échapper par leur bouche, largement ouverte, de formidables renvois qui, bientôt, se multiplièrent avec une prodigieuse rapidité. Au lieu de dissimuler ces bruits répugnants, elles les faisaient épanouir avec force, paraissant rivaliser par l'éclat et la sonorité à obtenir.

Ce chœur général accompagnant, en guise de musique, la pavane calme et gracieuse, nous révéla les vertus toutes particulières de la substance inconnue qu'elles venaient d'absorber.

Peu à peu la danse s'anima et prit un caractère fantastique, tandis que les renvois, en un puissant crescendo, augmentaient sans cesse leur fréquence et leur intensité.

Il y eut un moment d'impressionnante apogée, durant lequel les bruits secs et assourdissants rythmaient une diabolique sarabande; les ballerines fiévreuses, échevelées, secouées par leurs terribles rots ainsi que par des coups de poing, se croisaient, se poursuivaient, se contorsionnaient en tous sens, comme prises de vertigineux délire.

Puis tout se calma progressivement, et, après un long diminuendo, le ballet s'acheva sur un groupement d'apothéose, souligné par un accord final éternisé en point d'orgue.

Bientôt, les jeunes femmes, encore agitées par des hoquets tardifs, regagnèrent à pas lents leur place primitive.

** *
* **

Pendant l'exécution de la *Luenn'chétuz*, Rao s'était dirigé vers le côté sud de l'esplanade pour ouvrir la prison à un groupe de race noire comprenant une femme et deux hommes.

Maintenant une recluse seule errait encore derrière la grille épaisse.

Rao, se frayant un passage au milieu de nous, conduisit jusqu'à l'endroit piétiné par la danse les trois nouveaux venus, dont les mains étaient liées en avant.

Un silence angoissé pesait sur l'assemblée entière, émue par l'attente des supplices qu'allait subir le trio d'entravés.

Rao prit à sa ceinture une forte hache, dont

la lame, bien affûtée, était faite en un bois
étrange, aussi dur que le fer.

Plusieurs esclaves venaient de se joindre à lui
pour l'assister dans sa besogne de bourreau.

Maintenu par eux, le traître Gaïz-dûh fut enjoint de s'agenouiller, la tête baissée, pendant
que les deux autres condamnés demeuraient
immobiles.

A deux mains Rao brandit sa hache et, par
trois fois, frappa la nuque du traître. Au dernier
coup la tête roula sur le sol.

L'emplacement était resté indemne de toute
éclaboussure rouge, à cause du curieux bois tranchant qui, en pénétrant dans les chairs, produisait un effet d'immédiate coagulation sanguine,
tout en aspirant les premières gouttes dont l'effusion ne pouvait être évitée.

Le chef et le tronc offraient sur leur partie
sectionnée l'aspect écarlate et solide de certaines
pièces de boucherie.

On pensait malgré soi à ces mannequins de
féerie qui, habilement substitués à l'acteur
grâce au double fond de quelque meuble, sont
proprement découpés sur la scène en tronçons
pourvus à l'avance d'un trompe-l'œil sanguino-
lent. Ici, la réalité du cadavre rendait impressionnante cette rougeur compacte habituellement due à l'art d'un pinceau.

Les esclaves emportèrent les restes de Gaïz-dûh, ainsi que la hache légèrement maculée.

Ils revinrent bientôt déposer devant Rao un brasier ardent où rougissaient, par la pointe, deux longues tiges en fer emmanchées dans de grossières poignées de bois.

Mossem, le deuxième condamné, fut agenouillé face à l'autel, la plante des pieds bien exposée et l'ongle des orteils touchant le sol.

Rao prit des mains d'un esclave certain rouleau de parchemin qu'il déploya largement ; c'était le faux acte mortuaire de Sirdah, tracé jadis par Mossem.

A l'aide d'une immense palme, un noir activait sans cesse le foyer, plein de vigueur et d'éclat.

Plaçant un genou en terre derrière le patient et tenant le parchemin dans sa main gauche, Rao saisit dans le brasier une tige brûlante dont il appuya la pointe sur l'un des talons offerts à sa vue.

La chair crépita, et Mossem, agrippé par les esclaves, se tordit de douleur.

Inexorable, Rao poursuivit sa tâche. C'était le texte même du parchemin qu'il copiait servilement sur le pied du faussaire.

Parfois il remettait dans le foyer la tige en service, pour prendre sa pareille, toute rutilante au sortir des braises.

Quand la plante gauche fut entièrement couverte d'hiéroglyphes, Rao continua l'opération
sur le pied droit, employant toujours à tour de
rôle les deux pointes de fer rouge promptes à
se refroidir.

Mossem, étouffant de sourds rugissements,
faisait de monstrueux efforts pour se soustraire à
la torture.

Lorsque enfin l'acte mensonger fut recopié
jusqu'au dernier signe, Rao, se relevant, ordonna aux esclaves de lâcher Mossem, qui, pris
de convulsions terribles, expira sous nos yeux,
terrassé par son long supplice.

Le corps fut emmené, ainsi que le parchemin
et le brasier.

Revenus à leur poste, les esclaves s'emparè-
rent de Rul, Ponukéléienne étrangement belle,
seule survivante de l'infortuné trio. La condamnée, dont les cheveux montraient de longues
épingles d'or piquées en étoile, portait au-dessus
de son pagne un corset de velours rouge à demi
déchiré; cet ensemble offrait une frappante ressemblance avec la marque bizarre inscrite au
front de Sirdah.

Agenouillée dans le même sens que Mossem,
l'orgueilleuse Rul tenta en vain une résistance
désespérée.

Rao enleva de la chevelure une des épingles

d'or, puis en appliqua perpendiculairement la pointe sur le dos de la patiente, choisissant, à droite, la rondelle de peau visible derrière le premier œillet du corset rouge au lacet noueux et usé; puis, d'une poussée lente et régulière, il enfonça la tige aiguë, qui pénétra profondément dans la chair.

Aux cris provoqués par l'effroyable piqûre, Sirdah, reconnaissant la voix de sa mère, se jeta aux pieds de Talou pour implorer la clémence souveraine.

Aussitôt, comme pour prendre des ordres inattendus, Rao se tourna vers l'empereur, qui, d'un geste inflexible, lui commanda la continuation du supplice.

Une nouvelle épingle, prise dans les tresses noires, fut plantée dans le second œillet, et peu à peu la rangée entière se hérissa de brillantes tiges d'or; recommencée à gauche, l'opération acheva de dégarnir la chevelure en comblant successivement toutes les rondelles à lacet.

Depuis un moment la malheureuse ne criait plus; une des pointes, en atteignant le cœur, avait déterminé la mort.

Le cadavre, brusquement appréhendé, disparut comme les deux autres.

*
* *

Relevant Sirdah muette et angoissée, Talou se dirigea vers les statues alignées près de la Bourse. Les guerriers s'écartèrent pour laisser le champ libre, et, promptement rejoint par notre groupe, l'empereur fit un signe à Norbert, qui, s'approchant de la logette, appela sa sœur à haute voix.

Bientôt le judas pratiqué dans la toiture se souleva lentement pour se rabattre en arrière, poussé de l'intérieur par la main fine de Louise Montalescot, qui, apparaissant par l'ouverture béante, semblait se hisser progressivement sur les degrés d'une échelle.

Soudain elle s'arrêta, émergeant à mi-corps, puis se tourna en face de nous. Elle était fort belle dans son travestissement d'officier, avec ses longues boucles blondes qui s'échappaient librement d'un étroit bonnet de police incliné sur l'oreille.

Son dolman bleu, moulant sa taille superbe, était orné, sur la droite, d'aiguillettes d'or fines et brillantes; c'est de là que partait le discret accord entendu jusqu'alors à travers les parois de la logette et produit par la respiration même de la jeune femme grâce à une communication chirurgicale établie entre la base du poumon et l'ensemble des ganses recourbées servant à dissimuler de souples tubes libres et sonores. Les ferrets dorés, pendus au bout des aiguillettes comme des poids gracieusement allongés, étaient creux et munis intérieurement d'une lamelle vibrante. A chaque contraction du poumon une partie de l'air expiré passait par les conduits multiples et, mettant les lamelles en mouvement, provoquait une harmonieuse résonance.

Une pie apprivoisée se tenait, immobile, sur l'épaule gauche de la séduisante prisonnière.

Tout à coup, Louise aperçut le corps d'Yaour, toujours allongé dans sa robe de Gretchen à l'ombre du caoutchouc caduc. Une violente émotion se peignit sur ses traits, et, cachant ses yeux dans sa main, elle pleura nerveusement, la poitrine secouée par d'affreux sanglots qui accentuaient, en les précipitant, les accords de ses aiguillettes.

Talou, impatienté, prononça sévèrement quelques mots inintelligibles qui rappelèrent à l'ordre la malheureuse jeune femme.

Refrénant ses douloureuses angoisses, elle tendit sa main droite vers la pie, dont les deux pattes se posèrent avec empressement sur l'index brusquement offert.

D'un geste large, Louise allongea son bras

comme pour lancer l'oiseau, qui, prenant son vol, vint s'abattre sur le sable, devant la statue de l'ilote.

Deux ouvertures à peine appréciables et distantes de plus d'un mètre étaient percées presque à ras de terre dans la face visible du socle noir.

La pie s'approcha de l'ouverture la plus lointaine, dans laquelle son bec pénétra subitement pour faire jouer quelque ressort intérieur.

Aussitôt, la plate-forme carrossable se mit à basculer lentement, s'enfonçant à gauche dans l'intérieur du socle pour s'élever à droite au-dessus de son niveau habituel.

L'équilibre étant rompu, le véhicule chargé de la statue tragique se déplaça doucement sur les rails gélatineux, qui présentaient maintenant une pente assez sensible. Les quatre roues en lamelles noires se trouvaient préservées de tout déraillement par une bordure intérieure qui dépassait un peu leur jante solidement maintenue sur la voie.

Parvenu au bas de la courte descente, le wagonnet fut arrêté soudain par le bord du socle.

Pendant les quelques secondes consacrées au trajet, la pie, en sautillant, s'était transportée devant l'autre ouverture, au sein de laquelle son bec disparut vivement.

A la suite d'un déclenchement nouveau, le mouvement de bascule s'effectua en sens inverse.

Le véhicule, hissé progressivement, — puis entraîné vers la droite par son propre poids, — roula sans aucun moteur sur la voie silencieuse et vint buter contre le bord opposé du socle, dont la paroi se dressait maintenant comme un obstacle devant la plate-forme descendue.

Le va-et-vient se reproduisit plusieurs fois, grâce à la manœuvre de la pie qui oscillait sans cesse d'une ouverture à l'autre. La statue de l'ilote restait soudée au véhicule, dont elle suivait tous les voyages, et l'ensemble était d'une légèreté telle que les rails, malgré leur inconsistance, n'offraient aucune trace d'aplatissement ni de cassure.

Talou voyait avec émerveillement le succès de la périlleuse expérience qu'il avait imaginée lui-même sans la croire réalisable.

La pie cessa d'elle-même son manège et atteignit en quelques coups d'ailes le buste d'Emmanuel Kant; au sommet du support, pointait, à gauche, un petit perchoir sur lequel l'oiseau vint se poser.

Aussitôt, un puissant éclairage illumina l'intérieur du crâne, dont les parois, excessivement minces à partir de la ligne des sourcils, étaient douées d'une parfaite transparence.

On devinait la présence d'une foule de réflecteurs orientés en tous sens, tant les rayons ardents, figurant les flammes du génie, s'échappaient avec violence du foyer incandescent.

Souvent, la pie s'envolait pour redescendre immédiatement sur son perchoir, éteignant et rallumant sans cesse la calotte cranienne, qui seule brillait de mille feux, pendant que la figure, les oreilles et la nuque demeuraient obscures.

A chaque pesée il semblait qu'une idée transcendante naissait dans le cerveau soudain éblouissant du penseur.

Abandonnant le buste, l'oiseau s'abattit sur le large socle consacré au groupe de sbires; ici, ce fut de nouveau le bec fureteur qui, introduit cette fois dans un mince boyau vertical, actionna certain mécanisme invisible et délicat.

A cette question : « Est-ce ici que se cachent les fugitifs? » la nonne postée devant son couvent répondait : « Non » avec persistance, balançant la tête de droite et de gauche après chaque profond coup de bec donné par le volatile qui semblait picorer.

La pie toucha enfin la plate-forme, unie comme un plancher, sur laquelle s'élevaient les deux dernières statues; la place choisie par l'intelligente bête représentait une fine rosace, qui s'enfonça d'un demi-pouce sous sa légère surcharge.

A l'instant même, le régent se courba plus profondément encore devant Louis XV, que cette politesse laissait impassible.

L'oiseau, bondissant sur place, détermina plusieurs saluts cérémonieux, puis regagna, en voletant, l'épaule de sa maîtresse.

Après un long regard jeté vers Yaour, Louise redescendit dans l'intérieur de la logette et ferma vivement le judas, comme pressée de se remettre à quelque mystérieuse besogne.

III

L A première partie de la séance avait pris fin, et le gala des *Incomparables* pouvait maintenant s'ouvrir.

Auparavant, une suprême séance de spéculation allait avoir lieu.

Les guerriers noirs s'écartèrent davantage pour dégager les abords de la Bourse, autour de laquelle vinrent se grouper les passagers du *Lyncée*.

Cinq agents de change, figurés par les banquiers associés Hounsfield et Cerjat assistés de leurs trois commis, occupèrent cinq tables disposées sous la colonnade du bâtiment, et bientôt énoncèrent tout haut des ordres rimés que les passagers leur confiaient sans cesse.

Les valeurs étaient désignées par les noms

mêmes des Incomparables, représentés chacun
par cent actions qui montaient ou baissaient
suivant les pronostics personnels des joueurs sur
le résultat du concours. Toutes les transactions
se réglaient comptant, en billets de banque ou
en espèces sonnantes.

Pendant un quart d'heure les cinq intermédiaires hurlèrent sans trêve de piteux alexandrins,
que les spéculateurs, d'après les fluctuations de
la cote, improvisaient hâtivement à grands ren-
forts de chevilles.

Enfin Hounsfield et Cerjat marquèrent en se
levant la fin du trafic, puis descendirent, suivis
de leurs trois commis, pour se mêler en même
temps que moi à la foule des joueurs, qui revint
se masser sur son ancienne place, le dos tourné
à la prison.

Les guerriers noirs se rangèrent de nouveau
dans leur ordre primitif, évitant toutefois, sur
injonction de Rao, les entours immédiats de la
Bourse, propres à fournir un passage utilisable.

La représentation de gala commença.
D'abord les quatre frères Boucharessas firent
leur apparition, tous revêtus de la même tenue

d'acrobate, composée d'un maillot rose et d'un
caleçon de velours noir.

Les deux aînés, Hector et Tommy, adolescents
pleins de souple vigueur, portaient chacun dans
un solide tambourin six balles de caoutchouc
foncé; ils marchèrent en sens contraire et bientôt se firent face, arrêtés sur deux points fort distants.

Soudain, poussant un léger cri en guise de
signal, Hector, placé devant notre groupe, se
servit de son tambourin pour lancer, une par
une, ses six balles à toute volée.

En même temps que lui, Tommy, debout au
pied de l'autel, venait de projeter successivement,
avec son disque résonnant tenu dans la main
gauche, tous ses projectiles de caoutchouc, qui
se croisèrent avec ceux de son frère.

Ce premier travail accompli, chaque jongleur
se mit à repousser individuellement les balles de
son vis-à-vis, effectuant un continuel échange
qui se prolongea ensuite sans interruption. Les
tambourins vibraient simultanément, et les
douze projectiles formaient une sorte d'arche
allongée toujours en mouvement.

Grâce à la parfaite similitude de leurs gestes,
jointe à une grande ressemblance d'aspect, les
deux frères, dont l'un était gaucher, donnaient
l'illusion de quelque sujet unique reflété par un
miroir.

Pendant plusieurs minutes le tour de force réussit avec une précision mathématique. Enfin, à la suite d'un nouveau signal, chaque joueur reçut, dans la partie creuse de son tambourin retourné, la moitié des projectiles, dont le va-et-vient cessa brusquement.

Aussitôt Marius Boucharessas, gamin de dix ans à mine éveillée, s'avança en courant pendant que ses deux aînés se retiraient à l'écart.

L'enfant portait dans ses bras, sur ses épaules et jusqu'au sommet de sa tête, une collection de jeunes chats ayant tous au cou un ruban rouge ou vert.

Avec l'extrémité de son talon, il traça sur le sable, parallèlement au côté occupé par la Bourse, deux lignes distantes de douze ou quinze mètres, et les chats, sautant d'eux-mêmes jusqu'à terre, vinrent se poster en deux camps égaux derrière ces limites conventionnelles. Rubans verts d'une part, rubans rouges de l'autre, se trouvaient ainsi alignés face à face sans aucun mélange.

Sur un signe de Marius, les gracieux félins commencèrent une joyeuse partie de *barres*.

Pour *engager,* un des *verts* s'avança jusqu'au camp des *rouges* et toucha trois fois, du bout de ses griffes à peine sorties, la patte que lui tendait un de ses adversaires; au dernier coup il se sauva rapidement, filé de près par le *rouge,* qui cherchait à le rattraper.

A cet instant, un nouveau *vert* fonça sur le poursuivant, qui, obligé de rebrousser chemin, fut bientôt soutenu par un de ses partenaires; ce dernier prit barre sur le second *vert,* forcé de fuir à son tour.

Le même manège se répéta plusieurs fois, jusqu'au moment où un *rouge,* parvenant à frapper un *vert* avec sa patte, poussa un miaulement victorieux.

La partie s'arrêta, et le prisonnier *vert,* gagnant le territoire ennemi, fit trois pas du côté de son camp, pour garder ensuite une complète immobilité.

Le chat auquel revenait l'honneur de la capture alla au camp des *verts* et *engagea* de nouveau, en assénant trois coups secs sur une patte tendue, largement offerte.

Dès lors les poursuites alternatives recommencèrent avec entrain, pour aboutir à la prise d'un *rouge,* qui docilement s'immobilisa devant le camp adverse.

Vif et captivant, le jeu continua sans nulle infraction aux règles. Les prisonniers, s'accumulant sur deux rangées symétriques, voyaient parfois leur nombre diminuer grâce à quelque délivrance due au contact habile d'un partenaire. Tel coureur alerte, en atteignant sans encombre le camp opposé au sien, devenait imprenable pendant son séjour au delà du trait glorieusement franchi.

Finalement la foule des prisonniers *verts* devint si considérable que Marius, d'une voix impérieuse, décréta la victoire du camp *rouge*.

Les chats, sans tarder, revinrent tous près de l'enfant, puis grimpèrent le long de son corps, pour reprendre les places qu'ils occupaient à l'arrivée.

Marius en s'éloignant fut remplacé par Bob, le dernier des frères, ravissant blondin de quatre ans aux grands yeux bleus et aux longs cheveux bouclés.

Avec une maîtrise inouïe et un talent d'une miraculeuse précocité, le charmant bambin commença une série d'imitations accompagnées de gestes éloquents; bruits divers d'un train qui s'ébranle, cris de tous les animaux domestiques, grincements de la scie sur une pierre de taille, saut brusque d'un bouchon de champagne, glouglou d'un liquide versé, fanfares du cor de chasse, solo de violon, chant plaintif de violoncelle, formaient un répertoire étourdissant pouvant donner, à qui fermait un moment les yeux, l'illusion complète de la réalité.

L'enfant prodige prit congé de la foule pour rejoindre Marius, Hector et Tommy.

Bientôt les quatre frères s'écartèrent pour
livrer passage à leur sœur Stella, charmante ado-
lescente de quatorze ans, qui, déguisée en *Fortune*, parut debout au sommet d'une roue mince
continuellement mobile sous ses pieds.

La jeune fille se mit à évoluer en tous sens,
élançant du bout de chaque semelle, au moyen
de sauts ininterrompus, l'étroite jante au parfait
roulement.

Elle tenait à la main un vaste cornet profond
et contourné, d'où s'échappa tout à coup, pareille à quelque flot de pièces d'or, une monnaie
de papier brillante et légère, qui, en tombant lentement jusqu'à terre, ne produisit aucune résonance métallique.

Les louis, les doubles louis et les larges
disques de cent francs formaient une étincelante
traînée derrière la jolie voyageuse, qui, le sourire aux lèvres, réalisait, sans jamais prendre contact avec le sol, des miracles d'équilibre et de
vélocité.

Comme certains cônes de prestidigitation
d'où l'on voit sortir indéfiniment des fleurs de
toute espèce, le réservoir aux écus semblait inépuisable. Stella n'avait qu'à le secouer doucement pour semer ses richesses, dont la couche
épaisse mais inconsistante s'écrasait partiellement sous les circuits de la roue vagabonde.

Après maints tours et détours la jeune fille

s'éclipsa comme une fée, en épanchant jusqu'au dernier moment son pseudo-métal monnayé.

*
* *

Tous les regards se tournèrent alors vers le tireur Balbet, qui venait de prendre sur la tombe du zouave les cartouchières maintenant fixées à ses flancs et l'arme qui n'était autre qu'un fusil Gras de marque très ancienne.

Marchant rapidement vers la droite, l'illustre champion, objet de l'attention générale, s'arrêta devant notre groupe et choisit soigneusement son poste en regardant vers le nord de la place.

Juste en face de lui, sous le palmier commémoratif, se dressait à longue distance le pieu carré surmonté d'un œuf mollet.

Plus loin, les indigènes postés en curieux derrière la rangée de sycomores s'écartèrent sur un signe de Rao pour dégager un large espace.

Balbet chargea son fusil, puis, épaulant avec soin, visa longuement et fit feu.

La balle, effleurant la partie supérieure de l'œuf, enleva une partie du blanc et mit le jaune à découvert.

Plusieurs projectiles tirés à la file continuèrent le travail commencé; peu à peu l'enveloppe albumineuse disparaissait au profit de
l'élément interne, qui restait toujours intact.

Parfois, entre deux détonations, Hector Boucharessas allait en courant retourner l'œuf, qui,
par suite de cette manœuvre, offrait successivement aux coups de feu tous les points de sa
surface.

En arrière-plan un des sycomores faisait obstacle aux balles, qui, toutes, pénétraient dans le
tronc partiellement taillé à plat dans le but d'é-
viter les ricochets.

Les vingt-quatre cartouches composant la provision de Balbet suffirent juste à l'achèvement
de l'expérience.

Quand la dernière fumée eut jailli du canon
de l'arme, Hector prit l'œuf dans le creux de sa
main pour le présenter à la ronde.

Aucune trace de blanc ne subsistait sur la délicate membrane intérieure, qui, entièrement à
nu, enveloppait toujours le jaune sans porter
une seule égratignure.

Bientôt, sur la prière de Balbet soucieux de
montrer qu'une cuisson exagérée n'avait pas
facilité l'exercice, Hector ferma un instant la
main pour faire couler entre ses doigts le moyeu
parfaitement liquide.

*
* *

Exact au rendez-vous, le constructeur La Billaudière-Maisonnial venait de paraître, charriant
devant lui, comme un rémouleur, certaine manivelle étrangement compliquée.

S'arrêtant au milieu de la place, il posa dans
l'axe de l'autel la volumineuse machine, maintenue en parfait équilibre sur deux roues et sur
deux pieds.

L'ensemble se composait d'une sorte de
meule qui, actionnée par une pédale, pouvait
mettre en mouvement tout un système de roues,
de bielles, de leviers et de ressorts formant un
inextricable enchevêtrement métallique; sur un
des côtés pointait un bras articulé se terminant
par une main armée d'un fleuret.

Après avoir remis sur la tombe du zouave le
fusil Gras et les cartouchières, Balbet prit sur
certain banc étroit qui faisait partie intégrante
du nouvel appareil un luxueux attirail d'escrime
comprenant masque, plastron, gant et fleuret.

Aussitôt La Billaudière-Maisonnial, la face
tournée vers nous, s'assit sur le banc devenu
libre, et, le corps voilé à nos yeux par l'étonnant
mécanisme placé devant lui, posa son pied sur

la longue pédale appelée à faire tourner la
meule.

Balbet, paré du masque, du gant et du plastron, marqua vivement avec le bout de son fleuret une ligne droite sur le sol, puis, la semelle
gauche appuyée sur le trait immuable, tomba
en garde avec élégance devant le bras articulé
qui, ressortant à gauche, se profilait nettement
sur le fond blanc de l'autel.

Les deux fers se croisèrent, et La Billaudière-
Maisonnial, mettant son pied en mouvement,
fit tourner la meule avec une certaine vitesse.

Tout à coup le bras mécanique, effectuant
plusieurs feintes savantes et rapides, s'allongea
brusquement pour porter un coup droit à Balbet, qui, malgré son habileté universellement
connue, n'avait pu parer cette botte infaillible et
merveilleuse.

Le coude artificiel s'était replié en arrière,
mais la meule évoluait toujours, et bientôt une
nouvelle gymnastique trompeuse, complètement différente de la première, fut suivie d'une
détente soudaine qui piqua Balbet en pleine poitrine.

L'assaut se continua de la sorte par des bottes
multiples ; la quarte, la sixte, la tierce, voire la
prime, la quinte et l'octave, se mêlant aux « dé-
gagez », aux « doublez » et aux « coupez », formaient des coups sans nombre, inédits et com-

plexes, aboutissant respectivement à une feinte imprévue, rapide comme l'éclair, qui toujours atteignait son but.

Le pied gauche rivé à la ligne qui l'empêchait de rompre, Balbet ne cherchait que la parade, essayant de faire dévier le fleuret adverse prêt à glisser de côté sans le rencontrer. Mais le mécanisme mû par la meule était si parfait, les bottes inconnues contenaient des ruses si déroutantes, qu'au dernier moment les combinaisons défensives de l'escrimeur se trouvaient régulièrement déjouées.

De temps à autre La Billaudière-Maisonnial, tirant et repoussant plusieurs fois de suite une longue tige dentée, changeait totalement l'agencement des différents rouages et créait ainsi un nouveau cycle de feintes ignorées de lui-même.

Cette manœuvre, capable d'engendrer une infinité de résultats fortuits, pouvait se comparer aux tapes légères qui, appliquées sur le tube d'un kaléidoscope, donnent naissance dans le domaine visuel à des mosaïques de cristaux d'une polychromie éternellement neuve.

Balbet finit par renoncer à la lutte et se dépouilla de ses accessoires, ravi de sa défaite, qui lui avait fourni l'occasion d'apprécier un chef-d'œuvre de mécanique.

Soulevant deux courts brancards fixés derrière le banc qu'il venait de quitter, La Billaudière-

Maisonnial s'en alla lentement, en roulant avec effort son étonnante manivelle.

***

Après ce départ, un négrillon de douze ans, à mine espiègle et souriante, s'avança tout à coup avec mille gambades.

C'était Rhéjed, l'un des jeunes fils de l'empereur.

Il tenait sous son bras gauche une sorte de rongeur au poil roux qui remuait de tous côtés ses oreilles minces et dressées.

Dans sa main droite l'enfant soulevait une légère porte peinte en blanc qui semblait empruntée à quelque armoire de petite taille.

Posant ce mince battant sur le sol, Rhéjed prit par une poignée apparente certain stylet de forme grossière glissé debout dans son pagne rouge.

Sans attendre il tua net le rongeur, d'un coup sec de l'étroite lame, qui s'enfonça dans la nuque poilue où elle resta fichée.

L'enfant saisit vivement par les pattes de derrière le cadavre encore chaud qu'il plaça au-dessus de la porte.

Bientôt une bave poisseuse se mit à couler de la gueule pendante.

Ce phénomène semblait prévu par Rhéjed, qui, au bout d'un moment, retourna la porte pour la maintenir obliquement à une courte distance du sol.

Le jet visqueux, promené sur cette nouvelle face du battant, forma en peu de temps une couche circulaire d'une certaine étendue.

A la fin, la source animale s'étant brusquement tarie, Rhéjed coucha le rongeur au centre même de la flaque toute fraîche. Puis il redressa la porte sans s'inquiéter du cadavre, qui, agrippé par l'étrange glu, resta fixement à la même place.

D'un mouvement sec Rhéjed dénoua son pagne, dont il colla l'extrémité sur la première face du battant, plus sommairement enduite que la deuxième.

L'étoffe rouge adhéra sans peine au vernis baveux, qu'elle recouvrit complètement.

La porte, recouchée à plat, cacha un fragment de la longue ceinture, en exposant aux regards le rongeur englué.

Rhéjed, tournant sur lui-même pour dérouler son pagne, s'éloigna de quelques pas et s'immobilisa dans une pose d'attente.

Depuis un moment une odeur étrange, due à l'écoulement de la bave, s'était répandue avec une violence inouïe sur la place des Trophées.

Sans paraître surpris par la puissance de ces émanations, Rhéjed levait les yeux comme pour guetter l'apparition en plein ciel de quelque visiteur attendu.

Plusieurs minutes passèrent silencieusement.

Soudain Rhéjed poussa une triomphante exclamation en désignant vers le sud un immense oiseau de proie qui, planant assez haut, se rapprochait rapidement.

A la vive joie de l'enfant, le volatile au brillant plumage noir vint s'abattre sur la porte, en posant auprès du rongeur ses deux pattes minces presque aussi hautes que celles d'un échassier.

Au-dessus du bec crochu, deux ouvertures frémissantes, pareilles à des narines, semblaient douées d'une grande puissance olfactive.

La senteur révélatrice s'était propagée, sans doute jusqu'au repaire de l'oiseau, qui, attiré d'abord et guidé ensuite par un odorat subtil, avait découvert sans tâtonnements la proie offerte à sa voracité.

Un premier coup de bec, avidement appliqué sur le cadavre, fut suivi d'un cri perçant jeté par Rhéjed, qui fit avec ses deux bras un grand geste ample et farouche.

Effrayé à dessein, l'oiseau, déployant ses ailes gigantesques, s'envola de nouveau.

Mais ses pattes, prises par la glu tenace, entraînèrent la porte, qui s'éleva horizontalement dans les airs sans abandonner l'étoffe rouge soudée à sa face inférieure.

A son tour Rhéjed quitta le sol en se balançant au bout de son pagne, dont une grande partie lui ceignait encore les reins.

Malgré ce fardeau le robuste volateur monta rapidement, toujours stimulé par les cris de l'enfant, dont les éclats de rire indiquaient une folle jubilation.

Au moment de l'enlèvement, Talou s'était précipité vers son fils avec tous les signes du plus violent effroi.

Arrivé trop tard, le malheureux père suivait d'un regard angoissé les évolutions de l'espiègle, qui s'éloignait toujours sans aucune conscience du danger.

Une profonde stupeur immobilisait l'assistance, qui attendait avec anxiété le dénoûment de ce terrible incident.

Les préparatifs de Rhéjed et sa manière soigneuse d'engluer largement les entours du rongeur inerte prouvaient la préméditation de cette course aérienne, dont personne n'avait reçu l'aveu confidentiel.

Cependant l'immense volateur, dont le bout des ailes seul apparaissait derrière la porte, s'élevait toujours vers de plus hautes régions.

Rapetissé pour nos yeux, Rhéjed se balançait furieusement au bout de son pagne, décuplant ainsi ses mortelles chances de chute, rendues si nombreuses déjà par la fragilité du lien unissant à la porte l'étoffe rouge et les deux pattes invisibles.

Enfin, épuisé sans doute par une surcharge inusitée, l'oiseau marqua une certaine tendance à se rapprocher de terre.

La descente s'accéléra bientôt, et Talou, plein d'espoir, tendit les bras à l'enfant comme pour l'attirer vers lui.

Le volateur, à bout de forces, baissait avec une effrayante rapidité.

A quelques mètres du sol, Rhéjed, déchirant son pagne, retomba gracieusement sur ses pieds, tandis que l'oiseau délesté s'enfuyait vers le sud en remorquant toujours la porte ornée d'un lambeau d'étoffe rouge.

Trop joyeux pour songer à la semonce méritée, Talou s'était précipité sur son fils qu'il étreignit longuement avec transports.

*
* *

Quand l'émotion fut dissipée, le chimiste Bex fit son entrée en poussant une immense cage de verre posée sur certaine plate-forme d'acajou munie de quatre roues basses et pareilles.

Le soin apporté dans la fabrication du véhicule, très luxueux dans sa grande simplicité, prouvait la valeur du fardeau fragile, auquel il s'adaptait avec précision.

Le roulement était moelleux et parfait, grâce à d'épais pneumatiques garnissant les roues silencieuses, dont les fins rayons métalliques semblaient nickelés à neuf.

A l'arrière, deux tiges de cuivre montantes, recourbées avec élégance, étaient reliées à leur extrémité supérieure par une barre d'appui dont Bex en marchant serrait dans ses mains la garniture d'acajou.

L'ensemble, en très fin, rappelait ces solides chariots qui servent à rouler malles et ballots sur le quai des gares.

Bex fit halte au milieu de la place, en laissant à chacun le loisir d'examiner l'appareil.

La cage de verre renfermait un immense instrument musical comprenant des pavillons de cuivre, des cordes, des archets circulaires, des claviers mécaniques de toute sorte et un riche attirail consacré à la batterie.

Contre la cage, un large espace était réservé sur l'avant de la plate-forme à deux vastes cylindres, l'un rouge, l'autre blanc, mis chacun en communication par un tuyau de métal avec l'atmosphère enfermée derrière les parois transparentes.

Un thermomètre excessivement haut, dont chaque degré se trouvait divisé en dixièmes, dressait sa tige fragile hors de la cage, où plongeait seule sa fine cuvette pleine d'un étincelant liquide violet. Aucune monture n'enfermait le mince tube diaphane placé à quelques centimètres du bord frôlé par les deux cylindres.

Pendant que tous les regards scrutaient la curieuse machine, Bex donnait avec précision une foule d'explications savantes et claires.

Nous sûmes que l'instrument allait bientôt fonctionner devant nous grâce à un moteur électrique dissimulé dans ses flancs.

Régis de même par l'électricité, les cylindres poursuivaient deux buts opposés, — le rouge contenant une source de chaleur infiniment puissante, alors que le blanc fabriquait sans cesse un froid intense capable de liquéfier n'importe quel gaz.

Or divers organes de l'orchestre automatique étaient faits en *bexium,* métal nouveau chimiquement doué par Bex d'une prodigieuse sensibilité thermique. La fabrication de l'ensemble sonore visait même uniquement à mettre en lumière, de façon frappante, les propriétés de la substance étrange découverte par l'habile inventeur.

Un bloc de bexium soumis à des températures diverses changeait de volume dans des proportions pouvant se chiffrer de un à dix.

C'est sur ce fait qu'était basé tout le mécanisme de l'appareil.

Au sommet de chaque cylindre, une manette

tournant facilement sur elle-même servait à régler l'ouverture d'un robinet intérieur communiquant par le conduit de métal avec la cage en verre; Bex pouvait ainsi changer à volonté la température de l'atmosphère interne; par suite de leurs perturbations continuelles les fragments de bexium, agissant puissamment sur certains ressorts, actionnaient et immobilisaient tour à tour tel clavier ou tel groupe de pistons, qui, le moment venu, s'ébranlaient banalement au moyen de disques à entailles.

En dépit des oscillations thermiques les cordes conservaient invariablement leur justesse, grâce à certaine préparation imaginée par Bex pour les rendre particulièrement rigides.

Doté d'une résistance à toute épreuve, le cristal utilisé pour les parois de la cage était merveilleusement fin, et le son se trouvait à peine voilé par cet obstacle délicat et vibrant.

Sa démonstration terminée, Bex vint se placer contre l'avant du véhicule, les yeux fixés sur la colonne thermométrique et les mains crispées respectivement au-dessus des deux cylindres.

Tournant d'abord la manette rouge, il lança dans la cage un fort courant de chaleur, puis arrêta brusquement le jet aérien en voyant le liquide violet atteindre, après une ascension rapide, la subdivision voulue.

D'un mouvement vif, comme réparant un oubli véniel, il abaissa ainsi qu'un marchepied de calèche certaine pédale mobile, qui, précédemment dissimulée entre les deux cylindres, aboutissait, en se dépliant, jusqu'au niveau du sol.

Pesant avec sa semelle sur cet appui au ressort très souple, il fit agir le moteur électrique enfoui dans l'instrument, dont certains organes prirent l'essor.

Ce fut d'abord une lente cantilène qui s'éleva, tendrement plaintive, accompagnée par des arpèges calmes et réguliers.

Une roue pleine, ressemblant à quelque meule en miniature, frottait comme un archet sans fin certaine longue corde tendue au-dessus d'une plaque résonnante; sur cette corde au son pur, des marteaux mus automatiquement s'abaissaient ainsi que des doigts de virtuose, puis se relevaient légèrement, créant sans lacune toutes les notes de la gamme.

La roue en modifiant sa vitesse exécutait toutes sortes de nuances, et le résultat donnait comme timbre l'impression exacte d'une mélodie de violon.

Contre un des murs de cristal se dressait une harpe, dont chaque corde était prise par un mince crochet de bois qui la pinçait en s'écartant pour reprendre ensuite, au moyen d'une courbe, sa position première; les crochets se trouvaient fixés à angle droit au sommet de tiges mobiles dont le jeu souple et délicat enfantait de languissants arpèges.

Suivant la prédiction du chimiste, l'enveloppe transparente tamisait à peine les vibrations, dont la sonorité pénétrante se propageait avec charme et vigueur.

Sans attendre la fin de cette romance sans paroles, Bex arrêta le moteur en abandonnant la pédale. Puis, tournant la manette rouge, il éleva encore la température interne en surveillant le thermomètre. Au bout de quelques secondes il ferma le robinet de chaleur et contracta de nouveau le ressort placé sous son pied.

Aussitôt une deuxième roue-archet, plus grosse que la première et frottant une corde plus volumineuse, fit entendre des sons de violoncelle pleins de douceur et d'attrait. En même temps un clavier mécanique, dont les touches s'abaissaient d'elles-mêmes, se mit à jouer un accompagnement riche et difficile aux traits dangereusement rapides.

Après cet échantillon de sonate-duo, Bex accomplit une nouvelle manœuvre, élevant cette fois le liquide violet d'un seul dixième de degré.

Le pseudo-violon se joignit alors au piano et au violoncelle pour nuancer l'adagio de quelque trio classique.

Bientôt une division supplémentaire, gagnée

dans le même sens, changea le morceau lent et
grave en scherzo à demi sautillant, tout en conservant la même combinaison d'instruments.

Actionnant machinalement sa pédale, Bex
tourna ensuite la manette blanche et fit ainsi
descendre la colonne violette aux environs du
zéro placé à mi-hauteur du tube de verre.

Docilement une brillante fanfare éclata, sortant d'une foule de pavillons d'inégale grosseur
tassés en groupe compact. Toute la famille des
cuivres se trouvait représentée dans ce coin spécial, depuis la basse immense jusqu'au piston
alerte et strident. Marquant différentes subdivisions dans la portion du thermomètre située au-
dessous de glace, la manette blanche, bougée
plusieurs fois, provoqua successivement une
marche militaire, un solo de piston, une valse,
une polka et de bruyantes sonneries de clairon.

Soudain, ouvrant complètement le robinet de
froid, Bex obtint rapidement un gel terrible, dont
les plus proches spectateurs sentirent l'effet à
travers les parois diaphanes. Tous les regards se
portèrent sur un phonographe à large cornet,
d'où s'échappait une voix de baryton ample et
puissante. Une vaste boîte, percée de trous d'aération et placée sous l'appareil, contenait sans
doute une série de disques pouvant à tour de
rôle faire vibrer téléphoniquement la membrane
sonore au moyen d'un fil particulier, car d'im-

perceptibles fluctuations, réglées avec soin par le chimiste dans l'ambiance hyperboréenne, firent entendre une foule de récitatifs et de romances, chantés par des voix d'hommes ou de femmes dont le timbre et le registre offraient la plus grande variété. La harpe et le clavier se partageaient la besogne secondaire, accompagnant alternativement les morceaux tantôt gais, tantôt tragiques, de l'inépuisable répertoire.

Voulant mettre en valeur la souplesse inouïe de son prodigieux métal dont aucun fragment n'était visible, Bex fit pivoter la manette rouge et attendit quelques secondes.

La glacière ne fut pas longue à se changer en fournaise, et le thermomètre monta jusqu'à ses degrés extrêmes. Un groupe de flûtes et de fifres rythma immédiatement une marche entraînante sur des battements de tambour secs et réguliers. Là encore, différentes oscillations thermiques produisirent des résultats imprévus. Plusieurs solos de fifre, soutenus discrètement par la fanfare de cuivre, furent suivis d'un gracieux duo qui, basé sur une imitation de l'écho, présentait toujours deux fois de suite les mêmes vocalises, exécutées successivement par une flûte et par une souple voix de soprano émanant du phonographe.

Le fluide violet, dilaté de nouveau, s'éleva jusqu'au sommet du tube, qui parut prêt à éclater. Plusieurs personnes se reculèrent, subitement incommodées par le voisinage brûlant de la cage, dans laquelle trois cors de chasse, fixés non loin de la harpe, lançaient avec entrain une assourdissante sonnerie. D'infimes refroidissements donnèrent ensuite un échantillon des principales fanfares cynégétiques, dont la dernière fut un hallali plein de gaîté.

Ayant mis à contribution les principaux rouages de son orchestre, Bex nous offrit de se soumettre à notre choix pour faire mouvoir à nouveau tel groupe d'instruments déjà entendu.

Chacun, tour à tour, formula un désir instantanément satisfait par le chimiste, qui, sans autre aide que ses manettes, passa une seconde fois en revue dans un ordre fortuit ses diverses combinaisons polyphoniques, non sans changer le titre des morceaux par une sorte de coquetterie engendrant d'imperceptibles différences thermométriques.

Pour finir, Bex atteignit une série de subdivisions spécialement marquantes, tracées en rouge sur le tube. Dès lors presque tous les organes de l'instrument travaillèrent simultanément, exécutant une symphonie large et majestueuse, à laquelle vint se mêler un chœur nettement nuancé par le phonographe. La batterie, composée d'une grosse caisse à cymbales, du tambour déjà requis et de plusieurs accessoires à tintements divers, vivifiait l'ensemble par son

rythme égal et franc. Le répertoire de morceaux
pour orchestre était d'une richesse infinie, et
Bex nous présenta toutes sortes de danses, de
pots pourris, d'ouvertures et de variations. Il
termina par un galop endiablé qui mit la grosse
caisse à une terrible épreuve, puis releva la pédale mobile avant de se placer à l'arrière du
véhicule, qu'il poussa devant lui comme une voiture d'enfant.

Pendant qu'il tournait pour s'éloigner, les
conversations éclataient de toutes parts, prenant
le bexium pour unique sujet et commentant les
merveilleux résultats obtenus par l'emploi du
métal nouveau, dont l'instrument venait de
montrer si clairement les stupéfiantes qualités.

Promptement disparu derrière la Bourse, Bex
revint bientôt tenant debout à deux mains une
gigantesque patience large d'un mètre et haute
du double, faite d'un métal gris terne ressemblant à l'argent.

Une mince fente longitudinale s'ouvrait au
milieu de la plaque géante; mais ici l'évasement
circulaire destiné au passage des boutons était
placé à mi-chemin de la rainure et non à son
extrémité.

4

D'un regard, le chimiste, sans approcher, s'assura de l'attention générale, puis nous désigna, en nommant la substance de chacun, dix larges boutons exposés verticalement l'un contre l'autre sur la portion basse de la rainure.

L'ensemble formait une ligne brillante et multicolore chargée des reflets les plus variés.

En haut, le premier bouton, en or fauve et uni, offrait une surface étincelante. Au-dessous, le deuxième, tout en argent, tranchait à peine sur le fond pareil de la patience. Le troisième, en cuivre, — le quatrième, en platine, — le cinquième, en étain, — et le sixième, en nickel, — étalaient leurs disques de même taille et privés de tout ornement. Les quatre suivants étaient faits d'une foule de pierres précieuses, délicatement soudées; l'un se composait uniquement de diamants, l'autre de rubis, le troisième de saphirs et le dernier d'émeraudes éclatantes.

Bex retourna la patience pour nous montrer son autre face.

En bas pendait un morceau de drap bleu auquel tous les boutons étaient cousus.

Dix feuilles de métal gris très mince, appliquées sur l'étoffe, s'étageaient au long de la rainure, dont elles avaient exactement la largeur. Elles occupaient, sur ce côté de l'objet, la place correspondante à celle des boutons, qui devaient en diamètre égaler leur hauteur. Dix aiguillées de fil métallique, pareillement gris, servant au solide amarrage des précieux disques, formaient en plein milieu, sur chaque fine plaque rectangulaire, un fouillis de multiples croisements terminés par un gros point d'arrêt dû aux doigts exercés de quelque habile ouvrière.

Bex enfonça dans le sable la base légèrement coupante de la patience, qui, plantée verticalement contre la Bourse, présenta de face l'envers des boutons à la scène des Incomparables.

Après quelques pas accomplis loin de notre vue, il reparut portant sous chacun de ses bras cinq longs cylindres encombrants, faits de ce même métal gris dont la patience offrait déjà un vaste échantillon.

Il traversa toute l'esplanade pour déposer sa charge pesante devant le théâtre rouge.

Chaque cylindre, montrant à l'un de ses bouts un capuchon métallique solidement enfoncé, ressemblait à quelque immense crayon pourvu du banal protège-mine.

Bex, entassant tout le stock sur le sol, composa une figure ingénieuse, d'une régularité géométrique.

Quatre crayons monstres, allongés côte à côte sur le sable même, fournissaient la base de l'édifice. Une seconde rangée, superposée à la première, comprenait trois crayons couchés dans les minces fossés dus à la forme arrondie de leurs devanciers. L'étage suivant, plus exigu, comptait deux crayons, surmontés eux-mêmes du dixième et dernier, placé solitairement au sommet de l'échafaudage à façade triangulaire.

D'avance Bex avait calé l'ensemble avec deux lourdes pierres extraites de ses poches.

C'est d'après un ordre et un choix soigneusement déterminés que le chimiste avait empilé tous les cylindres, s'appliquant à reconnaître chacun d'eux par certaine marque spéciale gravée en un point du pourtour.

Les capuchons de métal tendaient tous leur pointe vers la patience lointaine, qui servait de cible aux dix crayons géants, braqués ainsi que des fûts de canons.

Avant de continuer l'expérience, Bex ôta ses boutons de manchettes, composés de quatre olives d'or; prenant ensuite dans ses vêtements sa montre, son porte-monnaie et ses clés, il remit le tout à Balbet, qui promit de veiller sur le brillant dépôt.

Revenu à son poste et courbé devant l'amas de cylindres, Bex prit à pleine main un large anneau fixé à la pointe du plus haut protège-mine.

Une légère traction, opérée à reculons, suffit à faire glisser le capuchon de métal qui, bientôt, vint tomber comme un balancier contre les jambes du chimiste.

Mise à nu, la partie jusqu'alors invisible du cylindre culminant devint le point de mire de tous les regards. Le fût argenté, pareil à un véritable crayon parfaitement taillé, se rétrécissait en forme de cône, laissant dépasser une épaisse mine d'ambre, lisse et arrondie.

Bex, répétant sa manœuvre, décoiffa successivement les dix cylindres, qui tous laissaient pointer, hors de leur extrémité régulièrement amincie, la même mine jaunâtre et diaphane.

Ce travail terminé, le chimiste traversa de nouveau l'esplanade, emportant sous ses bras les dix courts étuis qu'il déposa près de la patience.

Une explication était nécessaire. Bex prit la parole pour nous révéler le but de ses différents agissements.

Les mines à teinte d'ambre enfermées dans les crayons géants étaient faites d'une substance fort complexe, préparée par Bex et baptisée par lui *aimantine*.

Malgré les entraves accumulées, l'aimantine était sollicitée à distance par tel métal déterminé ou par tel joyau spécial.

Grâce à certaines différences de composition, les dix mines placées sous nos yeux correspondaient, comme attirance, aux dix boutons solidement retenus dans la rainure de la patience.

Pour rendre possible et pratique le maniement

4.

de l'aimantine récemment inventée, la découverte d'un corps isolateur était devenue indispensable. Après de longues recherches Bex avait obtenu l'*étanchium*, métal gris peu brillant enfanté par de laborieuses manipulations.

Une mince feuille d'étanchium, faisant obstacle au rayonnement de l'aimantine, annihilait complètement le pouvoir attractif que l'interposition des plus denses matériaux n'arrivait pas à diminuer.

Les crayons et les protège-mine étaient tous en étanchium, ainsi que la patience et les dix lamelles rectangulaires étagées au long de la fente.

Les aiguillées de fil soudant les boutons au drap provenaient du même métal assoupli et tressé.

En conduisant successivement dans l'évasement circulaire de la rainure les brillants disques maintenant invisibles, Bex, arc-bouté contre la patience, provoquerait le brusque déplacement des cylindres, qui viendraient tous se précipiter avec force contre le corps spécial mis en présence de leur mine ambrée.

Cette dernière révélation produisit dans l'assistance un mouvement de panique et de recul.

En effet, maintes contusions étaient à craindre de la part des crayons, qui, attirés par nos bijoux, nos montres, notre argent, nos clés ou nos dents aurifiées, pouvaient soudain s'élancer vers nous.

L'extrémité apparente de chaque mine échappait en somme au pouvoir protecteur de l'étanchium et justifiait pleinement ces saines appréhensions.

Bex, avec calme, s'empressa de rassurer son monde. Pour amener le phénomène d'irrésistible aimantation, l'objet voulu devait agir assez profondément sur la mine d'ambre dont la longueur égalait celle de chaque cylindre. Les métaux ou joyaux placés dans l'axe de l'étrange batterie étaient seuls susceptibles d'une mise en cause. Or la patience, suffisamment large, couvrait de son écran toute la zone menacée; sans elle, l'attraction se fût exercée à n'importe quelle distance sur les navires sillonnant l'Atlantique et même jusqu'aux rivages américains, si, par impossible, la courbure de la terre ne l'avait empêché. Fort exposé comme opérateur, Bex avait, paraît-il, rejeté d'avance tout élément suspect, y compris ses boucles de gilet et de pantalon; ses boutons de chemise et de vêtements étaient tous en os, et une souple ceinture de soie, serrée à sa taille, remplaçait la paire de bretelles à inévitable monture métallique. Il s'était définitivement immunisé à la dernière heure en confiant à Balbet ses objets les plus précieux. Par une heureuse circonstance, sa dentition, excellente et pure, se trouvait indemne de tout apport étranger.

Au moment où le chimiste achevait ses explications, un phénomène inattendu fut signalé par un murmure de la foule qui s'était lentement rapprochée.

On se montrait avec étonnement les pièces d'or semées par Stella Boucharessas.

Depuis quelque temps, les louis, doubles louis et pièces de cent francs s'agitaient doucement sur le sol, sans surprendre personne par leur mouvement léger imputable à quelque souffle capricieux.

En réalité, les impondérables monnaies subissaient l'influence du cylindre culminant qui agissait avec puissance; déjà quelques pièces volaient en ligne droite vers sa mine d'ambre, puis s'y fixaient solidement. D'autres suivirent, tantôt rondes et intactes, tantôt pliées et foulées aux pieds.

Bientôt le sol fut dégarni suivant une bande strictement régulière, bordée de chaque côté par le reliquat des écus placé en dehors de la zone d'appel.

La mine disparaissait maintenant sous un véritable tampon de papier doré, couvert de millésimes et d'effigies.

Quelques·atomes d'or véritable devaient entrer pour une part infime dans la composition de toute cette richesse clinquante.

En effet, par sa position même, la mine surchargée correspondait, sans équivoque possible, au bouton d'or appelé avant tous à remplir de son disque l'évasement central de la patience. Son pouvoir très spécial n'aurait donc pu s'exercer sur une imitation absolument dépourvue de tout élément aurifère.

La lenteur des pièces, d'abord pleines d'indécision, avait eu pour seule cause une trop grande insuffisance d'or pur.

Sans se préoccuper de l'incident qui ne troublait en rien ses projets, Bex prit par son extrémité supérieure le lé de drap bleu, qu'il tira sans secousses vers le haut de la patience.

Le glissement commode et régulier ne réclamait aucun effort.

L'étoffe, grimpant au long de la rainure, cacha peu à peu l'évasement circulaire, qui, invisible mais facilement deviné, encadra bientôt la première lamelle d'étanchium.

Dès lors, Bex, à l'aide de ses genoux et de sa main gauche, dut retenir la patience sollicitée avec force vers le groupe de cylindres.

En effet, derrière l'étoffe, le bouton d'or correspondant à la première lamelle se trouvait depuis peu encerclé par l'échancrure ronde. Deux fragments de son disque, dépourvus de toute cuirasse d'étanchium, entraient ainsi en communication directe avec les mines d'ambre braquées vers eux.

La résistance de Bex fit céder le premier cylindre, qui, s'élançant brusquement, traversa l'esplanade comme une bombe et vint coller sa pointe à côté de l'étroite lamelle protectrice.

Tout en s'arc-boutant solidement, le chimiste avait eu soin d'effacer son corps vers la droite, pour laisser libre jusqu'au bout le parcours prévu du crayon monstre.

Le choc fit osciller la patience, qui, agrippée par Bex, reprit vite son équilibre.

Le crayon, maintenant immobile, formait une sorte de pente douce, depuis son extrémité non taillée, qui venait de s'affaler sur le sol, jusqu'à sa pointe d'ambre puissamment collée au bouton d'or malgré l'obstacle du drap bleu.

Les monnaies de papier n'avaient nullement contrarié l'attraction vivace du métal pur; aplaties au moment de la rencontre, elles paraient toujours la mine de leur étincellement factice.

A travers l'étoffe, Bex mania doucement le bouton d'or, qu'il voulait hisser vers la continuation verticale de la rainure.

Mais la mine d'ambre tenait bon et rendait l'opération difficile.

Le chimiste dut s'obstiner, faute de moyen plus pratique. Toute secousse séparatrice fût en effet demeurée impuissante. Seule l'interposition lente et graduelle d'une cloison d'étanchium pouvait vaincre à la longue cette prodigieuse adhérence des deux corps.

Une série d'efforts continus amena le résultat convoité.

Dominant complètement l'échancrure, le bouton d'or, toujours invisible, avait retrouvé un abri total derrière les deux parois de la patience, réunies à cet endroit par sa fidèle et rigide lamelle.

Bex avait dressé verticalement l'immense crayon.

Avec le bord coupant d'un protège-mine, il voulut mettre à nu la pointe d'ambre toujours surchargée de papier doré.

La mince lame arrondie, raclant de près la surface jaunâtre, eut vite raison de la légère monnaie, dont l'alliage très dilué n'opposait qu'une faible résistance.

Quand toutes les pièces, pêle-mêle, eurent lentement dégringolé jusqu'à terre, Bex adapta le protège-mine au crayon, qu'il put ranger de côté sans crainte désormais de le braquer vers n'importe quel point de l'espace.

Revenant alors vers la patience, il saisit doucement le lé de drap pour le hisser dans le même sens.

Une seconde expérience, identique à la première, amena le trajet aérien d'un nouveau crayon, dont la mine courut s'appliquer avec

violence contre l'invisible bouton d'argent parvenu dans l'échancrure.

Libéré à l'aide du procédé patient déjà employé, le crayon, pourvu d'un protège-mine, fut
promptement mis à l'écart.

A son tour, le bouton de cuivre, deviné derrière le drap bleu, attira jusqu'à lui un troisième
cylindre, qui, lestement coiffé d'étanchium, alla
rejoindre le premier et le second.

Les deux étages supérieurs manquaient maintenant à la façade triangulaire primitivement
formée par l'entassement des crayons.

Bex continua son invariable manœuvre. Un
par un, les boutons, amenés dans l'échancrure,
happaient les mines d'ambre en dépit de la distance, pour s'embusquer ensuite dans la portion
supérieure de la rainure.

Leur rôle terminé, les crayons, garnis sans retard de capuchons métalliques, venaient successivement s'aligner sur le sol.

Les quatre derniers disques, somptueusement
composés de pierres fines, correspondaient à la
plus basse rangée de cylindres, qui seule subsistait encore devant le théâtre des Incomparables.

Leur puissance attractive ne le cédait en rien
à celle des métaux, et le choc des dociles mines
ambrées fut d'une prodigieuse violence.

L'expérience terminée, Bex, prenant de nouveau la parole, nous fit part des offres insensées

à l'aide desquelles certaines maisons de banque, désireuses d'exploiter sa découverte, avaient tenté de le séduire.

Sa collection de cylindres pouvait en effet devenir la source d'une fortune illimitée, en désignant avec précision les gisements de métaux et de pierres précieuses.

Au lieu de s'en rapporter au hasard pour fouiller le sol, les mineurs, guidés à coup sûr par quelque instrument facile à construire, atteindraient d'emblée les plus riches filons, sans tâtonnements ni peines stériles.

Mais d'illustres savants avaient, de longüe date, institué par leur désintéressement proverbial une sorte de tradition professionnelle que Bex voulait perpétuer.

Repoussant donc les millions et même les milliards, il s'était sagement contenté de cette patience géante, qui, jointe aux cylindres, mettait sa trouvaille en relief sans poursuivre aucun but pratique.

En parlant, Bex avait ramassé les crayons, garantis tous les dix par leur protège-mine.

Il disparut avec sa charge, en précédant Rao, qui portait la patience promptement déracinée.

*
* *

Après un bref intervalle, on aperçut le Hongrois Skarioffszky moulé dans sa veste rouge de tzigane et coiffé d'un bonnet de police de même couleur.

Sa manche droite, relevée jusqu'au coude, laissait voir un épais bracelet de corail enroulé six fois autour de son bras nu.

Il surveillait soigneusement trois porteurs noirs qui, chargés d'objets divers, vinrent faire halte avec lui au milieu de l'esplanade.

Le premier nègre avait dans les bras une cithare et un support pliant.

Skarioffszky ouvrit le support, dont les quatre pieds touchèrent solidement le sol. Puis, sur le mince cadre à charnières déployé horizontalement, il coucha la cithare, qui résonna au léger choc.

A gauche de l'instrument se dressait verticalement, après un léger coude, une tige métallique fixée au cadre même du support et divisée en forme de fourche à son extrémité; à droite une autre tige toute pareille lui faisait pendant.

Le second nègre portait, sans grand effort, un long récipient transparent que Skarioffszky posa comme un pont au-dessus de la cithare, en emboîtant ses deux bouts dans les fourches métalliques.

Le nouvel objet se prêtait par sa forme à ce mode d'installation. Construit comme une auge, il se composait de quatre feuilles de mica. Deux feuilles principales, pareillement rectangulaires, engendraient une base coupante en réunissant obliquement leurs deux plans. En outre, deux feuilles triangulaires, se faisant face et adhérant aux étroits côtés des rectangles, complétaient l'appareil diaphane, semblable au compartiment rigide et grand ouvert de quelque immense porte-monnaie. Une rainure large comme un pois ouvrait sur toute sa longueur l'arête inférieure de l'auge translucide.

Le troisième nègre venait de poser à terre une large terrine, pleine jusqu'au bord d'une eau limpide que Skarioffszky voulut faire soupeser par l'un de nous.

La Billaudière-Maisonnial, prélevant une faible ration dans le creux de sa main, manifesta soudain la plus vive surprise, en affirmant que l'étrange liquide lui semblait aussi lourd que du mercure.

Pendant ce temps, Skarioffszky approchait son bras droit de sa face en prononçant quelques mots d'appel remplis de douceur.

On vit alors le bracelet de corail, qui n'était

autre qu'un immense ver épais comme l'index, dérouler de lui-même ses deux premiers anneaux et se tendre lentement jusqu'au Hongrois.

La Billaudière-Maisonnial, remis debout, dut se prêter à une nouvelle expérience. A la demande du tzigane, il reçut le ver, qui rampa sur sa main ouverte ; son poignet faiblit aussitôt sous le brusque affalement de l'intrus, qui, paraît-il, pesait comme du plomb massif.

Skarioffszky éloigna le ver toujours adhérent à son bras et le plaça sur le bord de l'auge en mica.

Le reptile gagna l'intérieur du récipient vide, en faisant suivre le restant de son corps qui glissait avec lenteur autour de la chair du tzigane.

Bientôt l'animal boucha complètement la rainure de l'arête inférieure avec son corps allongé horizontalement et soutenu par deux minces rebords internes formés par les plaques rectangulaires.

Le Hongrois hissa non sans peine la lourde terrine, dont il versa tout le contenu dans l'auge brusquement pleine à déborder.

Plaçant alors un genou en terre et baissant la tête de côté, il déposa la terrine vide sous la cithare, en un point strictement déterminé par certain coup d'œil dirigé de bas en haut sur le revers de l'instrument.

Ce dernier devoir accompli, Skarioffszky, lestement redressé, mit les mains dans ses poches, comme pour se borner désormais au rôle de spectateur.

Le ver, livré à lui-même, souleva soudain, pour le faire retomber aussitôt, un court fragment de son corps.

Certaine goutte d'eau, ayant eu le temps de se glisser par l'interstice, vint tomber lourdement sur une corde vibrante qui rendit au choc un *do* grave, pur et sonore.

Plus loin, un nouveau soubresaut du corps obturateur laissa fuir une seconde goutte, qui cette fois frappa un *mi* plein d'éclat.

Un *sol* puis un *do* aigu, attaqués de la même façon, complétèrent l'accord parfait que le ver égrena encore sur une octave entière.

Après le troisième et dernier *ut,* les sept notes consonantes, plaquées en même temps, fournirent une sorte de conclusion à ce prélude d'essai.

Ainsi mis en forme, le ver commença une lente mélodie hongroise pleine de douceur tendre et langoureuse.

Chaque goutte d'eau, lâchée par un tressaillement voulu de son corps, venait percuter avec justesse telle corde déterminée qui la coupait en deux fragments égaux.

Une bande de feutre, collée en bonne place sur le bois de la cithare, amortissait la chute du liquide pesant, qui, sans elle, eût produit de gênants crépitements.

L'eau, accumulée en flaques rondes, pénétrait à l'intérieur de l'instrument par deux ouvertures circulaires ménagées dans la plaque résonnante. Chacune des deux cascades prévues se déversait en silence sur un étroit feutrage interne spécialement destiné à la recevoir.

Un jet fin et limpide, sortant par quelque issue isolée, se forma bientôt sous la cithare et vint aboutir avec précision au déversoir de la terrine établie soigneusement par Skarioffszky. L'eau, suivant la pente de l'étroit canal également feutré, glissa sans bruit jusqu'au fond de l'énorme bassine qui préservait le sol de toute inondation.

Le ver accomplissait toujours ses contorsions musicales, attaquant parfois deux notes en même temps, à la façon des citharistes professionnels dont chaque main est armée d'une baguette.

Plusieurs mélodies plaintives ou gaies succédèrent sans interruption à la première cantilène.

Ensuite, dépassant le cadre de l'habituel répertoire départi à l'instrument, le reptile se lança dans l'exécution polyphonique d'une valse étrangement dansante.

Accompagnement et chant vibraient à la fois

sur la cithare, généralement bornée à la maigre production de deux sons simultanés.

Pour donner du relief à la partie principale, le ver se soulevait davantage, lâchant ainsi sur la corde violemment ébranlée une plus grande quantité d'eau.

Le rythme un peu hésitant prêtait discrètement à l'ensemble ce cachet original propre aux orchestres tziganes.

Après la valse, des danses de toute sorte vidèrent peu à peu l'auge transparente.

En bas, la terrine s'était remplie grâce au jet continuel maintenant tari. Skarioffszky la prit et versa une seconde fois tout son contenu dans le récipient léger avant de la remettre en bonne place sur le sol.

Complètement réapprovisionné, le ver entama une csarda ponctuée de nuances sauvages et brutales. Tantôt d'immenses remous du long corps rougeâtre produisaient d'éclatants *fortissimo;* tantôt d'imperceptibles ondulations, ne laissant échapper que de fines gouttelettes, réduisaient à un simple susurrement la cithare brusquement apaisée.

Aucun élément mécanique n'entrait dans cette exécution personnelle pleine de feu et de conviction. Le ver donnait l'impression d'un virtuose journalier qui, suivant l'inspiration du moment, devait présenter de façon chaque fois différente tel passage ambigu dont l'interprétation délicate pouvait devenir matière à discussion.

Un long pot pourri d'opérette ayant fait suite à la csarda épuisa de nouveau la provision liquide. Skarioffszky refit le transvasement rapide en nous annonçant le morceau final.

Cette fois, le ver attaqua dans un mouvement vif une captivante rhapsodie hongroise, dont chaque mesure semblait hérissée des plus terribles difficultés.

Les traits d'agilité se succédaient sans trêve, émaillés de trilles et de gammes chromatiques.

Bientôt le reptile accentua par d'énormes soubresauts certain chant d'ample contexture, dont chaque note écrite supportait sans doute quelque épais chevron. Autour de ce thème, établi comme une base, couraient maintes broderies légères donnant lieu à de simples frémissements du souple corps.

L'animal se grisait d'harmonie. Loin de manifester la moindre lassitude, il s'exaltait de plus en plus au contact incessant des effluves sonores déchaînés par lui.

Son ivresse se communiquait à l'auditoire, étrangement remué par le timbre expressif de tels sons pareils à des pleurs et par l'incroyable vélocité mise en relief grâce à divers enchevêtrements de triples croches.

Un *presto* frénétique mit le comble à l'enthousiaste délire du reptile, qui, durant plusieurs minutes, se livra sans réserve à une gymnastique désordonnée.

A la fin, il prolongea la cadence parfaite par une sorte d'amplifiante improvisation, ressassant les derniers accords jusqu'à épuisement complet du liquide percutant.

Skarioffszky approcha son bras nu, autour duquel le ver s'enroula de nouveau après avoir gravi la pente de mica.

Les nègres vinrent reprendre les différents objets, y compris la terrine aussi pleine qu'à l'arrivée.

Leur cortège, guidé par le Hongrois, disparut bientôt derrière la Bourse.

IV

OBÉISSANT aux commandements de Rao, toute la portion de foule noire massée sur la droite fit demi-tour et recula de quelques pas afin de contempler de face le théâtre des Incomparables.

Aussitôt notre groupe se rapprocha pour mieux voir Talou, qui venait de paraître en scène suivi de Carmichaël, jeune Marseillais dont le banal costume brun formait contraste avec l'extravagante toilette impériale.

A l'aide d'une voix de fausset qui en copiant le timbre féminin se trouvait en rapport avec sa robe et sa perruque, Talou exécuta l'*Aubade* de Dariccelli, morceau à vocalises des plus périlleux.

Carmichaël, sa musique à la main, soufflait mesure par mesure l'air accompagné du texte français, et l'empereur, fidèle écho de son guide, faisait entendre maintes roulades qui, après quelques minutes d'efforts, aboutirent, dans le registre suraigu, à une note finale assez pure.

* *
* *

La romance terminée, chanteur et souffleur vinrent se mêler au public, pendant que l'historien Juillard, leur succédant sur les planches, s'installait vers notre gauche à sa table de conférencier, chargée de différentes notes qu'il se mit à feuilleter.

Durant vingt minutes, le merveilleux orateur nous tint sous le charme de son élocution captivante, avec un rapide exposé qui, plein de clarté spirituellement évocatrice, prenait pour sujet l'histoire des Électeurs de Brandebourg.

Parfois il tendait la main vers l'une des effigies fixées à la toile de fond, attirant notre attention sur tel trait caractéristique ou sur telle expression de visage que ses paroles venaient de mentionner.

Pour finir, il se résuma par une brillante période synthétique, et, en se retirant, nous laissa sous une impression d'éblouissement due à la coloration imagée de sa verve étincelante.

*
* *

Aussitôt l'ichtyologiste Martignon s'avança
jusqu'au milieu de la scène, tenant à deux mains
un aquarium d'une parfaite transparence, dans
lequel évoluait doucement certain poisson blanchâtre de forme étrange.

En quelques mots le savant naturaliste nous
présenta la Raie Esturgeonnée, spécimen encore inconnu que lui avait procuré la veille un
sondage heureux opéré en pleine mer.

Le poisson que nous avions sous les yeux
était le produit d'un croisement de races ; seuls
des œufs de raie fécondés par un esturgeon
pouvaient engendrer les doubles particularités
nettement caractérisées que réunissait à lui seul
le phénomène de l'aquarium.

*
* *

Pendant que Martignon s'éloignait lentement,
couvant sans cesse des yeux l'hybride remarquable découvert par lui, Tancrède Boucharessas, père des cinq enfants dont nous avions ad-

miré l'adresse, faisait une entrée impressionnante
en poussant lui-même sur le devant de la scène
un volumineux instrument à roulettes.

A la fois cul-de-jatte et manchot des deux
bras, Tancrède, sanglé dans un costume de
Bohémien, se mouvait très alertement en sautillant sur ses tronçons de cuisses. Il grimpa sans
aucune aide sur une plate-forme basse située au
milieu du meuble qu'il venait de charrier, et,
tournant ainsi le dos au public, trouva juste à
hauteur de sa bouche une large flûte de Pan qui,
cintrée autour de son menton, comprenait un
ensemble vertical de tuyaux régulièrement étagés par en dessous du plus grand au plus petit.
Vers la droite, un gros accordéon présentait, à
l'extrémité de son soufflet, une épaisse courroie
de cuir dont la boucle s'adaptait exactement au
biceps incomplet dépassant de dix centimètres
à peine l'épaule du petit homme. De l'autre
côté, un triangle suspendu par un fil était prêt à
vibrer sous les battements d'une tige de fer fixée
d'avance, par de solides attaches, au moignon
gauche de l'exécutant.

Après s'être mis en bonne posture, Tancrède,
donnant à lui seul l'illusion d'un orchestre,
attaqua vigoureusement une brillante ouverture.

Sa tête oscillait sans cesse avec rapidité pour
permettre à ses lèvres de trouver sur la flûte les

notes de la mélodie, tandis que ses deux biceps travaillaient à la fois, — l'un faisant alterner l'accord parfait et l'accord de neuvième en agitant dans les deux sens le soufflet de l'accordéon, — l'autre abaissant au moment voulu, sur la base du triangle, la tige de fer pareille à un battant de cloche.

A droite, vue de profil et formant une des faces latérales du meuble, une grosse caisse à mailloche mécanique avait pour pendant, du côté gauche, une paire de cymbales fixée à l'extrémité de deux solides supports de cuivre. Sans cesse, au moyen d'un saut habile qui ne remuait que ses épaules en laissant sa tête indépendante, Tancrède mettait en mouvement une planchette à ressort sur laquelle il se tenait debout; sous le poids de son corps retombant lourdement, la mince surface mobile actionnait en même temps la mailloche et la paire de cymbales dont le frottement assourdissant se confondait avec le coup sonore de la grosse caisse.

L'ouverture magistrale, aux nuances fines et variées, se termina par un *presto* plein d'allure, durant lequel les cuisses tronquées du phénomène, rebondissant à chaque temps sur la planchette, rythmaient une vertigineuse mélodie accompagnée *fortissimo* par la basse vibrante de l'accordéon jointe aux multiples tintements du triangle.

Après l'accord final, le petit homme, toujours vif, quitta son poste pour disparaître dans la coulisse, pendant que deux de ses fils, Hector et Tommy, venus pour débarrasser la scène, emportaient sans retard l'instrument, ainsi que la table et la chaise du conférencier.

Cette besogne achevée, un artiste s'avança sur les planches, correctement vêtu d'un habit noir et tenant un chapeau claque dans ses mains gantées de blanc. C'était Ludovic, le fameux chanteur à voix quadruple, dont la bouche attira vite tous les regards par ses dimensions colossales.

Avec un joli timbre de ténor, Ludovic, doucement, commença le célèbre canon de *Frère Jacques;* mais, seule, l'extrémité gauche de sa bouche était en mouvement et prononçait les paroles connues, tandis que le restant de l'énorme gouffre se maintenait immobile et fermé.

Au moment où, après les premières notes, les mots : « Dormez-vous » résonnaient à la tierce supérieure, une seconde division buccale attaqua « Frère Jacques » en partant de la tonique; Ludovic, grâce à de longues années de travail,

était parvenu à scinder ses lèvres et sa langue en
portions indépendantes les unes des autres et à
pouvoir sans peine articuler en même temps
plusieurs parties enchevêtrées, différant par l'air
et par les paroles; actuellement la moitié gauche
remuait tout entière en découvrant les dents,
sans entraîner dans ses ondulations la région
droite demeurée close et impassible.

Mais une troisième fraction labiale entra
bientôt dans le chœur en copiant exactement
ses devancières; pendant ce temps la deuxième
voix entonnait : « Dormez-vous », égayée par la
première, qui introduisait un élément nouveau
dans l'ensemble en scandant « Sonnez les matines » sur un rythme alerte et argentin.

Une quatrième fois les mots : « Frère Jacques »
se firent entendre, prononcés maintenant par l'extrémité droite, qui venait de rompre son inaction
pour compléter le quatuor; la première voix terminait alors le canon par les syllabes : « Dig,
ding, dong », servant de base à « Sonnez les
matines » et à « Dormez-vous », nuancés par
les deux voix intermédiaires.

L'œil fixe, la paupière dilatée, Ludovic avait
besoin d'une tension d'esprit continuelle pour
accomplir sans erreur ce tour de force inimitable.
La première voix avait repris l'air à son début, et
les compartiments buccaux, mus différemment,
se partageaient le texte du canon, dont les quatre

fragments exécutés simultanément s'amalgamaient à ravir.

Ludovic peu à peu accentua son timbre, pour commencer un vigoureux *crescendo* qui donnait l'illusion d'un groupe lointain se rapprochant à pas rapides.

Il y eut un *fortissimo* de quelques mesures durant lequel, évoluant toujours en cycle perpétuel d'une case labiale vers l'autre, les quatre motifs, bruyants et sonores, s'épanouirent avec puissance dans un mouvement légèrement accéléré.

Puis, le calme s'établissant de nouveau, la troupe imaginaire parut s'éloigner et se perdre au détour d'un chemin; les dernières notes se réduisirent à un faible murmure, et Ludovic, épuisé par un terrible effort mental, sortit en s'épongeant le front.

*
* *

Après un entr'acte d'une minute, on vit paraître Philippo, présenté par Jenn, son inséparable barnum.

Une simple tête quinquagénaire, posée sur un large disque rouge et maintenue par une armature en fer qui l'empêchait de tomber, tel

était Philippo; une barbe courte et hirsute ajoutait à la laideur du visage, amusant et sympa-
thique à force d'intelligente drôlerie.

Jenn, tenant à deux mains le disque uni, sorte
de table ronde dépourvue de pied, montrait au
public cette tête sans corps, qui se mit à bavar-
der joyeusement avec la plus originale faconde.

La mâchoire inférieure, très saillante, provoquait à chaque mot un jet de postillons qui,
s'échappant en gerbe de la bouche, retombaient
en avant à une certaine distance.

Ici l'on ne pouvait admettre aucun des sub-
terfuges employés pour le classique *décapité
parlant;* nul système de glaces n'existait sous la
table, que Jenn maniait au hasard sans précautions suspectes. Le barnum, d'ailleurs, marcha
jusqu'au bord de l'estrade et tendit la plate-
forme ronde au premier spectateur désireux de
la prendre.

Skarioffszky s'avança de quelques pas et reçut
Philippo, qui dès lors, passant de main en main,
fit, avec chacun, une brève conversation imprévue et spirituelle; certains tenaient la table à
bout de bras, pour éviter le mieux possible les
innombrables postillons lancés par la bouche
du phénomène, dont les étonnantes reparties
suscitaient parmi nous de continuels éclats de
rire.

Après une tournée complète Philippo revint

à son point de départ et fut rendu à Jenn resté debout sur la scène.

Aussitôt le barnum poussa un ressort secret qui ouvrit, ainsi qu'une boîte prodigieusement plate, la table rouge formée en réalité de deux parties reliées par une fine charnière.

Le disque inférieur s'abaissa de profil en plan vertical, pendant que, soutenue par Jenn, la rondelle qui tout à l'heure jouait le rôle de couvercle supportait toujours horizontalement la figure barbue.

En dessous pendait maintenant, recouvert du classique maillot couleur chair, un minuscule corps humain qui, grâce à une atrophie absolue, avait pu tenir jusqu'alors dans l'étroite cachette de la table creuse, épaisse au plus de trois centimètres.

Cette vision soudaine complétait la personne de Philippo, nain loquace qui, montrant une tête normalement développée, vivait en parfaite santé malgré l'exiguïté de son impressionnante anatomie.

Continuant à parler en crachant, l'étonnant bavard agitait de tous côtés ses membres de marionnette, comme pour donner libre cours à sa gaîté pleine d'inlassable exubérance.

Bientôt, prenant Philippo par la nuque après avoir écarté l'armature de fer mobile sur plusieurs charnières à cran d'arrêt, le barnum, avec sa main gauche, abaissa le disque supérieur, dont l'ouverture livra facilement passage au corps impondérable habillé de rose.

L'agile brimborion, dont la tête, plus grosse que celle de Jenn, égalait en hauteur le restant de l'individu, mit soudain à profit l'indépendance récente de ses mouvements pour se gratter furieusement la barbe sans interrompre son verbiage humide.

Au moment où Jenn l'emportait dans la coulisse, il se prit allègrement un pied dans chaque main et disparut en gigotant, pendant qu'un dernier lazzi envoyait au loin maintes gouttes de son abondante salive.

*\
* *

Aussitôt le Breton Lelgoualch, vêtu du costume légendaire de sa province, s'avança en saluant avec son chapeau rond, tandis que le plancher de la scène résonnait sous les chocs de sa jambe de bois.

Dans sa main gauche il tenait un os évidé, nettement percé de trous comme une flûte.

Avec un fort accent de Bretagne, le nouveau venu, récitant un boniment tout fait, nous donna sur lui-même les détails suivants.

A dix-huit ans, Lelgoualch, exerçant le métier de pêcheur, longeait chaque jour avec sa petite barque les côtes voisines de Paimpol, sa ville natale.

Possesseur d'un biniou, le jeune homme passait pour le meilleur joueur de la contrée. Chaque dimanche on se réunissait sur la place publique pour l'entendre exécuter, avec un charme tout personnel, une foule d'airs bretons formant dans sa mémoire une réserve inépuisable.

Un jour, à la fête de Paimpol, en grimpant vers le sommet d'un mât de cocagne, Lelgoualch tomba de haut sur le sol et se fractura la cuisse. Honteux de sa maladresse dont tout le village était témoin, il se releva et recommença son ascension, qu'il réussit à la force des poignets. Puis il rentra chez lui tant bien que mal, mettant toujours son point d'honneur à cacher ses souffrances.

Quand, après une trop longue attente, il fit enfin mander un médecin, le mal, terriblement développé, avait amené la gangrène à sa suite.

L'amputation fut jugée nécessaire.

Lelgoualch, averti, envisagea la situation avec courage et, ne songeant qu'à en tirer le meilleur parti, pria simplement l'opérateur de lui garder son tibia, dont il comptait faire un usage mystérieux.

On agit selon son désir, et certain jour le pauvre amputé, orné d'une jambe de bois toute neuve, se rendit chez un luthier auquel il remit, avec des instructions précises, un paquet soigneusement enveloppé.

Un mois après, Lelgoualch reçut dans un écrin noir, doublé de velours, l'os de sa jambe transformé en flûte étrangement sonore.

Le jeune Breton apprit vite le doigté nouveau et commença une carrière lucrative en jouant les airs de son pays dans les cafés-concerts et dans les cirques; la bizarrerie de l'instrument, dont la provenance était chaque fois expliquée, attirait la foule des curieux et faisait partout croître la recette.

L'amputation remontait à plus de vingt ans déjà, et depuis lors la résonance de la flûte s'était sans cesse améliorée, comme celle d'un violon qui se bonifie avec le temps.

En terminant son récit, Lelgoualch porta son tibia jusqu'à ses lèvres et se mit à jouer une mélodie bretonne remplie de lente mélancolie. Les sons purs et veloutés ne ressemblaient à rien de connu; le timbre, à la fois chaud et cristallin, d'une limpidité inexprimable, convenait merveilleusement au charme particulier de l'air calme et chantant, dont les contours évocateurs transportaient la pensée en pleine Armorique.

Plusieurs refrains, joyeux ou patriotiques, amoureux ou dansants, suivirent cette première romance, gardant tous une grande unité d'où se dégageait une intense couleur locale.

Après une douce complainte finale, Lelgoualch se retira d'un pas alerte, en frappant de nouveau le plancher avec sa jambe de bois.

⁎
⁎ ⁎

L'écuyer Urbain fit alors son apparition, en veste bleue, culotte de peau et bottes à revers, conduisant un magnifique cheval noir plein de sang et de vigueur. Un élégant licou ornait seul la tête de l'animal, dont la bouche ne subissait aucune entrave.

Urbain fit quelques pas sur la scène et plaça de face le splendide coursier, qu'il présenta sous le nom de Romulus, appelé en argot de cirque le *cheval à platine*.

Sur une demande formulée par l'écuyer, réclamant de l'assistance un vocable quelconque, Juillard lança le mot « Équateur ».

Aussitôt, répétant lentement une par une les syllabes qu'Urbain lui soufflait à haute voix, le cheval prononça distinctement « *É...qua...teur...* ».

La langue de l'animal, au lieu d'être carrée

comme celle de ses pareils, affectait la forme
pointue d'une *platine* humaine. Cette particularité, remarquée par hasard, avait décidé Urbain
à tenter l'éducation de Romulus, qui, tel qu'un
perroquet, s'était habitué, en deux ans de travail,
à reproduire nettement n'importe quel son. .

L'écuyer recommença l'expérience, demandant maintenant aux spectateurs des phrases
complètes que Romulus redisait avec lui. Bientôt, se passant de souffleur, le cheval avec faconde débita son répertoire entier, comprenant
maints proverbes, fragments de fables, jurons et
lieux communs, récités au hasard sans aucune
trace d'intelligence ni de compréhension.

A la fin de ce discours abracadabrant, Urbain
emmena Romulus, qui murmurait encore de
vagues réflexions.

*
* *

L'homme et le cheval furent remplacés par
Whirligig, qui, svelte et léger avec son costume
de clown et sa face enfarinée, portait isolément
par le bord, à l'aide de ses deux mains et de ses
dents, trois profonds paniers finement tressés,
qu'il déposa sur la scène.

Singeant habilement l'accent anglais, il se

présenta comme un chançard venant de réaliser certain gros bénéfice à deux jeux différents.

En même temps il montrait les paniers, remplis respectivement de sous, de dominos et de cartes à jouer bleu foncé.

Prenant d'abord la corbeille au billon qu'il transporta vers la droite, Whirligig, en puisant à pleines mains la monnaie de cuivre, édifia sur le bord de l'estrade une curieuse construction adossée à la paroi.

Gros et petits sous s'empilaient vite sous les doigts exercés du clown, qui semblait rompu à l'exercice entrepris. On distingua bientôt la base d'un donjon féodal, percé d'une large porte dont la partie supérieure manquait encore.

Sans prendre un instant de repos, l'agile ouvrier continua son travail accompagné d'un tintement métallique plein de sonore gaîté. Par places, d'étroites meurtrières étaient ménagées dans la paroi arrondie qui s'élevait à vue d'œil.

Parvenu au niveau marqué par le sommet de la porte, Whirligig sortit de sa manche une longue tige mince et plate, dont la couleur brune pouvait se confondre avec la teinte crasseuse des sous. Cette poutre résistante, posée comme un pont sur les deux montants de la baie, permit au clown de continuer son œuvre sur un appui solide et complet.

Les pièces s'entassèrent encore en abondance,

et, quand le panier fut vide, Whirligig désigna
d'un geste orgueilleux une haute tour artistement crénelée, semblant faire partie de quelque
vieille façade dont un coin seul apparaissait
comme un décor.

Avec une foule de dominos pris à brassées
dans le second panier, le clown voulut construire
ensuite, à l'extrémité droite de la scène, une
sorte de mur en équilibre.

Les rectangles uniformes, placés sur une seule
épaisseur, se superposaient symétriquement, présentant maints revers noirs mélangés de faces
blanches plus ou moins mouchetées.

Bientôt un large pan, dressé suivant une
verticale absolument parfaite, montra, sur un
fond blanc, la silhouette noire d'un prêtre en
longue soutane, coiffé du chapeau traditionnel;
tantôt couchés, tantôt debout selon le besoin
des contours, les dominos, enfantant seuls le
dessin par l'habile alternance de leurs côtés,
semblaient soudés ensemble par leurs bords
étroits, grâce à la précision apportée dans le travail.

Whirligig, continuant ainsi sans mortier ni
truelle, acheva en quelques minutes un mur
long de trois mètres, qui, s'éloignant vers le
fond de la scène dans une direction légèrement
oblique, engendrait un bloc rigoureusement ho-

mogène. Le premier sujet se répétait sur l'étendue entière de la mosaïque, et l'on voyait maintenant tout un défilé de vicaires semblant marcher par petits groupes vers un but inconnu.

S'approchant du troisième panier, le clown prit, en la dépliant, une grande pièce de drap noir, qui, par deux coins respectivement pourvus d'un anneau, fut aisément suspendue à deux crochets plantés d'avance dans la toile de fond et dans le mur gauche de la scène.

La tenture noire, tombant jusqu'au plancher, formait ainsi un large pan coupé auquel aboutissait, en partant de la tour monnayée, l'axe du mur de dominos.

Fraîchement exposée à l'air par la manœuvre de Whirligig, la face visible du drap était recouverte d'un enduit humide, sorte de glu neuve et brillante.

Le clown se campa gracieusement devant cette vaste cible, contre laquelle il se mit à lancer, avec une adresse merveilleuse, les cartes à jouer qu'il sortait par poignées de sa réserve.

Chaque léger projectile, tournant sur lui-même, venait infailliblement coller son dos bleu à la tenture et demeurait prisonnier sur l'enduit tenace; l'opérateur paraissait faire une réussite en alignant symétriquement ses cartes, qui, noires ou rouges, fortes ou faibles, voisinaient

au hasard sans distinction de valeur ni de catégorie.

Avant peu, carreaux, trèfles, piques et cœurs,
se succédant en raies droites, ébauchèrent sur le
fond noir la configuration d'un toit; puis ce fut
une façade complète percée de quelques fenêtres
et d'une large porte, sur le seuil de laquelle
Whirligig dessina soigneusement, avec un jeu
entier, la silhouette d'un ecclésiastique en chapeau, qui, descendant de sa demeure, semblait
accueillir le groupe de collègues dirigés vers lui.

La réussite terminée, le clown se tourna pour
donner en ces termes l'explication de ses trois
chefs-d'œuvre : « Une confrérie de Révérences
sortant de la tour d'un vieux cloître pour rendre
visite au curé dans sa cure. »

Ensuite, toujours leste et léger, il plia la tenture noire avec toutes les cartes qu'elle contenait
et démolit en quelques secondes le mur évocateur et la tour brune.

Tout fut bientôt réintégré dans les solides
paniers, avec lesquels Whirligig s'éclipsa comme
un lutin.

*
* *

Au bout d'un moment le ténor belge Cuijper
parut en scène, serré dans une étroite redingote.

Il tenait dans ses doigts un fragile instrument de métal, qu'il offrit le mieux possible aux regards de l'assistance en le faisant tourner lentement pour exposer alternativement toutes ses faces.

C'était une *pratique* semblable, en un peu plus grand, à ces jouets nasillards qui servent à copier la voix de Polichinelle.

Cuijper nous conta brièvement l'histoire de cette babiole, qui, inventée par lui, avait pu, en centuplant sa voix, ébranler jusque dans ses fondations le théâtre de la Monnaie à Bruxelles.

Chacun de nous se souvenait du bruit fait par les journaux autour de la *Pratique de Cuijper*, que nul facteur d'instruments n'avait su imiter.

Le ténor gardait jalousement certain secret qui, touchant la composition du métal et la forme de maintes circonvallations, donnait au précieux bibelot de fabuleuses qualités de résonance.

Craignant de multiplier les chances de vol et d'indiscrétions, Cuijper s'était limité à la fabrication d'un seul spécimen, objet de sa constante surveillance; nous fixions donc en ce moment la pratique même qui, pendant toute une saison, lui avait servi à chanter les premiers rôles sur la scène de la Monnaie.

En achevant ces explications préliminaires,

6.

Cuijper annonça le grand air de *Gorloès* et mit la pratique à sa bouche.

Soudain une voix surhumaine, qui, semblait-il, devait s'entendre à plusieurs lieues à la ronde, sortit de son gosier en faisant tressaillir tous les auditeurs.

Cette force colossale ne nuisait en rien au charme du timbre, et la pratique mystérieuse, cause de cet incroyable épanouissement, éclair-cissait, au lieu de la dénaturer, l'élégante pro-nonciation des paroles.

Évitant tout effort, Cuijper, comme en se jouant, révolutionnait les couches d'air, sans que jamais aucune intonation criarde ne vînt troubler la pureté de ses sons, qui rappelaient à la fois la souplesse de la harpe et la puissance de l'orgue.

A lui seul il remplissait l'espace mieux qu'un chœur immense; ses *forte* auraient couvert les grondements du tonnerre, et ses *piano* conser-vaient une ampleur formidable, tout en donnant l'impression d'un léger murmure.

La note finale, prise en douceur, puis enflée avec art et quittée en pleine apogée, provoqua dans la foule un sentiment de stupeur qui dura jusqu'au départ de Cuijper, dont les doigts, de nouveau, maniaient l'étrange pratique.

*
* *

Un frisson de curiosité ranima l'assistance à l'entrée de la grande tragédienne italienne Adinolfa, vêtue d'une simple robe noire qui accentuait la tristesse fatale de sa physionomie assombrie elle-même par de beaux yeux de velours et par une opulente chevelure brune.

Après une courte annonce, Adinolfa se mit à déclamer en italien des vers du Tasse amples et sonores; ses traits exprimaient une douleur intense, et certains éclats de sa voix touchaient presque au sanglot; elle tordait ses mains avec angoisse, et toute sa personne vibrait douloureusement, ivre d'exaltation et de désespoir.

Bientôt de vraies larmes jaillirent de ses yeux, prouvant la troublante sincérité de son prodigieux émoi.

Parfois elle s'agenouillait, courbant la tête sous le poids de son chagrin, pour se relever ensuite, les doigts joints et tendus vers le ciel, auquel semblaient s'adresser avec ferveur ses accents déchirants.

Ses cils ruisselaient sans cesse, tandis que, soutenues par sa mimique impressionnante, les stances du Tasse résonnaient âprement, dites

sur un ton sauvage et empoignant, propre à évoquer la pire torture morale.

Sur un dernier vers emphatique, dont chaque
syllabe fut hurlée isolément d'une voix enrouée
par l'effort, la géniale tragédienne s'en alla d'un
pas lent, tenant sa tête à deux mains, non sans
répandre jusqu'à la fin ses pleurs limpides et
abondants.

Aussitôt deux rideaux de damas rouge, tirés
par une main inconnue, partirent simultanément
des côtés extrêmes de la scène vide, qu'ils mas-
quèrent parfaitement en se rejoignant au point
médian.

V

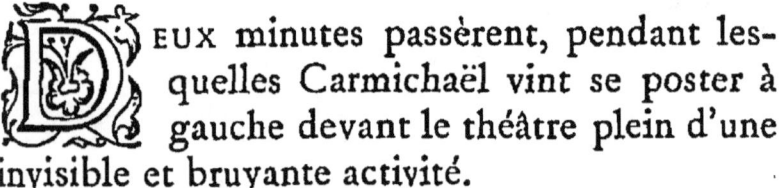EUX minutes passèrent, pendant lesquelles Carmichaël vint se poster à gauche devant le théâtre plein d'une invisible et bruyante activité.

Soudain les rideaux se rouvrirent sur un tableau vivant empreint de joie pittoresque.

D'une voix sonore, Carmichaël, en désignant l'immobile apparition, articula cette courte apostrophe : « Le Festin des Dieux de l'Olympe. »

Au milieu de la scène, tendue de draperies noires, Jupiter, Junon, Mars, Diane, Apollon, Vénus, Neptune, Vesta, Minerve, Cérès et Vulcain, assis en grands costumes à une table luxueusement garnie, levaient en souriant leurs coupes bien remplies. Prêt à gaîment trinquer à la ronde, Mercure, représenté par le comique

Soreau, semblait soutenu dans l'espace par les ailes de ses sandales et planait au-dessus du banquet sans lien visible avec les combles.

Les rideaux, en se fermant, firent disparaître la surhumaine assemblée, puis s'écartèrent de nouveau après un remue-ménage de quelques instants, pour montrer dans un cadre différent une vision assez complexe.

La partie gauche de la scène évoquait paisiblement quelque nappe d'eau cachée par une haie de roseaux.

Une femme de couleur, qui, par son costume et sa parure, semblait appartenir à une tribu sauvage du Nord-Amérique, foulait, immobile, le fond d'une barque légère. Seule avec elle sur le frêle esquif, une fillette de race blanche tenait à deux mains la tige d'un filet de pêche à l'aide duquel, par un geste brusque, elle soulevait hors de l'onde un brochet pris au piège ; en dessous, on voyait passer à travers les mailles la tête du poisson prêt à replonger dans son élément.

L'autre moitié de la scène figurait une rive gazonneuse. Au premier plan, un homme paraissant courir à toutes jambes portait sur ses épaules une hure de carton, qui, en cachant complètement sa tête, lui donnait l'aspect d'un sanglier à corps humain. Un fil de fer formant

une arche très ample se rattachait par ses deux
extrémités aux poignets encerclés que le coureur tendait en avant à une hauteur inégale. Un
gant, un œuf et un fétu de paille, accomplissant
un vol factice, étaient traversés par le fil métallique en trois points différents de la courbe gracieuse. Les mains du fuyard s'ouvraient vers le
ciel comme pour jongler avec ces trois objets
figés dans leur course aérienne. L'arche, obliquement inclinée, donnait une impression d'entraînement rapide et irrésistible. Vu de profil perdu
et attiré en apparence par une force invincible,
le jongleur s'éloignait vers le fond de la scène.

Au second plan, une oie vivante gardait une
pose de vertigineux essor, grâce à une glu quelconque fixant au sol, en un pas immense, ses
pattes prodigieusement distantes. Les deux ailes
blanches s'écartaient largement comme pour ac-
tiver cette fuite éperdue. Derrière l'oiseau, Soreau, vêtu d'une robe flottante, représentait
Borée en courroux ; de sa bouche s'échappait un
long entonnoir en carton gris bleuté, qui, zébré
de fines rayures longitudinales et copié sur ces
grands souffles mis par les dessinateurs aux
lèvres des zéphyrs joufflus, figurait avec art une
haleine de tempête ; le bout évasé du cône léger
visait l'oie, chassée en avant par le déplacement
d'air. Borée, en outre, tenant dans la main droite
une rose à haute tige épineuse, s'apprêtait froi-

dement à fouetter la fugitive pour accélérer sa
course. Tourné presque de face, l'oiseau était
sur le point de croiser le jongleur, chacun semblant décrire en sens inverse le tournant rapide
d'une même parabole.

Au troisième plan se dressait une herse d'or,
derrière laquelle l'ânesse Milenkaya tendait vers
une auge remplie de son intact sa mâchoire close,
traversée de haut en bas par un séton. Certaines
particularités laissaient deviner le subterfuge
employé pour simuler l'entrave douloureuse et
affamante. Seules les deux extrémités apparentes
du séton existaient réellement, collées à la peau
de l'ânesse et terminées respectivement par un
bâtonnet transversal. A première vue, l'effet obtenu donnait bien l'idée d'une fermeture absolue
condamnant la pauvre bête à un continuel supplice de Tantale.

Carmichaël, montrant la fillette, qui, debout
dans la barque, n'était autre que Stella Boucharessas, prononça distinctement cette brève explication :

— « Ursule, accompagnée de la Huronne
Maffa, prête son appui aux ensorcelés du lac
Ontario. »

Les personnages gardaient tous une immobilité sculpturale. Soreau, serrant dans ses dents la
pointe de son long cornet couleur d'espace,
gonflait ses joues lisses et congestionnées, sans

laisser trembler la rose dressée au bout de son bras tendu.

Les rideaux se rejoignirent, et aussitôt, derrière leur impénétrable obstacle, un tintamarre prolongé se fit entendre, causé par quelque travail fiévreux et empressé.

Soudain la scène réapparut, complètement transformée.

Le centre était rempli par un escalier dont la courbe se perdait dans les combles.

A mi-hauteur, un vieillard aveugle, en costume Louis XV, se présentait de face au tournant de la descente. Sa main gauche tenait un sombre bouquet vert composé de plusieurs branches de houx. En observant la base de la gerbe, on découvrait peu à peu toutes les couleurs de l'arc-en-ciel, représentées par sept faveurs différentes nouées individuellement aux tiges groupées en faisceau.

Avec sa main libre armée d'une plume d'oie, l'aveugle écrivait sur la rampe, qui, placée à sa droite, lui offrait par sa forme plate et sa couleur blanchâtre une surface lisse et commode.

Plusieurs comparses, tassés sur les marches voisines, épiaient gravement les mouvements du vieillard. Le plus rapproché, porteur d'un large encrier, semblait guetter la plume pour l'humecter à nouveau.

7

Le doigt tendu vers la scène, Carmichaël prit la parole en ces termes :

— « Hændel composant mécaniquement le thème de son oratorio *Vesper*. »

Soreau, dans le rôle d'Hændel, s'était fabriqué une cécité de convention en maquillant ses paupières, qu'il gardait presque entièrement baissées.

La scène s'éclipsa derrière son voile de draperies, et un intervalle assez long fut signalé uniquement par les chuchotements de l'assistance.

— « Le czar Alexis découvrant l'assassin de Plechtcheïef. »

Cette phrase, lancée par Carmichaël au moment où les rideaux glissaient sur leur tringle, s'appliquait à une scène russe du XVII° siècle.

A droite, Soreau, figurant le czar, tenait verticalement au niveau de ses yeux un disque en verre roux offrant une apparence de soleil couchant. Son regard, traversant cette vitre ronde, fixait vers la gauche un groupe d'hommes du peuple empressés autour d'un mourant, qui, le visage et les mains complètement bleus, venait de tomber en convulsions dans leurs bras.

La vision dura peu et fut suivie d'un entr'acte fugitif qui prit fin sur cette annonce de Carmichaël :

— « L'écho du bois d'Arghyros envoyant à Constantin Canaris l'arome des fleurs évoquées. »

Soreau, composant le personnage de l'illustre marin, se tenait de profil au premier plan, les mains placées en porte-voix autour de sa bouche.

Près de lui, plusieurs compagnons gardaient une attitude de surprise émerveillée.

Sans bouger, Soreau prononça distinctement le mot « Rose », qui bientôt fut répété par une voix partie de la coulisse.

Au moment précis où l'écho résonnait, un parfum de rose, intense et pénétrant, se répandit sur la place des Trophées, frappant à la fois toutes les narines pour s'évanouir presque aussitôt.

Le mot « Œillet », jeté ensuite par Soreau, eut la même répercussion phonétique et odorante.

Tour à tour le lilas, le jasmin, le muguet, le thym, le gardénia et la violette furent appelés à voix haute, et chaque fois l'écho propagea de puissants effluves odoriférants, en parfait rapport avec le vocable docilement redit.

Les rideaux se croisèrent sur ce tableau poétique, et l'atmosphère se débarrassa promptement de tout vestige enivrant.

Après une attente monotone, la scène brutalement découverte fut indiquée par Carmichaël, qui accompagna son geste de ce bref commentaire :

— « Le richissime prince Savellini, atteint de cleptomanie, dévalise les rôdeurs de barrière dans les bas quartiers de Rome. »

Pour la première fois Soreau s'exhibait en tenue moderne, enveloppé d'un élégant paletot de fourrure et paré de pierres précieuses qui étincelaient à sa cravate et à ses doigts. Contre lui un cercle de sinistres voyous entourait curieusement deux combattants armés de couteaux. Mettant à profit la tension d'esprit des contemplateurs trop puissamment absorbés par le duel pour remarquer sa présence, l'homme au paletot de fourrure explorait furtivement, par derrière, les poches répugnantes dont il attirait le sordide contenu. Ses mains avancées agrippaient actuellement une vieille montre bossuée, un porte-monnaie crasseux et un grand mouchoir à carreaux encore presque enfoui dans les profondeurs d'une veste rapiécée.

Quand l'habituelle et souple fermeture eut caché ce fait divers à antithèse, Carmichaël quitta son poste, donnant ainsi une fin à la suite d'apparitions sans mouvement.

La scène fut bientôt rendue aux regards pour
l'entrée de la vieille ballerine Olga Tcherwonenkoff, grosse Livonienne à moustache, qui,
habillée en danseuse et parée de feuillage, fit
son apparition sur le dos de l'élan Sladki, qu'elle
écrasait sous son poids formidable; le gracieux
animal arpenta les planches deux fois de suite,
puis regagna la coulisse, débarrassé de sa corpu-
lente amazone, qui se mit en position pour exécuter le *Pas de la Nymphe*.

Le sourire aux lèvres, l'ex-étoile commença
une série de rapides évolutions, encore marquées
par certains vestiges de son talent passé; sous
les plis raides de la jupe de tulle, ses jambes
monstrueuses, moulées par l'étreinte du maillot
rose, accomplissaient leur savant travail avec
une agilité suffisante et un restant de grâce dont
on avait lieu d'être surpris.

Soudain, en traversant la scène à petits pas,
les deux pieds dressés sur l'extrême pointe du
gros orteil, Olga tomba lourdement avec des
cris de douleur.

Le docteur Leflaive, quittant notre groupe, se
précipita sur la scène, où il put constater l'état

lamentable de la malade, immobilisée par un *coup de fouet*.

Appelant à son aide Hector et Tommy Boucharessas, l'habile médecin, avec mille précautions, souleva l'infortunée, qui fut transportée à l'écart afin de recevoir tous les soins désirables.

Au moment de l'accident, Talou, comme pour éviter toute interruption dans le spectacle, avait donné discrètement quelques ordres à Rao.

Couvrant tout à coup les cris lointains de la pauvre Olga, un chœur immense retentit, formé de voix d'hommes graves et vibrantes.

A ce bruit, chacun se retourna vers le côté ouest, devant lequel les guerriers noirs, accroupis près de leurs armes déposées sur le sol, chantaient tous la *Jéroukka,* sorte d'épopée orgueilleuse enfantée par l'empereur, qui avait pris pour sujet le récit de ses propres exploits.

L'air, de rythme et de tonalité bizarres, se composait d'un seul motif assez court, indéfiniment reproduit avec des paroles toujours nouvelles.

Les chanteurs scandaient chaque couplet par des battements de mains réglés avec ensemble, et une impression assez grandiose se dégageait de cette glorieuse complainte, dont l'exécution ne manquait ni d'ampleur ni de caractère.

Pourtant la reprise continuelle de l'unique phrase, éternellement pareille, engendra peu à peu une intense monotonie, accentuée par les inévitables chances de durée qu'offrait la *Jéroukka,* relation fidèle où tenait la vie entière de l'empereur, dont les hauts faits étaient nombreux.

Le texte ponukéléien, entièrement inaccessible à des oreilles européennes, se déroulait en strophes confuses, sans doute pleines d'événements capitaux, et la nuit tombait progressivement sans que rien fît prévoir le terme de cette fastidieuse mélopée.

Soudain, alors qu'on désespérait de jamais atteindre au vers final, le chœur, s'arrêtant de lui-même, fut remplacé par une voix de cantatrice, — voix merveilleuse et pénétrante qui résonnait avec pureté dans la pénombre déjà opaque.

Tous les yeux, cherchant l'endroit d'où partait ce nouveau chant, découvrirent Carmichaël, qui, debout à l'extrémité gauche devant le premier rang des choristes, achevait la *Jéroukka* en phrasant solitairement, sans rien changer au motif musical, le chapitre additionnel consacré à la *Bataille du Tez.*

Sa miraculeuse voix de tête, copiant à s'y méprendre les vibrations d'un gosier féminin, se développait à souhait dans la grande sonorité du plein air, sans paraître gênée par la difficile prononciation des vocables incompréhensibles dont les stances étaient faites.

Au bout de quelques instants, Carmichaël, d'abord si sûr de lui, fut forcé de s'interrompre, trahi par sa mémoire, qui lui refusait un mot dans la suite d'inintelligibles syllabes consciencieusement apprises par cœur.

Talou souffla de loin à voix haute le fragment oublié par le jeune Marseillais, qui, retrouvant dès lors le fil du récit, parvint sans nouvelle hésitation jusqu'à la fin du dernier couplet.

Aussitôt l'empereur dit quelques mots à Sirdah, qui, traduisant en excellent français la sentence dictée par son père, dut infliger à Carmichaël une consigne de trois heures pour punition de sa légère défaillance.

VI

ES guerriers noirs, se relevant tous ensemble, venaient de ramasser leurs armes.

Reformé sous la direction de Rao, le cortège du début, augmenté de notre groupe et de la plupart des Incomparables, se mit rapidement en marche vers le sud.

Le quartier méridional d'Éjur fut traversé d'un pas alerte, et la plaine apparut bientôt, limitée à gauche par les grands arbres du Béhuliphruen, magnifique jardin plein d'essences prodigieuses et inconnues.

Rao, soudain, arrêta l'immense colonne, parvenue en un lieu très étendu que ses dimensions mêmes rendaient propice à certaine expérience phonétique de longue portée.

Stéphane Alcott, vigoureux gaillard au thorax
proéminent, sortit de nos rangs avec ses six fils,
jeunes gens de quinze à vingt-cinq ans, dont la
maigreur fabuleuse transparaissait de façon impressionnante sous de simples maillots rouges
très collants.

Le père, vêtu comme eux, se planta debout
en un point quelconque, le dos tourné au couchant, puis, effectuant avec soin un demi-quart
de tour vers la droite, s'immobilisa tout à coup,
en affectant la rigidité d'une statue.

Partant de l'endroit précis occupé par Stéphane, l'aîné des six frères marcha obliquement
dans la direction du Béhuliphruen, frayant
exactement la ligne tracée par le rayon visuel de
son père et comptant à voix haute ses pas lents
et immenses, auxquels il s'appliquait à donner
une mesure rigoureusement invariable. Il s'arrêta
au chiffre cent dix-sept, et, se retournant face à
l'occident, suivit l'exemple paternel en prenant
une pose étudiée. Son frère puîné, qui l'avait
accompagné, fit vers le sud-ouest une promenade du même genre, et, après soixante-douze
pas mécaniquement pareils, se figea ainsi qu'un
mannequin, la poitrine exposée au levant. A
tour de rôle, les quatre plus jeunes exécutèrent
la même manœuvre, choisissant chaque fois
pour point de départ le but conventionnel atteint
par le dernier mensurateur et apportant dans

l'accomplissement de leur brève étape, merveilleusement réglée, la perfection mathématique
réservée d'habitude aux seuls travaux géodé-
siques.

Quand le cadet fut à son poste, les sept comparses, inégalement distants, se trouvèrent éche-
lonnés sur une étrange ligne brisée, dont chacun
des cinq capricieux angles restait formé par deux
talons joints.

L'apparente incohérence de la figure était volontairement due au nombre strict des enjambées régulières, dont les six totaux respectifs
avaient constamment évolué entre un minimum
de soixante-deux et un maximum de cent qua-
rante-neuf.

Une fois en faction, chacun des six frères,
creusant violemment sa poitrine et son ventre
par un pénible effort des muscles, forma une
large cavité, que l'adjonction de ses bras, collés
en cercle comme des bords supplémentaires,
rendit plus profonde encore. Les maillots, grâce
à quelque enduit, adhéraient toujours à chaque
point de l'épiderme.

Mettant ses mains en porte-voix, le père, avec
un timbre grave et sonore, cria son propre nom
dans la direction de l'aîné.

Aussitôt, à intervalles inégaux, les quatre syllabes : *Stéphane Alcott,* furent répétées successivement en six points de l'énorme zigzag, sans

que les lèvres des figurants eussent bougé d'aucune manière.

C'était la voix même du chef de famille que venait de répercuter l'antre thoracique des six jeunes gens, qui, grâce à leur prodigieuse maigreur entretenue soigneusement par un terrible régime, offraient au son une surface osseuse suffisamment rigide pour en réfléchir toutes les vibrations.

Ce premier essai ne satisfit pas les exécutants, qui modifièrent légèrement leur place et leur position.

La mise au point dura quelques minutes pendant lesquelles Stéphane clama souvent son nom, épiant le résultat chaque fois perfectionné par ses fils, qui tantôt, remuant à peine les pieds, gagnaient un centimètre dans une direction quelconque, tantôt se penchaient davantage pour mieux préparer le rapide passage du son.

Il s'agissait, en apparence, de quelque instrument imaginaire, qui, difficile à bien accorder, aurait par-dessus tout réclamé pour son réglage un soin minutieux et patient.

Enfin, une épreuve lui ayant paru bonne, Stéphane, d'un mot bref qui malgré lui eut une sextuple répercussion, ordonna aux étiques sentinelles la plus complète immobilité.

Dès lors le véritable spectacle commença.

Stéphane, à pleine voix, prononça toute sorte

de noms propres, d'interjections et de mots fort usuels, en variant à l'infini le registre et l'intonation. Et chaque fois le son ricochant de poitrine en poitrine se reproduisait avec une pureté cristalline, d'abord nourri et vigoureux, puis affaibli de plus en plus jusqu'au dernier balbutiement, qui ressemblait à un murmure.

Aucun écho de forêt, de grotte ou de cathédrale n'aurait pu lutter avec cette combinaison artificielle, qui réalisait un véritable miracle d'acoustique.

Obtenu par la famille Alcott au prix de longs mois d'études et de tâtonnements, le tracé géométrique de la ligne brisée devait ses savantes irrégularités à la forme spéciale de chaque poitrine, dont la structure anatomique offrait un pouvoir résonateur d'une portée plus ou moins grande.

Plusieurs personnes du cortège, s'étant approchées de chaque vibrant factionnaire, purent constater l'absence de toute supercherie. Les six bouches demeuraient hermétiquement closes, et seul le verbe initial faisait les frais de la multiple audition.

Voulant donner à l'expérience la plus vaste extension possible, Stéphane articula rapidement de courtes phrases, servilement ressassées par le sextuple écho; certains vers de cinq pieds, récités un par un, furent perçus distinctement sans

empiétements ni mélange; des éclats de rire variés, graves sur « oh », aigus sur « ah » et stri-
dents sur « hi », firent merveille en évoquant
une moquerie légère et impassible; cris de douleur ou d'alarme, sanglots, exclamations pathé-
tiques, toux retentissantes, éternuements co-
miques s'enregistrèrent tour à tour avec la même
perfection.

Passant de la parole au chant, Stéphane lança
de fortes notes de baryton, qui, résonnant à souhait aux différents coudes de la ligne, furent suivies de vocalises, de trilles, de fragments d'airs —
et de joyeux refrains populaires débités par bribes.

Pour finir, le soliste, après une grande respiration, arpégea indéfiniment l'accord parfait dans
les deux sens, utilisant généreusement l'étendue entière de sa voix et donnant l'illusion d'un
chœur impeccablement juste, grâce à l'ample et
durable polyphonie produite par tous les échos
mélangés.

Soudain, privées de la source musicale que
Stéphane à bout de souffle venait d'arrêter court
en se taisant, les voix factices s'éteignirent une à
une, et les six frères, reprenant avec une satisfaction visible leur position normale, purent se dé-
tendre voluptueusement en poussant de larges
soupirs.

Le cortège, rapidement reformé, se dirigea de
nouveau vers le sud.

*
* *

Après une étape courte et facile, faite dans l'obscurité envahissante, l'avant-garde atteignit le bord du Tez, grand fleuve tranquille dont la rive droite fut vite encombrée par le déploiement de la colonne.

Une pirogue pourvue de rameurs indigènes reçut à son bord Talou et Sirdah, qui furent passés sur l'autre berge.

Là, sortant sans bruit d'une hutte en bambous, le sorcier nègre Bachkou, une coupe d'ivoire en main, s'approcha de la jeune aveugle, qu'il guida par l'épaule dans la direction de l'Océan.

Bientôt, tous deux pénétrèrent dans le lit du fleuve, en s'enfonçant progressivement à mesure qu'ils s'éloignaient du rivage.

Au bout de quelques pas, immergé jusqu'à la poitrine, Bachkou s'arrêta en tenant haut dans sa main gauche la coupe à demi pleine d'un liquide blanchâtre, tandis qu'auprès de lui Sirdah disparaissait presque entièrement dans les eaux sombres et bruissantes.

Avec deux doigts trempés dans le baume laiteux, le sorcier frotta doucement les yeux de la

jeune fille, puis attendit patiemment pour donner
au remède le temps d'agir; le délai passé, à l'aide
de deux coups de pouce nettement appliqués sur
le globe de chaque œil, il détacha brusquement
les deux taies, qui tombèrent dans le courant et
disparurent bientôt vers la mer.

Sirdah avait poussé un cri de joie, prouvant
la réussite complète de l'opération, qui venait en
effet de lui rendre la vue.

Son père lui répondit par une délirante exclamation, suivie de plusieurs clameurs enthousiastes proférées par le cortège entier.

Regagnant hâtivement la terre ferme, l'heureuse enfant se jeta dans les bras de l'empereur,
qui la tint longtemps embrassée avec une touchante émotion.

Tous deux prirent place de nouveau dans la
pirogue, qui, traversant le fleuve, les déposa sur
la rive droite, pendant que Bachkou rentrait dans
sa hutte.

Sirdah gardait précieusement sur elle l'intense
humidité due aux eaux sacrées du fleuve témoin
de sa guérison.

*
* *

Guidée par Rao, la colonne remonta la berge
sur une étendue de cent mètres et s'arrêta devant

un vaste appareil qui, établi entre quatre poteaux, s'avançait au-dessus du cours d'eau comme une arche de pont.

La nuit s'était faite peu à peu, et, sur la rive, un phare d'acétylène, fixé au sommet d'un pieu, éclairait, à l'aide de son puissant réflecteur braqué avec soin, tous les détails de l'étonnante machine vers laquelle convergeaient tous les regards.

L'ensemble, entièrement métallique, donnait dès le premier coup d'œil l'idée bien définie d'un métier à tisser.

Au milieu, parallèlement au courant, s'étendait certaine *chaîne* horizontale faite d'une infinité de fils bleu clair, qui, placés côte à côte sur une seule rangée, n'occupaient en largeur qu'un espace de deux mètres, grâce à leur fabuleuse finesse.

Plusieurs *lisses,* comprenant des fils verticaux respectivement munis d'un œillet, formaient l'une derrière l'autre des plans perpendiculaires à la chaîne qu'elles traversaient de part en part. Devant elles pendait un *battant,* sorte d'immense peigne métallique dont les dents imperceptibles et innombrables égalisaient la chaîne ainsi qu'une chevelure.

A droite, un grand panneau d'un mètre carré, bordant la chaîne, se composait d'une foule d'alvéoles séparées par de fines parois; chacune de

ces cases abritait une étroite navette dont la
canette, mince bobine fixée de l'avant à l'arrière,
portait une provision de soie unicolore. Tous les
tons imaginables, variant délicatement les sept
échantillons du prisme, se trouvaient représentés par la garniture interne des navettes, dont
le nombre pouvait s'élever à mille. Les fils, plus
ou moins dévidés suivant leur éloignement, venaient aboutir à droite sur l'angle initial de la
chaîne et engendraient un étrange réseau prodigieusement polychrome.

En bas, presque à fleur d'eau, maintes aubes
de toutes dimensions, disposées en carré plein
comme un escadron, formaient la base entière
de l'appareil, soutenu d'un côté par la rive et
de l'autre par deux pilotis enfoncés dans le lit
du fleuve. Chaque aube, suspendue entre deux
tiges étroites, semblait prête à faire tourner une
courroie de transmission qui, enserrant à gauche
une portion libre du mince moyeu, dressait verticalement ses deux rubans parallèles.

Entre les aubes et la chaîne s'étendait une
sorte de coffre long contenant sans doute le
mystérieux mécanisme appelé à mouvoir l'ensemble.

Les quatre poteaux supportaient à leur sommet un épais plafond rectangulaire d'où descen-
daient les lisses et le battant.

Aubes, coffre, plafond, panneau, navettes,

poteaux et pièces intermédiaires, tout, sans nulle exception, était créé en acier fin de nuance gris clair.

Après avoir posté Sirdah au premier rang pour l'initier à la confection automatique de certain manteau qu'il voulait lui offrir, l'inventeur Bedu, héros du moment, appuya sur un ressort du coffre afin de mettre en mouvement la précieuse machine enfantée par son industrieuse persévérance.

Aussitôt différentes aubes plongèrent à demi dans le fleuve, livrant leurs palettes à la puissance du courant.

Invisiblement actionné par les courroies de transmission, dont la portion supérieure se perdait dans les profondeurs du coffre, le panneau garni de navettes glissa horizontalement dans l'axe du courant. Malgré ce déplacement, les fils innombrables fixés à l'angle de la chaîne gardèrent une rigidité parfaite, grâce à un système de tension rétrograde dont toutes les navettes étaient pourvues ; abandonnée à elle-même, chaque *pointricelle*, ou broche supportant la canette, tournait dans le sens inverse au dévidage, par l'effet d'un ressort opposant une très faible résistance à l'extraction de la soie. Tels fils se raccourcissant mécaniquement pendant que d'autres s'allongeaient, le réseau conser-

vait sa pureté première sans flaccidité ni emmê-
lement.

Le panneau était soutenu par une épaisse tige
verticale qui, décrivant un coude brusque, pénétrait horizontalement dans l'intérieur du coffre;
là, quelque longue rainure que nous ne pou-
vions apercevoir de la rive permettait sans doute
le patinage silencieux effectué depuis un moment.

Bientôt le panneau s'arrêta pour se mouvoir
en hauteur. La portion verticale de sa tige s'allongea doucement, révélant un jeu de compartiments glissants pareils à ceux d'un télescope;
réglée par un concours de corde et de poulie
internes, la détente de quelque puissant ressort
à boudin pouvait seule provoquer cette ascension discrète, qui prit fin au bout d'un instant.

L'évolution du panneau avait coïncidé avec
un mouvement subtil des lisses, dont certains fils
venaient de s'abaisser pendant que d'autres s'é-
levaient. Le travail s'accomplissait hors de notre
vue dans l'épaisseur du plafond, qui n'utilisait
que de minces rainures pour livrer passage aux
immenses franges tendues en bas par une légion
de plombs étroits à peine supérieurs au niveau du
coffre. Chaque soie de la chaîne, traversant isolément l'œillet d'un des fils, se trouvait actuellement montée ou descendue de plusieurs centimètres.

Soudain, rapide comme l'éclair, une navette, lancée par un ressort du panneau, passa entre l'ensemble des soies dénivelées, dont elle franchit toute la largeur pour aboutir à un compartiment unique fixé en place prévue et calculée. Dévidée hors du fragile engin, une *duite* ou fil transversal s'étendait maintenant au milieu de la chaîne en formant le début de la trame.

Mû en dessous par une tige mobile dans une rainure du coffre, le battant vint frapper la duite avec ses dents sans nombre pour reprendre aussitôt sa posture verticale.

Les fils des lisses, remuant de nouveau, amenèrent un changement complet dans la disposition des soies, qui, opérant un rapide chassé-croisé, firent un important parcours en hauteur ou en profondeur.

Poussée par un ressort du compartiment de gauche, la navette, douée d'un vif élan, traversa la chaîne en sens inverse pour réintégrer son alvéole; une seconde duite déroulée par sa canette reçut un coup brutal du battant.

Pendant que les lisses accomplissaient un curieux va-et-vient, le panneau, fidèle à un plan unique, employa simultanément ses deux modes de déplacement pour se mouvoir dans une direction oblique; braquée à l'endroit déterminé, une deuxième alvéole profita d'un temps d'arrêt pour expulser une navette qui, filant comme un pro-

jectile dans l'angle collectif des soies, vint s'en-
foncer en face jusqu'au fond du compartiment
toujours stable.

Un choc du battant sur la nouvelle duite fut
suivi d'un ample manège des lisses, qui prépa-
rèrent le chemin du retour à la navette brusquement rejetée jusqu'à sa case.

Le travail continua suivant une marche invariable. Grâce à sa merveilleuse mobilité, le panneau plaçait tour à tour en face du compartiment
fixe telle navette dont le double voyage coïncidait parfaitement avec la besogne du battant et
des lisses.

Peu à peu la chaîne gagnait de notre côté, entraînée par la lente rotation de l'*ensoupleau,* large
cylindre transversal auquel tous ses fils étaient
rattachés. Le tissage s'effectuait rapidement, et
bientôt une riche étoffe apparut à nos yeux, sous
la forme d'une bande mince et régulière aux tons
finement nuancés.

En bas les aubes faisaient tout agir à elles
seules grâce à leur manœuvre complexe et précise, — certaines restant presque incessamment
immergées alors que d'autres baignaient seulement quelques instants dans le courant; plusieurs, parmi les plus petites, n'effleuraient l'onde
de leurs palettes que pendant une seconde, et se
relevaient soudain, ayant accompli un quart de
tour à peine, pour redescendre de la même façon

fugitive après un bref repos. Leur nombre, l'é-
chelonnement de leur taille, l'isolement ou la
simultanéité des plongeons courts ou durables,
fournissaient un choix infini de combinaisons
favorisant la réalisation des conceptions les
plus hardies. On eût dit quelque muet instrument, plaquant ou arpégeant des accords, tantôt
maigres, tantôt prodigieusement touffus, dont
le rythme et l'harmonie se renouvelaient sans
cesse. Les courroies de transmission, par suite
d'une souple élasticité, se prêtaient à ces continuelles alternatives d'allongement et de contraction. L'appareil entier, remarquable au point de
vue agencement et huilage, fonctionnait avec
une perfection silencieuse donnant l'impression
d'une pure merveille mécanique.

Bedu attira notre attention sur les lisses, uniquement actionnées par les aubes dont un élec-
tro-aimant transmettait l'influence du coffre au
plafond; les fils conducteurs étaient dissimulés
dans un des deux poteaux d'arrière, et cette méthode excluait l'emploi des cartons à trous du
métier Jacquard. Aucune limite ne s'imposait
aux variantes sans nombre obtenues dans la tire
de tels groupes de fils coïncidant avec l'abais-
sement des autres. Jointe à l'armée polychrome
de navettes, cette multiplicité de figures successives créées dans le mode d'écartement de la
chaîne rendait abordable l'exécution de tissus

féeriques analogues aux tableaux de maîtres.

Fabriquée à l'endroit par une anomalie que réclamait l'extraordinaire appareil spécialement destiné à fonctionner pour un public attentif, la bande d'étoffe s'agrandissait vite, montrant tous ses détails puissamment éclairés par les projections du phare. L'ensemble représentait une vaste nappe d'eau, à la surface de laquelle des hommes, des femmes et des enfants, les yeux dilatés par la terreur, se cramponnaient désespérément après quelques épaves flottant çà et là parmi des débris de toute sorte; et si grande était l'ingéniosité des fabuleux rouages de la machine, que le résultat pouvait soutenir la comparaison avec les plus fines aquarelles; les visages, pleins d'expression farouche, avaient d'admirables tons de chair, depuis le brun hâlé du vieillard et le blanc laiteux de la jeune femme jusqu'au rose juvénile de l'enfant; l'onde, épuisant la gamme des bleus, se couvrait de reflets miroitants et variait suivant les places son degré de transparence.

Mû par une courroie de transmission dressée hors d'une ouverture du vaste coffre auquel le rivaient deux supports, l'ensoupleau attirait le tissu qui déjà s'enroulait sur lui. L'autre extrémité de la chaîne offrait une assez forte résistance due à une tringle d'acier qui, servant d'aboutissement aux soies, était prise entre deux glissières parallèles fixées sur le coffre par une série de tiges verticales. C'est sur la glissière gauche qu'était vissé le compartiment immuable où chaque navette venait faire une brève station.

Le tableau de l'étoffe se complétait peu à peu, et l'on vit émerger une montagne vers laquelle des groupes humains et des animaux de toute espèce se dirigeaient à la nage; en même temps une foule de zébrures transparentes et obliques rayèrent partout l'espace et firent comprendre le sujet, emprunté à la description biblique du Déluge. Tranquille et majestueuse à la surface des flots, l'Arche de Noé dressa bientôt sa silhouette régulière et massive, agrémentée de fins personnages errant au milieu d'une nombreuse ménagerie.

Le panneau sollicitait sans cesse tous les regards par la merveilleuse sûreté de sa gymnastique alerte et captivante. Employées à tour de rôle, les teintes les plus diverses étaient lancées dans la chaîne sous forme de duites, et l'ensemble des fils ressemblait à quelque palette infiniment riche. Parfois le panneau accomplissait de grands déplacements pour utiliser l'une après l'autre des navettes fort distantes; à d'autres moments, plusieurs duites successives appartenant à la même région ne lui demandaient que de minimes voyages. La pointe de la navette choisie trouvait toujours passage entre les autres fils, qui,

partis des alvéoles voisines et tendus dans une
direction unique, ne lui opposaient qu'une claire-
voie incapable de former obstacle.

Sur le tissu, la montagne à demi gagnée par
les flots était maintenant visible jusqu'à son
sommet. Partout, contre ses flancs, de malheureux condamnés, à genoux sur ce dernier refuge
qui allait bientôt leur manquer, semblaient implorer le ciel par de grands gestes de détresse.
La pluie diluvienne se déversait en cataractes sur
tous les points du tableau, parsemé d'épaves et
d'îlots où se répétaient les mêmes scènes de désespoir et de supplications.

Le ciel s'élargissait progressivement vers le
zénith, et des nuages immenses se dessinèrent
soudain, grâce à un amalgame de soies grises
finement assorties depuis les tons les plus transparents jusqu'aux nuances les plus fuligineuses.
Les épaisses volutes de vapeur se déroulaient
majestueusement dans les airs, recélant dans
leurs flancs des réserves inépuisables, prêtes à
constamment alimenter la terrible inondation.

A ce moment Bedu arrêta l'appareil en appuyant sur un nouveau ressort du coffre. Aussitôt
les aubes s'immobilisèrent, cessant de porter la
vie aux différentes pièces désormais roides et
inactives.

Tournant l'ensoupleau à l'envers, Bedu, à
l'aide d'une lame bien affûtée, coupa sur les côtés

tous les fils dépassant le tissu promptement dégagé; puis, avec une aiguillée de soie préparée à l'avance, il eut vite fait de froncer la partie supérieure bordée par les nuages ruisselants. Ainsi agencée, l'étoffe, moins haute que large, prenait la forme d'un manteau simple et flottant.

Bedu s'approcha de Sirdah et lui mit sur les épaules les fronces du merveilleux vêtement, qui enveloppa gracieusement jusqu'aux pieds la jeune fille heureuse et reconnaissante.

*\
* *

Le sculpteur Fuxier venait de s'approcher du phare, pour nous montrer dans sa main ouverte plusieurs pastilles bleues d'extérieur uni, qui, à notre su, contenaient dans leurs flancs toutes sortes d'images en puissance créées par ses soins. Il en prit une et la lança dans le fleuve, un peu en aval du métier maintenant inactif.

Bientôt, sur la surface éclairée par les lueurs de l'acétylène, des remous se formèrent nettement, traçant en relief une silhouette bien déterminée, que chacun put reconnaître pour celle de Persée portant la tête de Méduse.

Seule, la pastille, en fondant, avait brusquement provoqué cette agitation artistique et prévue.

L'apparition dura quelques secondes, puis les eaux, s'aplanissant peu à peu, reprirent leur unité de miroir.

Habilement envoyée par Fuxier, une seconde pastille plongea dans le courant. Les ronds concentriques épanouis par sa chute s'étaient à peine dissipés qu'une nouvelle image surgissait en remous fins et nombreux. Cette fois, des danseuses en mantille, debout sur une table toute servie, exécutaient, parmi les mets et les brocs, un pas entraînant qu'elles rythmaient avec leurs castagnettes aux applaudissements des convives. Le dessin liquide était si poussé qu'on distinguait par endroits l'ombre des miettes sur la nappe.

Cette scène joyeuse effacée, Fuxier renouvela l'expérience par l'immersion d'une troisième pastille dont l'effet ne se fit pas attendre. L'eau, se ridant soudain, évoqua, en un tableau assez large, certain rêveur qui, assis près d'une source, notait sur un cahier le fruit de quelque inspiration ; derrière, appuyé sur les rochers de la cascade naissante, un vieillard à longue barbe, pareil à la personnification d'un fleuve, se penchait vers le quidam comme pour lire par-dessus son épaule.

— « Le poète Giapalu se laissant dérober par

le vieux Var les admirables vers dus à son génie, »
expliqua Fuxier, qui bientôt projeta encore une
pastille dans les flots calmés.

Le nouveau bouillonnement prit la forme d'un
immense demi-cadran aux indications étranges.
Le mot « MIDI », nettement tracé en relief par
l'eau, occupait la place habituellement réservée
à la troisième heure ; ensuite venaient vers le bas,
sur un seul quart de cercle, toutes les divisions
depuis une heure jusqu'à onze heures ; à l'extrémité inférieure, au lieu du chiffre « VI » on
lisait « MINUIT » écrit en toutes lettres dans
l'axe du diamètre ; puis, vers la gauche, onze
nouvelles divisions aboutissaient à une seconde
édition du vocable « MIDI » remplaçant la neuvième heure. Jouant le rôle d'aiguille solitaire,
un long chiffon, ressemblant à la flamme d'un
fanion, se rattachait au point exact qui eût figuré
le centre du cadran complété ; soi-disant poussée
par le vent, la souple banderole s'allongeait vers
la droite, marquant cinq heures du soir avec sa
pointe fine et tendue. L'horloge, dressée au sommet d'une tige solidement plantée, ornait un
paysage découvert où passaient quelques promeneurs, et toute la reproduction liquide était surprenante de précision et de vérité.

— « L'horloge à vent du pays de Cocagne, »
reprit Fuxier, qui amplifia son annonce par le
commentaire suivant :

Dans le bienheureux pays en question, le vent, parfaitement régulier, se chargeait bénévolement d'indiquer l'heure aux habitants. A midi juste il soufflait violemment de l'ouest et s'apaisait progressivement jusqu'à minuit, moment poétique où régnait un calme plat. Bientôt une légère brise venue de l'est s'élevait peu à peu et ne cessait de croître jusqu'au midi suivant, qui marquait son apogée. Une saute brusque se produisait alors, et, de nouveau, la tempête accourait du ponant pour recommencer son évolution de la veille. Remarquablement adaptée à ces fluctuations invariables, l'horloge soumise en effigie à notre appréciation remplissait son office mieux que le banal cadran solaire, dont la tâche uniquement diurne est sans cesse entravée par le vol des nuages.

Le pays de Cocagne avait déserté la nappe liquide, et le courant, redevenu lisse, engloutit une dernière pastille noyée par Fuxier.

La surface, en se plissant avec art, dessina un homme à demi nu portant un oiseau sur son doigt.

— « Le prince de Conti et son geai, » dit Fuxier tout en montrant sa main vide.

Quand les ondulations furent nivelées, le cortège reprit le chemin d'Éjur, en s'enfonçant dans la nuit noire que ne dissipait plus la clarté du phare éteint brusquement par Rao.

*
* *

Nous marchions depuis quelques minutes quand soudain, sur la droite, un bouquet de feu d'artifice illumina l'obscurité en produisant de nombreuses détonations.

Une gerbe de fusées monta dans les airs, et bientôt, arrivés au faîte de leur ascension, les noyaux incandescents, éclatant avec un bruit sec, semèrent dans l'espace maints lumineux portraits du jeune baron Ballesteros, destinés à remplacer l'habituelle et banale série des pluies de feu et des étoiles. Chaque image, en sortant de son enveloppe, se déployait d'elle-même, pour flotter au hasard avec de légers balancements.

Ces dessins en traits de flamme, d'une exécution remarquable, représentaient l'élégant clubman dans les poses les plus variées, en se distinguant tous par une couleur spéciale.

Ici le riche Argentin, bleu saphir des pieds à la tête, apparaissait en habit de soirée, les gants à la main et la fleur à la boutonnière; là une esquisse de rubis le montrait en tenue de salle d'armes, tout disposé à faire assaut; ailleurs un buste seul, de dimension colossale, vu de face et

tracé en lignes d'or, voisinait avec une éblouissante gravure violette où le jeune homme, en
chapeau haut de forme et en redingote bouton-
née, se trouvait pris de profil jusqu'à mi-jambes.
Plus loin une ébauche de diamant évoquait le
brillant sportsman en costume de tennis, brandissant gracieusement une raquette prête à
frapper. D'autres effigies irradiantes s'épanouis-
saient de tous côtés, mais le clou de l'ensemble
était, sans contredit, certain large tableau vert
émeraude, où, cavalier irréprochable monté sur
un cheval au trot, le héros de cette fantasmago-
rie saluait respectueusement au passage quelque
invisible amazone.

Le cortège s'était arrêté pour contempler à
loisir cet attrayant spectacle.

Les portraits, descendant lentement et projetant sur une vaste étendue leur puissant éclairage polychrome, se maintinrent quelque temps
sans rien perdre de leur éclat. Puis ils s'éteignirent sans bruit, un par un, et l'ombre peu à peu
se répandit de nouveau sur la plaine.

Au moment où le dernier trait de feu s'éva-
nouissait dans la nuit, l'entrepreneur Luxo vint
se joindre à nous, fier du superbe effet produit
par le chef-d'œuvre pyrotechnique dont il avait
lui-même effectué le lancement.

*
* *

Tout à coup un grondement lointain se fit
entendre, sourdement prolongé ; les détonations
des fusées venaient évidemment de provoquer
l'orage qui depuis longtemps se préparait dans
l'atmosphère surchauffée ; aussitôt cette même
pensée frappa l'esprit de tous : « Djizmé va
mourir ! »

Sur un signe de Talou le cortège se remit en
marche, et, traversant vivement la partie sud
d'Éjur, déboucha encore une fois sur la place
des Trophées.

L'orage s'était déjà rapproché ; les éclairs se
succédaient rapidement, suivis de coups de tonnerre chaque fois plus sonores.

Rao, qui avait pris les devants, parut bientôt
guidant ses hommes lourdement chargés d'un
curieux lit de repos qu'ils installèrent au milieu
de l'esplanade. Aux lueurs des éclairs on pouvait
examiner l'étrange composition de ce meuble,
dont l'aspect semblait à la fois confortable et
terrifiant.

Une carcasse, surélevée par quatre pieds de
bois, supportait une moelleuse natte blanche
entièrement recouverte de fins dessins séparés,

rappelant par leur forme et leur dimension les culs-de-lampe qui dans certains livres clôturent les chapitres; les sujets les plus divers étaient réunis dans cette collection de minuscules tableaux indépendants et isolés; paysages, portraits, couples rêveurs, groupes dansants, navires en détresse, couchers de soleil, se trouvaient traités avec un art consciencieux et naïf qui ne manquait ni de charme ni d'intérêt. Un coussin restait glissé sous une des extrémités de la natte, ainsi exhaussée pour soutenir la tête du dormeur; derrière la place éventuellement réservée à l'occiput, se dressait un paratonnerre dominant de sa tige brillante l'ensemble du long meuble de paresse. Une calotte de fer, reliée par un fil conducteur à la base de la haute aiguille verticale, semblait prête à enserrer le front de quelque impressionnant condamné appelé à s'étendre sur la couche fatale; en face, deux souliers métalliques, placés côte à côte, communiquaient avec la terre au moyen d'un nouveau fil dont la pointe venait d'être enfoncée dans le sol par Rao lui-même.

Arrivé à son apogée avec la rapidité météorique spéciale aux régions équatoriales, l'orage se déchaînait maintenant avec une extrême violence; un vent terrible charriait de gros nuages noirs dont la conflagration était incessante.

Rao avait ouvert la prison pour faire sortir

Djizmé, jeune indigène gracieuse et belle, qui, depuis la triple exécution du début, était demeurée seule derrière la sombre grille.

Djizmé, sans opposer de résistance, vint s'allonger sur la natte blanche, entrant d'elle-même sa tête dans la calotte de fer et ses pieds dans les souliers rigides.

Prudemment, Rao et ses aides s'écartèrent du dangereux appareil, qui resta complètement isolé.

Dès lors Djizmé prit à deux mains une carte en parchemin suspendue à son cou par un fin cordon, puis la regarda longuement, tout en profitant de la lueur des éclairs pour l'exposer parfois aux yeux de tous avec une expression de joie et d'orgueil; un nom hiéroglyphique, tracé au milieu du souple rectangle, était souligné à distance, vers la droite, par un triple dessin exigu représentant trois différentes phases lunaires.

Bientôt Djizmé laissa tomber la carte et fit obliquer ses regards, qui, normalement postés pour contempler de face le théâtre rouge, allèrent se fixer sur Naïr; celui-ci, toujours retenu sur son socle, avait abandonné son délicat travail depuis l'apparition de la condamnée, qu'il dévorait des yeux.

A ce moment le tonnerre grondait sans interruption, et les éclairs devenaient assez fréquents pour donner l'illusion d'un jour factice.

Soudain, accompagné du plus terrible fracas, un aveuglant zigzag de feu sillonna le ciel entier pour aboutir à la pointe du paratonnerre. Djizmé, dont les bras venaient de se tendre vers Naïr, ne put achever son geste; la foudre avait traversé son corps, et la couche blanche ne soutenait plus maintenant qu'un cadavre aux yeux grands ouverts et aux membres inertes.

Pendant le court silence observé par l'orage après l'assourdissant éclat du tonnerre, d'affreux sanglots attirèrent l'attention vers Naïr, qui répandait des larmes d'angoisse en regardant toujours la morte.

Les porteurs enlevèrent l'appareil sans déranger le corps de Djizmé, puis on attendit dans une stupeur douloureuse l'apaisement graduel des éléments.

Le vent chassait toujours les nuages vers le sud, et le tonnerre s'éloignait rapidement, perdant à chaque minute une partie de sa force et de sa durée. Peu à peu le ciel se dégagea largement et un splendide clair de lune brilla sur Éjur.

VII

Dans la clarté blafarde dix esclaves parurent, portant un lourd fardeau qu'ils déposèrent à l'endroit même où Djizmé venait d'expirer.

L'objet nouveau se composait principalement d'un mur blanc, qui, nous faisant face, était maintenu en équilibre par deux longues travées de fer appliquées d'un seul côté sur le sol.

Au faîte du mur surplombait une large marquise, dont les deux coins avancés correspondaient, en les dominant de six pieds, aux extrêmes pointes des travées.

Les porteurs s'éloignèrent pendant que l'hypnotiseur Darriand s'avançait lentement, conduisant par la main le nègre Séil-kor, pauvre fou âgé d'une vingtaine d'années, qui, en marchant, prononçait dans un français dénué de tout accent des paroles douces et incohérentes.

9

Darriand abandonna un instant son malade pour visiter le mur blanc et surtout la marquise, à laquelle il sembla prêter toute son attention.

Pendant ce temps, Séil-kor, livré à lui-même, gesticulait avec placidité, montrant sous l'ardent clair de lune les bizarreries d'un accoutrement de carnaval, formé d'une toque, d'un loup et d'une fraise, découpés tous trois dans du papier.

La fraise était taillée uniquement dans des couvertures bleues du journal la *Nature,* dont le titre surgissait en maints endroits; le loup présentait sur toute sa surface un groupe compact et nombreux de signatures différentes imprimées en fac-similé; sur le sommet de la toque, le mot « Tremble » s'étalait en forts caráctères, visibles pendant certains mouvements de tête du jeune homme, qui, ainsi paré, ressemblait à un seigneur de charade fait pour hanter la cour des derniers Valois.

Les trois objets, trop petits pour Séil-kor, paraissaient plutôt convenir aux mesures d'un enfant de douze ans.

Darriand, réclamant par quelques mots l'attention générale, venait de pencher le mur blanc en arrière, afin d'offrir à tous les regards l'intérieur du plafond surplombant, entièrement garni de plantes rougeâtres qui lui donnaient l'aspect d'une jardinière renversée.

Remettant l'appareil d'aplomb, l'hypnotiseur nous fournit quelques détails sur certaine expérience qu'il voulait tenter.

Les plantes que nous venions d'apercevoir, plantes rares et précieuses dont il avait recueilli la graine au cours d'un lointain voyage en Océanie, possédaient des propriétés magnétiques d'une extrême puissance.

Un sujet placé sous le plafond odorant sentait pénétrer en lui de troublants effluves, qui le plongeaient aussitôt dans une véritable extase hypnotique; dès lors, la face tournée au mur, le patient voyait défiler sur le fond blanc, grâce à un système de projections électriques, toutes sortes d'images coloriées que la surexcitation momentanée de ses sens lui faisait prendre pour des réalités; la vue d'un paysage hyperboréen refroidissait immédiatement la température de son corps, en faisant trembler ses membres et claquer ses mâchoires; au contraire, tel tableau simulant un foyer incandescent provoquait chez lui une abondante transpiration et pouvait à la longue disséminer de graves brûlures sur toute la surface de son épiderme. En présentant de cette manière à Séil-kor un frappant épisode de biographie personnelle, Darriand comptait réveiller la mémoire et la saine raison que le jeune nègre avait perdues récemment par suite d'une blessure à la tête.

Son annonce terminée, Darriand reprit Séil-
kor par la main et le conduisit sous la marquise,
la face orientée pour recevoir directement le
reflet du mur blanc. Le pauvre dément fut en
proie aussitôt à une violente agitation; il respi-
rait plus vite que de coutume et palpait du bout
des doigts sa fraise, sa toque et son loup, semblant retrouver au contact imprévu de ces trois
objets quelque souvenir intime et douloureux.

Tout à coup, s'allumant sous l'action de
quelque pile invisible, une lampe électrique, ser-
tie en plein milieu dans la plus basse portion
intérieure du large rebord de la marquise, projeta brillamment sur le mur un grand carré de lumière dû aux efforts combinés d'une léntille et
d'un réflecteur. La source même du foyer restait
dissimulée, mais on voyait nettement la gerbe
éclatante descendre en s'éloignant, progressivement élargie jusqu'à la rencontre de l'obstacle,
ombragé en partie par la tête de Séil-kor.

Darriand, qui avait lui-même provoqué cet
éclairage, tournait maintenant avec lenteur une
manivelle silencieuse, adaptée à hauteur de main
sur l'extrémité gauche du mur. Bientôt, produite par quelque pellicule coloriée placée devant la lampe, une image se dessina sur l'écran
blanc, offrant aux regards de Séil-kor une ravissante enfant blonde d'une douzaine d'années,
pleine de charme et de grâce; au-dessus du por-

trait, on lisait ces mots : « La Jeune Candiote ».

A cette vue, Séil-kor, pris de délire, s'agenouilla comme devant une divinité, criant : « Nina... Nina... » d'une voix tremblante de joie et d'émotion. Tout, dans son attitude, montrait que l'acuité de ses sens, décuplée par les émanations intenses des plantes océaniennes, lui faisait admettre la présence réelle et vivante de l'adorable fillette nommée avec ivresse.

Après un moment d'immobilité, Darriand tourna de nouveau la manivelle, actionnant ainsi, par un système de rouleaux et de bande diaphane dont on devinait l'agencement caché, une série de vues prêtes à défiler devant la lentille lumineuse.

Le portrait glissa vers la gauche et disparut de l'écran. Sur la surface étincelante on lisait maintenant : « *Corrèze* » au milieu d'un département français dont la préfecture, large pois noir, portait un simple point d'interrogation à la place du mot « *Tulle* ». Devant cette question soudaine, Séil-kor s'agita nerveusement comme pour chercher quelque introuvable réponse.

Mais sous ce titre : « La Pêche à la Torpille », un tableau émouvant venait de remplacer la carte géographique. Ici, habillée d'une robe bleu marine et lourdement armée d'une ligne longue et flexible, la fillette que Séil-kor avait appelée Nina tombait évanouie en prenant dans ses doigts un poisson blanc qui frétillait au bout de l'hameçon.

Darriand continuait sa manœuvre, et les vues à en-têtes se succédaient sans trêve, impressionnant profondément Séil-kor, qui, toujours agenouillé, poussait des soupirs et des cris témoignant de son exaltation croissante.

Après la « Pêche à la Torpille », ce fut la « Martingale », montrant, sur les marches d'une grande bâtisse, un jeune nègre encore enfant, qui, faisant sauter dans sa main quelques pièces blanches, se dirigeait vers une porte d'entrée surmontée de ces trois mots : « Casino de Tripoli ».

La « Fable » se composait d'un feuillet de livre appuyé debout contre un immense gâteau de Savoie.

Le « Bal » consistait en une joyeuse réunion d'enfants évoluant par couples dans un vaste salon. Au premier plan, Nina et le jeune nègre aux pièces blanches se rapprochaient, les bras tendus l'un vers l'autre, tandis qu'une femme au bienveillant sourire semblait encourager leur tendre accolade.

Bientôt la « Vallée d'Oo », paysage vert et profond, fut suivie du « Boléro dans la Remise », où l'on voyait Nina et son ami dansant fiévreusement au sein d'un local primitif encombré de charrettes et de harnais.

La « Piste conductrice » représentait une forêt inextricable dans laquelle Nina s'avançait courageusement. Auprès d'elle, comme pour jalonner sa retraite à la manière du Petit Poucet, le jeune noir jetait sur le sol, en secouant la pointe de son couteau, une parcelle blanche sans doute extraite à l'instant même d'un lourd fromage suisse affalé sur sa main gauche.

Endormie sur un lit de mousse dans la « Première Nuit de l'Avent », Nina, dans l' « Orientation », réapparaissait debout, le doigt levé vers les étoiles.

Enfin la « Quinte » évoquait la jeune héroïne secouée par une toux terrible et assise, le porte-plume en main, devant un feuillet presque rempli. Dans un coin du tableau, une large page vue de face semblait reproduire en plus grand le travail placé contre la main de la fillette; sous une série de lignes à peine distinctes, ce titre : « Résolution », suivi d'une phrase inachevée, faisait penser à la conclusion d'une analyse de catéchisme.

Pendant cette succession d'images, Séil-kor, en proie à un trouble inouï, n'avait cessé de se démener avec ardeur, tendant les bras vers Nina, qu'il apostrophait tendrement.

Abandonnant la manivelle, Darriand éteignit brusquement la lampe et releva Séil-kor pour l'entraîner au dehors, car l'agitation du jeune nègre, arrivée à son paroxysme, pouvait faire craindre les funestes effets d'une station trop prolongée sous l'ensorcelante végétation.

Séil-kor retrouva vite son calme. Débarrassé par Darriand de ses oripeaux de papier, il regarda soudain autour de lui comme un dormeur qui s'éveille, puis murmura doucement :

— Oh! je me souviens, je me souviens... Nina... Tripoli... la Vallée d'Oo...

Darriand l'observait anxieusement, épiant avec joie ces premiers symptômes de guérison. Bientôt le triomphe de l'hypnotiseur devint éclatant, car Séil-kor, reconnaissant tous les visages, se mit à répondre sainement à une foule de questions. L'expérience, merveilleusement réussie, avait rendu la raison au pauvre fou, plein de gratitude pour son sauveur.

Maintes félicitations furent prodiguées à Darriand, pendant que les porteurs enlevaient l'admirable objet à projections, dont la puissance venait de se manifester d'une façon si heureuse.

*
* *

Au bout d'un moment, on vit paraître à gauche, traîné sans peine par un esclave, certain char romain dont les deux roues, en tournant, produisaient sans interruption un *ut* assez aigu, qui, rempli de justesse et de pureté, vibrait clairement dans la nuit.

Sur l'étroite plate-forme du véhicule, un fauteuil d'osier soutenait le corps maigre et débile du jeune Kalj, l'un des fils de l'empereur; à côté de l'essieu marchait Méisdehl, fillette noire gracieuse et charmante qui s'entretenait gaîment avec son nonchalant compagnon.

Chacun des deux enfants, âgé de sept ou huit ans, portait une coiffure rougeâtre formant contraste avec sa face d'ébène; celle de Kalj, sorte de toquet très simple taillé dans quelque feuille de journal illustré, montrait sur son pourtour éclairé par le disque lunaire une charge de cuirassiers richement coloriée que soulignait ce nom : « Reichshoffen », reste incomplet d'une légende explicative; pour Méisdehl, il s'agissait d'un étroit bonnet de provenance semblable, dont les teintes rouges, dues à des lueurs d'incendie figurées en abondance, étaient justifiées par le mot « Commune », lisible sur l'un des bords.

Le char traversa la place, lançant toujours son *ut* retentissant, puis s'arrêta près de la scène des Incomparables.

Kalj descendit et disparut vers la droite en entraînant Méisdehl, pendant que la foule se massait de nouveau devant le petit théâtre pour assister au tableau final de *Roméo et Juliette*, monté avec une foule d'adjonctions puisées dans le manuscrit authentique de Shakespeare.

Bientôt les rideaux s'ouvrirent, montrant Méisdehl qui, étendue de profil sur une couche élevée, personnifiait Juliette plongée dans le sommeil léthargique.

Derrière le lit mortuaire, des flammes verdâtres, colorées par des sels marins, s'échappaient de quelque puissant brasier enfoui au fond d'un sombre récipient métallique dont les bords seuls étaient visibles.

Au bout de quelques instants, Roméo, représenté par Kalj, apparut en silence pour contempler douloureusement le cadavre de sa compagne idolâtrée.

A défaut des costumes traditionnels, les deux coiffures rougeâtres, de forme légendaire, suffisaient à évoquer le couple shakespearien.

Enivré par un dernier baiser déposé sur le front de la morte, Roméo porta jusqu'à ses lèvres un mince flacon qu'il jeta loin de lui après en avoir absorbé le contenu empoisonné.

Soudain Juliette ouvrit les yeux, se dressa lentement et descendit de sa couche aux yeux de Roméo éperdu. Les deux amants, aux bras l'un de l'autre, échangèrent maintes caresses, s'abandonnant à leur joie frémissante.

Puis Roméo, courant au brasier, sortit des flammes un fil d'amiante, dont l'extrémité dépassait sur le rebord du récipient de métal. Cette ganse incombustible portait, pendus sur toute sa longueur, plusieurs charbons ardents qui, taillés comme des pierres précieuses et entièrement rougis par l'incandescence, ressemblaient à d'éclatants rubis.

Revenu sur le devant de la scène, Roméo attacha l'étrange parure au cou de Juliette, dont la peau supporta sans un seul tressaillement le contact brûlant des terribles joyaux.

Mais les premières affres de l'agonie étreignirent brusquement en plein bonheur l'amant rayonnant d'espoir et de confiance. D'un geste désespéré il montra le poison à Juliette, qui, contrairement à la version habituelle, découvrit au fond du flacon un restant de liquide qu'elle absorba rapidement avec délices.

A demi étendu sur les marches de la couche, Roméo, sous l'influence du mortel breuvage, allait devenir le jouet d'hallucinations saisissantes.

Chacun attendait ce moment pour guetter l'effet de certaines pastilles rouges qui, dues à l'art de Fuxier et lancées une à une dans le brasier par Adinolfa cachée derrière le lit funèbre, devaient projeter des flots de fumée aux formes évocatrices.

La première apparition surgit soudain hors des flammes, sous l'aspect d'une vapeur intense qui, moulée avec précision, représentait la Tentation d'Ève.

Au milieu, le serpent, enlacé à un tronc d'arbre, tendait sa tête plate vers Eve gracieuse et nonchalante, dont la main, dressée ostensiblement, semblait repousser le mauvais esprit.

Les contours, d'abord très nets, s'épaississaient à mesure que le nuage montait dans les airs; bientôt tous les détails se confondirent en un bloc mouvant et chaotique, promptement disparu dans les combles.

Une seconde émanation de fumée reproduisit le même tableau; mais cette fois Ève, sans lutter davantage, allongeait les doigts vers la pomme qu'elle s'apprêtait à cueillir.

Roméo tournait ses yeux hagards vers le foyer, dont les flammes vertes éclairaient les tréteaux de lueurs tragiques.

Une épaisse fumée minutieusement sculptée, s'échappant à nouveau du brasier, créa devant l'agonisant un joyeux bacchanal; des femmes exécutaient une danse fiévreuse pour un groupe de débauchés aux sourires blasés; dans le fond traînaient les restes d'un festin, tandis qu'au premier plan celui qui semblait jouer le rôle d'amphitryon désignait à l'admiration de ses hôtes les danseuses souples et lascives.

Roméo, comme s'il reconnaissait la vision, murmura ces quelques mots :

— Thisias... l'orgie à Sion !...

Déjà la scène vaporeuse s'élevait en s'effilo-quant par endroits. Après son envolée, une fumée neuve, issue de la source habituelle, réédita les mêmes personnages dans une posture diffé-rente ; la joie ayant fait place à la terreur, bal-lerines et libertins, pêle-mêle et à genoux, cour-baient le front devant l'apparition de Dieu le Père, dont la face courroucée, immobile et me-naçante au milieu des airs, dominait tous les groupes.

Un brusque enfantement de brouillard mo-delé, succédant au ballet interrompu, fut salué par ce mot de Roméo :

— Saint Ignace !

La fumée formait ici deux sujets étagés, sépa-rément appréciables. En bas, saint Ignace, livré aux bêtes du cirque, n'était plus qu'un impres-sionnant cadavre inerte et mutilé ; en haut, un peu à l'arrière-plan, le Paradis, peuplé de fronts nimbés et offert sous l'aspect d'une île en-chanteresse environnée de flots calmes, attirait vers lui une seconde image du saint, qui, plus transparente que la première, évoquait l'âme sé-parée du corps.

— Phéior d'Alexandrie !

Cette exclamation de Roméo visait un fan-tôme qui, fait de nébulosité ciselée, venait d'é-

merger du brasier après saint Ignace. Le nouveau
personnage, debout au sein d'une foule attentive, ressemblait à quelque illuminé semant la
bonne parole; son corps d'ascète, paraissant
amaigri par les jeûnes, laissait flotter sa robe
grossière, et son visage émacié faisait ressortir
par contraste ses tempes volumineuses.

Cette présentation fondait le début d'une
intrigue rapidement continuée par une seconde
éjection de brume au galbe pur. Là, au milieu
d'une place publique, deux groupes, occupant
sur le sol deux carrés parfaits nettement distincts, se composaient uniquement, l'un de vieillards, l'autre de jeunes gens; Phéior, à la suite
de quelque violente apostrophe, s'était mis en
butte à la colère des jeunes, qui l'avaient jeté à
terre sans pitié pour la faiblesse de ses membres
étiques.

Un troisième épisode aérien montra Phéior à
genoux, dans une pose extatique provoquée par
le passage d'une courtisane environnée d'un cortège d'esclaves.

Peu à peu la fumée constitutive de groupements humains répandait sur la scène un voile
impalpable et mobile.

— Jérémie... le silex!...

Après ces mots qu'inspirait une éruption terne
et fugitive, édifiant, au-dessus du foyer, Jérémie

lapidé par une foule nombreuse, Roméo, à bout de forces, tomba mort sous les yeux de Juliette égarée, qui, toujours ornée du collier déjà moins rouge, devint à son tour la proie du breuvage hallucinant.

Une lumière brilla soudain à gauche, derrière la toile de fond, éclairant une apparition visible à travers un fin grillage peint, qui jusqu'alors avait semblé aussi opaque et homogène que le mur fragile dont il faisait partie.

Juliette se tourna vers le flot de clarté en s'écriant :

— Mon père !...

Capulet, représenté par Soreau, était debout, en longue robe dorée soyeuse et flottante ; son bras se tendait vers Juliette dans un geste de haine et de reproche, se rapportant clairement au mariage coupable célébré en secret.

Tout à coup l'obscurité régna de nouveau, et la vision disparut derrière le mur redevenu normal.

Juliette, agenouillée dans une attitude suppliante, se releva, secouée par ses sanglots, pour rester quelques instants la face ensevelie dans ses deux mains.

Une illumination nouvelle lui fit redresser la tête et l'attira vers la droite devant une évocation du Christ, qui, monté sur l'âne légendaire, se trouvait à peine voilé par un second grillage peint, formant dans la cloison le pendant du premier.

C'était Soreau qui, promptement transformé, remplissait le rôle de Jésus, dont la seule présence semblait accuser Juliette d'avoir trahi sa foi en appelant volontairement la mort.

Immobile, le spectre divin, brusquement fuligineux, s'annihila derrière la muraille, et Juliette, comme frappée de folie, se prit à sourire doucement devant quelque nouveau rêve prêt à enchanter son imagination.

A ce moment parut en scène un buste de femme, fixé sur un socle à roulettes qu'une main inconnue devait pousser latéralement du fond gauche de la coulisse à l'aide d'une tige rigide dissimulée au ras du plancher.

Le buste blanc et rose, pareil à une poupée de coiffeur, avait de grands yeux bleus aux longs cils et une magnifique chevelure blonde séparée en nattes minces qui se répandaient naturellement de tous côtés. Certaines de ces tresses, visibles grâce au hasard qui les avait placées sur la poitrine ou contre les épaules, montraient maintes pièces d'or appliquées de haut en bas sur leur face extérieure.

Juliette, charmée, s'avança vers la visiteuse en prononçant ce nom :

— Urgèle!...

Soudain le socle, secoué de droite et de

gauche au moyen de la tige, communiqua ses cahots au buste, dont les cheveux se balancèrent avec violence. D'innombrables pièces d'or, mal soudées, tombèrent en pluie abondante, prouvant que, par derrière, les nattes ignorées n'étaient pas moins garnies que les autres.

Quelque temps la fée répandit sans compter ses éblouissantes richesses, jusqu'au moment où, attirée par la même main supposée, elle s'éclipsa silencieusement.

Juliette, comme peinée de cet abandon, laissa errer son regard, qui vint de lui-même s'attacher sur le brasier toujours en éveil.

De nouveau, un flot de fumée s'éleva au-dessus des flammes.

Juliette recula en s'écriant avec un accent de vive frayeur :

— Pergovédule... les deux génisses !...

L'intangible et fugace moulage évoquait une femme aux cheveux ébouriffés, qui, attablée devant un repas monstrueux comprenant deux génisses coupées en larges quartiers, brandissait avidement une fourchette immense.

La vapeur, en se dissipant, découvrit derrière le foyer une tragique apparition, que Juliette désigna par ce même nom « Pergovédule » prononcé avec une angoisse grandissante.

C'était la tragédienne Adinolfa qui venait de se dresser brusquement, maquillée avec un art étrange ; sa face entière, bien enduite d'un fard jaune d'ocre, tranchait avec ses lèvres vertes, qui, affectant la teinte du moisi, s'ouvraient en un large rictus terrifiant ; ses cheveux hirsutes la faisaient ressembler à la dernière vision créée par le brasier, et ses yeux se dardaient avec insistance sur Juliette remplie d'épouvante.

Une fumée dense, dépourvue cette fois de contours déterminés, s'échappa encore du brasier, masquant le visage d'Adinolfa, qu'on ne revit plus après l'évaporation de ce voile éphémère.

Moins brillamment parée par le collier qui s'éteignait progressivement, Juliette, maintenant à l'agonie, s'affala sur les degrés de la couche, les bras pesants, la tête rejetée en arrière. Ses regards, désormais sans expression, finirent par se fixer en l'air sur un second Roméo qui descendait lentement vers elle.

Le nouveau comparse, représenté par un frère de Kalj, personnifiait l'âme légère et vivante du cadavre inerte étendu près de Juliette. Une coiffure rougeâtre, pareille à celle du modèle, ornait le front de ce sosie parfait, qui, les bras tendus, venait en souriant chercher la mourante pour la conduire dans l'immortel séjour.

Mais Juliette, semblant privée de raison, détournait la tête avec indifférence, tandis que le spectre, contrit et renié, s'envolait sans bruit dans les combles.

Après quelques derniers mouvements faibles et inconscients, Juliette tomba morte auprès de Roméo, juste au moment où les deux rideaux de la scène se refermaient rapidement.

Kalj et Méisdehl nous avaient tous étonnés par leur mimique merveilleusement tragique et par leurs quelques phrases françaises prononcées sans fautes ni accent.

Revenus sur l'esplanade, les deux enfants effectuèrent un prompt départ.

Traîné par l'esclave et fidèlement escorté par Méisdehl, le char, émettant de nouveau sa note haute et continue, emporta vers la gauche le débile Roméo, visiblement épuisé par l'effort de ses multiples jeux de scène.

L'*ut* vibrait encore dans le lointain quand Fuxier s'avança vers nous, tenant contre sa poitrine, avec sa main droite éployée, un pot de terre d'où surgissait un cep de vigne.

Sa main gauche portait un bocal cylindrique et transparent, qui, muni d'un large bouchon de liège traversé par un tube métallique, montrait dans sa partie basse un amas de sels chimiques épanouis en gracieux cristaux.

Posant ses deux fardeaux sur le sol, Fuxier

sortit de sa poche une petite lanterne sourde,
qu'il coucha bien à plat sur la surface de terre
affleurant en dedans les bords du pot de grès.
Un courant électrique, mis en activité au sein de
ce phare portatif, projeta soudain une éblouissante gerbe de lumière blanche, pointée vers le
zénith par une puissante lentille.

Soulevant alors le bocal tenu horizontalement,
Fuxier tourna une clé placée à l'extrémité du
tube métallique, dont l'ouverture, dirigée avec
soin vers une portion déterminée du cep, laissa
fuser au dehors un gaz violemment comprimé.
Une brève explication de l'opérateur nous apprit
que ce fluide, mis en contact avec l'atmosphère,
provoquait partiellement une chaleur intense,
qui, jointe à certaines propriétés chimiques très
particulières, allait faire mûrir devant nous une
grappe de raisin.

Il achevait à peine son commentaire que
déjà l'apparition annoncée se révélait à nos regards sous la forme d'un imperceptible grappil-
lon. Possédant le pouvoir prêté par la légende à
certains fakirs de l'Inde, Fuxier accomplissait
pour nous le miracle de l'éclosion soudaine.

Sous l'action du courant chimique les grains
se développèrent rapidement, et bientôt une
grappe de raisin blanc, pesante et mûre, pendit
isolément sur le côté du cep.

Fuxier reposa le bocal sur le sol après avoir

fermé le tube par un nouveau tour de clé. Puis, attirant notre attention sur la grappe, il nous montra de minuscules personnages prisonniers au centre des globes diaphanes.

Exécutant à l'avance sur le germe un travail de modelage et de coloris plus minutieux encore que la tâche exigéé par la préparation de ses pastilles bleues ou rouges, Fuxier avait déposé dans chaque grain la genèse d'un gracieux tableau, dont la mise au point venait de suivre les phases de la maturité si facilement obtenue.

A travers la peau du raisin, particulièrement fine et transparente, on scrutait sans peine, en s'approchant, les différents groupes qu'illuminait par en dessous la gerbe électrique.

Les manipulations opérées sur le germe avaient amené la suppression des pépins, et rien ne troublait la pureté des lilliputiennes statues translucides et colorées, dont la matière était fournie par la pulpe elle-même.

— « Un aperçu de l'ancienne Gaule, » dit Fuxier en touchant du doigt un premier grain où l'on voyait plusieurs guerriers celtes se préparant au combat.

Chacun de nous admirait la finesse des contours et la richesse des tons si bien mis en relief par les effluves lumineux.

— « Eudes scié par un démon dans le songe du comte Valtguire, » reprit Fuxier en désignant un deuxième grain.

Cette fois on distinguait, derrière la délicate enveloppe, un dormeur en armure, étendu au pied d'un arbre ; une fumée, semblant s'échapper de son front pour figurer quelque rêve, contenait, dans ses flots ténus, un démon armé d'une longue scie dont les dents acérées entamaient le corps d'un damné crispé par la souffrance.

Un nouveau grain, sommairement expliqué, montrait le Cirque romain encombré par une foule nombreuse qu'enflammait un combat de gladiateurs.

— « Napoléon en Espagne. »
Ces mots de Fuxier s'appliquaient à un quatrième grain, dans lequel l'empereur, vêtu de son habit vert, passait à cheval en vainqueur au milieu d'habitants qui semblaient le honnir par leur attitude sourdement menaçante.

— « Un Évangile de saint Luc, » poursuivit Fuxier en frôlant côte à côte, sous une seule tige mère triplement ramifiée, trois grains jumeaux dans lesquels les trois scènes suivantes se composaient des mêmes personnages.
En premier lieu on voyait Jésus étendant la

main vers une fillette qui, les lèvres entr'ou-
vertes, le regard fixe, semblait chanter quelque
trille fin et prolongé. A côté, sur un grabat, un
jeune garçon immobilisé dans le sommeil de la
mort gardait entre ses doigts une longue antenne d'osier ; près de la funèbre couche, le père
et la mère, accablés, pleuraient en silence. Dans
un coin, une enfant bossue et malingre se tenait
humblement à l'écart.

Dans le grain du milieu, Jésus, tourné vers le
grabat, regardait le jeune mort, qui, miraculeusement rendu à la vie, tressait en habile vannier
l'antenne d'osier légère et flexible. La famille,
émerveillée, témoignait par des gestes d'extase
sa joyeuse stupéfaction.

Le dernier tableau, comprenant le même décor et les mêmes comparses, glorifiait Jésus
touchant la jeune infirme subitement embellie
et redressée.

Laissant de côté cette courte trilogie, Fuxier
souleva le bas de la grappe et nous montra un
grain superbe en le commentant par ces mots :

— « Hans le bûcheron et ses six fils. »

Là, un vieillard étrangement robuste portait
sur son épaule une formidable charge de bois,
faite de troncs entiers mêlés à des faisceaux de
bûches serrés par des lianes. Derrière lui, six
jeunes gens ployaient tous isolément sous un

fardeau de même espèce, infiniment plus léger.
Le vieillard, tournant à demi la tête, semblait
narguer les retardataires moins endurants et
moins vigoureux que lui.

Dans l'avant-dernier grain, un adolescent
vêtu d'un costume. Louis XV regardait avec
émotion, tout en passant comme un simple pro-
meneur, une jeune femme en robe ponceau installée sur le seuil de sa porte.

— « La première sensation amoureuse éprouvée par l'*Émile* de Jean-Jacques Rousseau, »
expliqua Fuxier, qui, en remuant les doigts, fit
jouer les rayons électriques parmi les reflets
rouge vif de la robe éclatante.

Le dixième et dernier grain contenait un duel
surhumain que Fuxier nous donna pour une reproduction d'un tableau de Raphaël. Un ange,
planant à quelques pieds du sol, enfonçait la
pointe de son épée dans la poitrine de Satan,
qui chancelait en laissant tomber son arme.

Ayant passé en revue la grappe entière, Fuxier
éteignit sa lanterne sourde, qu'il remit dans sa
poche, puis s'éloigna portant de nouveau, comme
à son arrivée, le pot de terre et le récipient cylindrique.

VIII

Nous suivions encore des yeux le raisin évocateur, quand Rao parut, conduisant ses esclaves chargés d'un objet volumineux de forme assez allongée.

A côté du groupe, Fogar, le fils aîné de l'empereur, marchait silencieusement, tenant dans sa main droite une magnifique fleur violette dont la tige se hérissait d'épines.

Le nouveau fardeau fut mis à la place habituelle, et Fogar resta seul en surveillance pendant que les autres s'éloignaient rapidement.

L'objet, librement exposé au clair de lune, n'était autre qu'un lit très primitif, sorte de cadre peu confortable orné d'une foule d'attributs hétéroclites.

A droite, fixé derrière la partie surélevée faite

pour recevoir le buste du dormeur, un pot de terre renfermait la racine d'une plante immense et blanchâtre, qui, en l'air, se recourbait d'elle-même pour former comme un ciel de lit.

Au-dessus de ce gracieux baldaquin, un phare, actuellement sans lumière, était soutenu par une tige métallique à sommet infléchi.

La face du cadre la plus éloignée de nous supportait maints ornements rangés avec ordre.

Presque à l'angle de droite, une longue surface triangulaire, pareille à la flamme d'un pavillon, se déployait de côté au bout élevé d'un mince piquet de bois peint en bleu. L'ensemble offrait l'aspect d'un drapeau symbolisant quelque nation inconnue, grâce aux couleurs de l'étamine — comprenant un fond crème parsemé de lignes rouges peu symétriques et deux pois noirs assez rapprochés qui s'étageaient l'un au-dessus de l'autre vers la base verticale du triangle.

Un peu plus à gauche se dressait un minuscule portique, large environ de deux décimètres. Pendue à la travée supérieure, une frange de robe ou de costume balançait à la moindre secousse ses nombreux filaments blanchâtres et réguliers, tous pareillement terminés par un point rouge vif.

En poursuivant l'examen dans le même sens, on trouvait un récipient peu profond d'où émergeait un savon blanc couvert de mousse épaisse.

Puis venait une alcôve de métal contenant une éponge fine et volumineuse.

Auprès de l'alcôve, une plate-forme fragile supportait une amphore aux contours bizarres, contre laquelle s'allongeait un objet cylindrique pourvu d'une hélice.

Enfin, terminant à l'extrémité gauche cette série incohérente d'ornements, une plaque de zinc ronde et horizontale était posée en équilibre sur un étroit pilier.

Le côté du cadre faisant face à la plante et au phare n'était pas moins encombré.

Contre l'angle avoisinant la plaque de zinc on voyait d'abord une sorte de bloc gélatineux, jaunâtre et inerte.

Plus près, sur le même alignement, s'étalait, soudée à un fragment de tapis, une mince couche de ciment sec, dans laquelle cent aiguilles de jais fines et piquantes s'enchâssaient verticalement en dix rangées égales.

Le bloc et le tapis reposaient côte à côte sur une courte planche de dimensions strictement suffisantes.

Trois lingots d'or, dont le parfait échelonnement semblait prolonger la ligne médiane du cadre, se dressaient hors de trois supports de fer qui les serraient solidement dans leurs griffes. On ne pouvait les distinguer entre eux, tant leur forme de cylindres aux deux bouts arrondis était régulière et pareille.

Bordant l'espace exigu occupé par les trois précieux rouleaux, une nouvelle planche, plus proche de nous, fournissait un pendant à la première.

On y trouvait d'abord une corbeille contenant trois chats, qui, prêtés par Marius Boucharessas, n'étaient autres que trois *verts* de la partie de barres, encore parés de leur ruban.

A côté, un objet délicat, ressemblant à une porte de cage, se composait de deux fines planchettes qui, placées horizontalement à quelques centimètres l'une de l'autre, pressaient entre leurs quatre extrémités intérieures deux fragiles montants verticaux. Meublant le rectangle ainsi formé, des crins noirs bien tendus s'espaçaient à courte distance, noués extérieurement en haut et en bas, au sortir d'imperceptibles trous forés dans les deux lames de bois. A la même place gisait une demi-brindille très droite, qui, sectionnée dans le sens de la longueur, montrait une face interne légèrement résineuse.

En dernier lieu, posée debout sur la planche même contre le nouvel angle du cadre, une grosse chandelle voisinait avec deux cailloux foncés.

Presque au milieu du lit, à la gauche du dormeur éventuel, on voyait surgir une tige de métal, qui, d'abord verticale, faisait un coude brusque vers la droite et se terminait par une sorte de manette recourbée en forme de béquille.

Fogar venait d'examiner attentivement les différentes parties de la couchette. Sur sa face d'ébène brillait une intelligence précoce dont la flamme étonnait chez ce jeune garçon à peine adolescent.

Profitant du seul côté resté libre de tout encombrement, il monta sur le cadre et s'étendit lentement, de manière à faire coïncider son aisselle gauche avec la manette recourbée qui s'y adaptait avec justesse.

Les bras et les jambes complètement rigides, il s'immobilisa dans une attitude cadavérique, après avoir placé la fleur violette à portée de sa main droite.

Ses paupières avaient cessé de battre sur ses yeux fixes dénués d'expression, et ses mouvements respiratoires s'affaiblissaient graduellement sous l'influence d'un sommeil léthargique et puissant qui l'envahissait peu à peu.

Au bout d'un moment la prostration fut absolue. La poitrine de l'adolescent demeurait inerte comme celle d'un mort, et la bouche entr'ouverte semblait privée de toute haleine.

Bex, faisant quelques pas, tira de sa poche un miroir ovale qu'il plaça devant les lèvres du jeune nègre; aucune buée ne ternit la surface brillante qui garda tout son éclat.

Appliquant alors sa main sur le cœur du patient, Bex fit un signe négatif exprimant l'absence de tout battement.

Quelques secondes passèrent en silence. Bex, doucement, s'était reculé, laissant le champ libre autour du cadre.

Soudain, comme s'il retrouvait au sein de sa torpeur quelque reste de conscience, Fogar effectua un imperceptible mouvement du corps, qui fit agir son aisselle sur la manette.

Aussitôt le phare s'alluma, projetant verticalement dans la direction du sol une gerbe électrique de blancheur éblouissante, dont l'éclat se décuplait sous l'action d'un réflecteur fourbi à neuf.

La plante blanche recourbée en ciel de lit recevait en plein sur elle cet éclairage intense qui lui semblait destiné. Par transparence on voyait dans sa partie surplombante un fin tableau net et vigoureux, faisant corps avec le tissu végétal coloré sur toute son épaisseur.

L'ensemble donnait l'étrange impression d'un vitrail admirablement uni et fondu grâce à l'absence de toute soudure et de tout reflet brutal.

L'image diaphane évoquait un site d'Orient. Sous un ciel pur s'étalait un splendide jardin rempli de fleurs séduisantes. Au centre d'un bassin de marbre, un jet d'eau sortant d'un tube en jade dessinait gracieusement sa courbe élancée.

De côté se dressait la façade d'un somptueux palais dont une fenêtre ouverte encadrait un couple enlacé. L'homme, personnage gras et barbu vêtu comme un riche marchand des *Mille et une Nuits,* portait sur sa physionomie souriante une expression de joie expansive et inaltérable. La femme, pure Moresque par le costume et par le type, restait languissante et mélancolique malgré la belle humeur de son compagnon.

Sous la fenêtre, non loin du bassin de marbre, se tenait un jeune homme à chevelure bouclée, dont la mise, comme temps et comme lieu, semblait coïncider avec celle du marchand. Levant vers le couple sa face de poète inspiré, il chantait quelque élégie de sa façon, en se servant d'un porte-voix en métal mat et argenté.

Le regard de la Moresque épiait avidement le poète, qui, de son côté, demeurait extasié devant l'impressionnante beauté de la jeune femme.

Tout à coup, un mouvement moléculaire se produisit dans les fibres de la plante lumineuse. L'image perdit sa pureté de coloris et de contours. Les atomes vibraient tous à la fois, comme cherchant à se fixer suivant un nouveau groupement inévitable.

Bientôt un second tableau s'édifia, aussi resplendissant que l'autre et pareillement inhérent à la contexture végétale fine et translucide.

Ici, une large dune aux tons d'or gardait sur sa pente aride différentes empreintes de pas. Le poète de la première image, penché sur le sol friable, posait doucement ses lèvres sur la trace profonde d'un pied gracieux et menu.

Après une immobilité de quelques instants, les atomes, pris de vertige, recommencèrent leur troublant manège, qui amena un troisième aperçu plein de vie et de couleur.

Cette fois le poète n'était plus seul; auprès de lui un Chinois en robe violette montrait du doigt un gros oiseau de proie, dont le vol majestueux avait sans doute quelque signification prophétique.

Une nouvelle crise de la plante sensitive mit en scène, dans un curieux laboratoire, le même Chinois recevant du poète quelques pièces d'or en échange d'un manuscrit offert et accepté.

Chaque étrange aspect de la plante avait la même durée; peu à peu les tableaux suivants défilèrent sur l'écran plafonnant.

Au laboratoire succéda une salle de festin richement décorée. Assis à la table toute servie, le marchand gras et barbu flairait un plat soulevé dans ses deux mains. Ses yeux se fermaient lourdement sous l'influence de l'appétissant fumet chargé de quelque substance traîtresse. En face de lui le poète et la Moresque épiaient avec bonheur la venue de ce sommeil pesant.

Ensuite surgit un merveilleux éden sur lequel le soleil de midi versait d'aplomb ses rayons brûlants. Au fond coulait une gracieuse cascade dont l'eau se teignait de reflets verts. Le poète et la Moresque dormaient côte à côte, à l'ombre d'une fleur fabuleuse pareille à quelque anémone géante. A gauche, un nègre accourait à la hâte comme pour avertir les deux amants menacés d'un danger imminent.

Le même décor, évoqué une seconde fois, abritait le couple amoureux monté sur un zèbre ardent qui prenait son élan pour une course effrénée. Assise en croupe derrière le poète solidement affourché, la Moresque brandissait, en riant, une bourse contenant quelques pièces d'or. Le nègre assistait à ce départ en esquissant un respectueux signe d'adieu.

Le site enchanteur s'éclipsait définitivement pour faire place à une route ensoleillée au bord de laquelle se dressait une échoppe chargée de victuailles. Étendue au milieu du chemin et soutenue par le poète anxieux, la Moresque, pâle, à bout de forces, recevait quelques aliments donnés par une marchande attentive et zélée.

A son apparition suivante, la Moresque remise

sur pieds errait avec le poète. Auprès d'elle, un homme aux allures étranges semblait débiter de sombres propos qu'elle écoutait avec trouble et angoisse.

Une dernière image, contenant selon toute évidence le dénoûment tragique de l'idylle, montrait un gouffre terrible dont la paroi se hérissait d'aiguilles rocheuses. La Moresque, meurtrie à ces pointes sans nombre, accomplissait une chute effroyable, subissant l'attirance vertigineuse d'une foule d'yeux sans corps ni visage, dont l'expression sévère était pleine de menaces. En haut, le poète éperdu se précipitait d'un bond à la suite de son amante.

Cette scène dramatique fut remplacée par le portrait inattendu d'un loup à l'œil flamboyant. Le corps de l'animal tenait à lui seul autant de place qu'un des aperçus précédents; en dessous on lisait, en grosses majuscules, cette désignation latine : « *LUPUS* ». Aucun rapport de proportion ni de couleurs ne reliait cette silhouette géante à la suite orientale dont l'unité restait flagrante.

Le loup s'effaça bientôt et l'on vit reparaître l'image du début, avec le jardin au bassin de marbre, le poète chanteur et le couple posté à la fenêtre. Tous les tableaux repassèrent une seconde fois dans un ordre identique, séparés par des intervalles de même durée. Le loup clôtura la série, qui fut suivie d'un troisième cycle exactement pareil aux deux premiers. Indéfiniment la plante répétait ses curieuses révolutions moléculaires, qui semblaient liées à sa propre existence.

Quand, pour la quatrième fois, le jardin initial revint avec son bassin, tous les regards, lassés par la monotonie du spectacle, s'abaissèrent sur Fogar toujours inanimé.

Le corps du jeune nègre et les objets placés sur les bords de la couche étaient couverts de reflets multicolores provenant de l'étrange ciel de lit.

Comme les dalles d'une église reproduisant au soleil les moindres finesses d'un vitrail, tout l'espace occupé par le cadre plagiait servilement les contours et les couleurs fixés sur l'écran.

On reconnaissait les personnages, le jet d'eau, la façade du palais, qui, agrandis par projection, teignaient somptueusement, en épousant leurs formes variées à l'infini, les divers obstacles ou aspérités livrés par le hasard.

Les effluves polychromes débordaient largement sur le sol, où se découpaient par endroits des ombres fantastiques.

Sans même lever les yeux vers la plante, on remarquait malgré soi chaque changement ponctuel, amenant par réverbération un nouveau tableau déjà familier et prévu.

Bientôt la prostration de Fogar eut une fin. Sa poitrine se souleva légèrement, marquant la reprise des fonctions respiratoires. Bex appuya sa main sur le cœur si longtemps arrêté, puis revint à sa place en nous parlant de timides pulsations à peine appréciables.

Tout à coup un battement des paupières détermina le retour complet à la vie. Les yeux perdirent leur fixité anormale, et Fogar, d'un mouvement brusque, saisit la fleur violette affalée près de sa main droite.

Avec une épine de la tige il se fit une entaille longitudinale sur la face inférieure du poignet gauche, ouvrant ainsi une veine saillante et gonflée d'où il retira, pour le déposer sur sa couche, un caillot de sang verdâtre entièrement solidifié.

Puis, avec un pétale de la fleur arraché lestement et pressé entre ses doigts, il créa quelques gouttes d'un liquide efficace, qui, tombant sur la veine, en ressouda subitement les deux bords écartés.

Dès lors la circulation, libre de tout obstacle, put se rétablir aisément.

Deux opérations identiques, faites par Fogar lui-même sur sa poitrine et près de l'angle interne de son genou droit, procurèrent deux nouveaux caillots sanguins pareils au premier. Requis pour la soudure des vaisseaux, deux autres pétales manquaient désormais à la fleur violette.

Les trois caillots, que Fogar à présent tenait côte à côte dans sa main gauche, ressemblaient à de minces bâtons d'angélique transparents et poisseux.

Le jeune nègre avait obtenu le résultat cherché par sa catalepsie volontaire, dont le seul but, en effet, était d'amener une condensation partielle du sang, propre à fournir les trois fragments solidifiés pleins de nuances délicates.

Tourné vers la droite et regardant la flamme de pavillon rayée de rouge, Fogar prit un des caillots de sang, qu'il éleva doucement contre la hampe bleue.

Soudain un tressaillement se produisit dans l'étamine blanchâtre couverte des reflets venus d'en haut; le triangle, jusqu'alors immobile, se mit à descendre en se cramponnant à sa tige; au lieu d'un simple chiffon, nous avions sous les yeux quelque animal étrange doué d'instinct et de mouvement. Les zébrures aux tons rouges n'étaient autres que de puissants vaisseaux sanguins, et les deux pois noirs symétriques provenaient d'une paire d'yeux troublants et fixes. La base verticale du triangle adhérait à la hampe par de nombreuses ventouses, qu'une série de contorsions déplaçait depuis peu dans une direction constante.

Fogar, élevant toujours son caillot vert, rencontra bientôt l'animal, qui effectuait régulièrement sa descente.

Les ventouses supérieures restèrent seules soudées, tandis que celles d'en bas, s'écartant de la hampe, saisissaient avidement le caillot abandonné par l'adolescent.

Grâce à un travail de succion gloutonne, les bouches aspirantes, s'aidant l'une l'autre, eurent vite fait d'absorber la pâture sanguine dont elles semblaient prodigieusement friandes.

Le repas terminé, elles se collèrent de nouveau sur la hampe, et l'ensemble, immobilisé, reprit son premier aspect de drapeau rigide aux couleurs inconnues.

Fogar mit son deuxième caillot près du fragile portique dressé à gauche de la hampe bleue sur le bord de sa couche.

Aussitôt, la frange pendue à la face inférieure de la travée horizontale s'agita fébrilement, comme attirée par un puissant appât.

Son arête supérieure était formée d'un système de ventouses pareil à celui de l'animal triangulaire.

Un travail d'acrobatie lui permit d'atteindre un des montants et de se diriger verticalement vers la friandise qu'on lui offrait.

Les tentacules flottants, doués de vie et de

force, agrippèrent délicatement le caillot pour le porter à quelques ventouses, qui, détachées du poteau, se régalèrent sans retard.

Quand la proie fut assimilée entièrement, la frange se hissa par le même chemin jusqu'à la haute travée, où elle reprit sa position familière.

Le dernier caillot fut déposé par Fogar au fond du récipient occupé par le savon blanc.

Soudain on vit bouger la mousse épaisse étalée sur la partie supérieure du bloc uni et glissant.

Un troisième animal venait de révéler sa présence jusqu'alors dissimulée par une immobilité absolue jointe à un aspect déroutant.

Certaine carapace neigeuse recouvrait le corps de l'étrange bête, qui, rampant avec lenteur, laissait échapper à intervalles réguliers un hoquet sec et plaintif.

Les reflets du ciel de lit prenaient une vigueur toute spéciale sur le tégument immaculé, qui se teignait avec une netteté remarquable.

Parvenu au bord du savon, l'animal descendit la pente à pic, afin de gagner le fond plat du récipient; là, plein de goinfrerie impatiente, il engloutit le caillot de sang, puis s'immobilisa en silence pour commencer avec lourdeur une digestion calme et voluptueuse.

Fogar s'agenouilla sur sa couche pour atteindre plus facilement les objets éloignés de lui.

Du bout des doigts il déplaça un mince levier fixé extérieurement à l'alcôve de métal faisant suite au bloc savonneux.

A l'instant même un brillant éclairage incendia l'éponge exposée à tous les regards. Plusieurs tubes de verre, traversés par un courant lumineux, s'étageaient horizontalement sur les parois internes de l'alcôve subitement inondée de rayons.

Vue ainsi par transparence, l'éponge montrait, au milieu de son tissu presque diaphane, un véritable cœur humain en miniature auquel se rattachait un réseau sanguin fort complexe. L'aorte, bien dessinée, charriait une foule de globules rouges, qui, par toutes sortes de vaisseaux ramifiés à l'infini, distribuaient la vie jusqu'aux plus lointaines portions de l'organisme.

Fogar prit l'amphore voisine de l'alcôve et lentement versa sur l'éponge quelques pintes d'une eau pure et limpide.

Mais cette aspersion inattendue parut déplaire à l'étonnant spécimen, qui de lui-même se contracta vigoureusement pour exprimer le liquide importun.

Une ouverture centrale, ménagée en contrebas dans la plaque inférieure de l'alcôve, livra passage à l'eau rejetée, qui s'écoula sur le sol en mince filet.

Plusieurs fois l'adolescent recommença la même manœuvre. Au sein de l'irradiation électrique, les gouttelettes, changées en diamants, arboraient parfois des reflets de pierres précieuses, dus aux projections multicolores perpétuellement renouvelées.

Fogar remit l'amphore en place et prit à côté le cylindre à hélice.

Complètement métallique, ce nouvel objet, de dimensions fort restreintes, contenait quelque puissante pile que le jeune homme utilisa en pressant un bouton.

Semblant obéir à un ordre, l'hélice, fixée au bout du cylindre comme à la poupe d'un navire, tourna rapidement avec un bruit léger.

Bientôt l'instrument, promené par Fogar, domina la plaque de zinc horizontale, toujours en équilibre au sommet de son pilier.

Placée en bas, l'hélice éventait constamment la surface grisâtre, dont l'aspect se modifiait peu à peu; le zéphyr, en caressant successivement tous les points du pourtour, amenait une contraction du disque étrange, qui s'arrondissait comme un dôme; on eût dit quelque géante membrane d'huître se crispant sous l'action d'un acide.

Fogar, sans prolonger l'expérience, arrêta son ventilateur, qu'il rangea près de l'amphore.

Privés de vent, les bords du dôme se relevèrent doucement, et en peu d'instants le disque reprit son ancienne rigidité, perdant, d'après une fausse apparence, la vie animale qui venait de se manifester en lui.

Se tournant à gauche vers l'autre face de sa couche, Fogar souleva le bloc gélatineux pour le déposer avec soin sur les cent aiguilles de jais plantées verticalement dans leur couche de ciment; lâché par le jeune nègre, l'inerte amas de chair s'enfonça lentement par l'effet de son propre poids.

Brusquement, sous l'impression de douleur aiguë causée par la piqûre des cent pointes noires, un tentacule, placé vers la partie antérieure du bloc, se dressa en signe de détresse, déployant à son extrémité trois branches divergentes terminées respectivement par une étroite ventouse présentée de face.

Fogar prit dans leur corbeille les trois chats à demi somnolents. Pendant ce mouvement l'ombre de son corps cessa de couvrir le bloc, sur lequel se projeta en partie l'énorme silhouette du loup, revenue pour la dixième fois au moins dans l'épaisseur de l'écran végétal.

Un à un les chats furent collés par le dos sur

les trois ventouses, qui, semblant appartenir aux
bras d'un poulpe, retinrent leur proie avec une
force irrésistible.

Cependant les cent pointes de jais pénétraient
toujours plus avant dans la chair de l'animal in-
forme, dont la souffrance croissante se manifesta
par un élan giratoire des trois branches, mues
comme les rayons d'une roue.

Le tournoiement, d'abord lent, s'accéléra
fiévreusement, au grand préjudice des chats,
qui se débattaient sans espoir en sortant leurs
griffes.

Tout se brouilla bientôt dans un tourbillon-
nement effréné que scandait un furieux concert
de miaulements.

Le phénomène n'amenait aucune torsion du
tentacule, toujours stable, qui jouait le rôle de
support. Grâce à quelque moyen subtil et mystérieux, l'ensemble dépassait en puissance et en
intérêt le spectacle illusoire donné par la roue
du rotifère.

La vitesse d'évolution s'accentua encore sous
l'influence des cent piqûres toujours plus profondes et plus torturantes; l'air, violemment déplacé, produisait un bruissement continu dont
le diapason montait sans cesse; les chats, confondus, formaient un disque ininterrompu et
rayé de vert, d'où s'échappaient des plaintes
farouches.

Fogar souleva de nouveau le bloc et le remit
à sa place primitive.

La suppression de la douleur amena soudain
le ralentissement puis l'arrêt de l'étonnante gi-
ration.

A l'aide de trois violentes secousses, Fogar
délivra les chats, qu'il déposa étourdis et gei-
gnants dans la corbeille, tandis que le tentacule
à triple ramification retombait inerte au milieu
des reflets régulièrement transformés.

S'infléchissant vers la droite, l'adolescent reprit l'amphore et versa sur le savon blanc une
certaine quantité d'eau, qui bientôt s'écoula en
pluie par en dessous, grâce à d'étroites ouvertures ménagées dans le fond du récipient.

L'amphore, absolument vide, fut replacée auprès du cylindre à hélice, et le jeune nègre saisit
à pleine main le savon humecté sur ses six faces
plates de cube légèrement allongé.

Après quoi, se reculant le plus possible vers
la tête du lit, Fogar, l'œil gauche fermé, visa
longuement les trois lingots d'or, qu'il voyait
l'un derrière l'autre sur un alignement parfait
entre la corbeille des chats et le tapis aux cent
pointes noires.

Tout à coup le bras du jeune homme se dé-
tendit avec souplesse.

Le savon, semblant exécuter une série complète de sauts périlleux, décrivit une courbe élancée, puis vint tomber sur le premier lingot; de là il rebondit, toujours en tournoyant comme une roue, jusqu'au deuxième rouleau d'or, qu'il n'effleura qu'un instant; une troisième trajectoire, accompagnée seulement de deux culbutes très ralenties, le fit aboutir au troisième cylindre massif, sur lequel il resta en équilibre, debout et immobile.

La viscosité voulue de l'objet employé, jointe à la rotondité supérieure des trois lingots, rendait fort méritoire la réussite de ce tour d'adresse.

Après avoir remis le savon dans son récipient spécial, Fogar continua son exploration et prit avec soin dans sa main gauche le délicat appareil construit comme une porte de cage.

Puis, avec trois doigts de sa main droite essuyée à son pagne, il s'empara de la demi-brindille sectionnée en long.

Ce dernier objet, utilisé en guise d'archet, lui servit à racler, comme une corde à violon, un des crins noirs tendus entre les deux montants de la petite harpe rectangulaire.

La brindille effectuait le frottement avec sa face interne, sur laquelle un enduit résistant, dû à quelque suintement naturel, remplissait avec succès l'office de colophane.

Le crin vibrait avec puissance, produisant à
la fois, grâce à l'effet de certaine nodosité fort
curieuse, deux sons parfaitement distincts séparés par un intervalle de quinte; on voyait de
haut en bas deux zones d'oscillations bien défi-
nies et nettement inégales.

Fogar, changeant de place, promena son
archet sur un nouveau crin, qui, à lui seul, fit
entendre une tierce majeure idéalement juste.

Tour à tour chaque fil sonore, isolément
éprouvé par le va-et-vient de la brindille, rendit
deux sons simultanés de pareille amplitude.
Justes ou dissonants, les intervalles différaient
tous, donnant à l'expérience une amusante variété.

L'adolescent, rangeant la harpe et l'archet,
agrippa les deux cailloux foncés, qu'il cogna violemment l'un contre l'autre au-dessus de l'é-
paisse chandelle placée contre l'angle de la
couche; un groupe d'étincelles, jailli du premier
coup, tomba en partie sur la mèche très combustible, qui flamba aussitôt.

Pleine d'une brusque étrangeté révélée par
l'éclairage proche de la flamme tranquille et
droite, la substance même de la chandelle ressemblait à la pulpe poreuse et appétissante de
quelque fruit aux délicates nervures.

Soudain l'atmosphère fut ébranlée par un formidable crépitement, issu de la chandelle, qui, en se consumant, imitait le bruit du tonnerre.

Un court silence sépara ce premier roulement d'un nouveau fracas plus violent encore, suivi lui-même de quelques grondements sourds marquant une période d'apaisement.

La chandelle brûlait assez vite, et bientôt l'évocation de l'orage acquit une prodigieuse perfection. Certains coups de foudre, d'un éclat terrible, alternaient avec la voix lointaine des échos mourants et prolongés.

L'éblouissant clair de lune contrastait avec ce tapage caractéristique et furieux, auquel manquaient seuls le sifflement de l'ouragan et la production des éclairs.

Quand la chandelle, de plus en plus courte, eut presque entièrement disparu, Fogar, d'un souffle, éteignit la mèche, et le silence paisible se rétablit sans transition.

Aussitôt les porteurs noirs, revenus depuis peu d'instants, soulevèrent la couche étroite, sur laquelle l'adolescent s'allongea nonchalamment.

Le groupe s'éloigna sans bruit aux lueurs toujours changeantes créées par les projections polychromes.

*
* *

C'était maintenant le moment solennel de procéder à la distribution des récompenses.

Juillard sortit de sa poche, sous forme de pendeloque découpée dans une mince feuille de fer-blanc, certain triangle équilatéral qui, représentant la majuscule grecque *delta,* portait debout sur une de ses pointes un anneau peu important, placé par une torsion pivotante et volontaire dans un plan perpendiculaire à celui de l'ensemble.

Cette babiole d'aspect nickelé, jointe à un immense ruban bleu circulaire passé dans sa bague de suspension, constituait le *Grand Cordon de l'Ordre du Delta,* dont le détenteur devait enrichir les actionnaires bien avisés qui avaient eu foi en lui.

Choisissant pour critérium unique l'attitude prise par le public nègre au cours de chacune des exhibitions, Juillard appela sans hésiter Marius Boucharessas, dont les jeunes chats, en jouant aux barres, avaient sans cesse déchaîné l'enthousiasme ponukéléien.

Promptement paré de l'insigne suprême, l'enfant s'en retourna fier et heureux, admirant sur sa poitrine l'effet du ruban bleu qui barrait diagonalement son pâle maillot rose, tandis qu'à son flanc gauche la brillante pendeloque, chargée de rayons de lune, se détachait vivement sur le fond noir du caleçon de velours.

Dans le groupe des spéculateurs, quelques cris de joie avaient éclaté, poussés par les actionnaires de Marius, entre lesquels certaine prime de dix mille francs allait être bientôt répartie.

Après la remise du Grand Cordon, Juillard avait montré soudain six *deltas* plus petits que le premier, mais identiques de forme et taillés dans le même métal. Cette fois chaque anneau d'accrochage, laissé dans le plan général, était traversé par un mince ruban bleu, qui, long de quelques centimètres, portait à sa double extrémité supérieure une paire d'épingles verticales légèrement recourbées.

Toujours impartialement guidé par la somme d'approbation indigène décernée aux divers candidats, Juillard fit approcher Skarioffszky, Tancrède Boucharessas, Urbain, Lelgoualch, Ludovic et La Billaudière-Maisonnial, pour fixer sur la poitrine de chacun, sans formule ni allocution, une des six décorations nouvelles symbolisant le grade de *Chevalier du Delta*.

*
*   *

L'heure du repos avait sonné.

Sur un ordre de Talou qui, à grands pas, donna lui-même le signal de la retraite, les indigènes se dispersèrent dans Éjur.

Notre groupe, au complet, gagna le quartier spécial qui lui était réservé au sein de l'étrange capitale, et bientôt nous dormions tous à l'abri de nos cases primitives.

IX

L E lendemain, Norbert Montalescot nous éveilla au petit jour.

Vêtus à la hâte, nous prîmes en troupe compacte le chemin de la place des Trophées, goûtant voluptueusement la fraîcheur relative due à l'heure matinale.

Prévenus aussi par Norbert, l'empereur et Sirdah débouchèrent en même temps que nous sur l'esplanade. Délaissant son accoutrement de la veille, Talou avait arboré sa tenue habituelle de chef indigène.

Norbert nous appela vers la logette où Louise avait passé toute la nuit au travail. Debout aux premières lueurs de l'aube, il était venu prendre les ordres de sa sœur, qui, élevant la voix sans se montrer, l'avait enjoint de nous soustraire immédiatement au sommeil.

Soudain, produisant un bruit sec de déchirure, certaine lame brillante, partiellement offerte à nos yeux, sembla entailler d'elle-même une des parois noires de la logette.

Le tranchant, sciant avec force l'épais tissu, finit par accomplir un vaste parcours rectangulaire ; c'est de l'intérieur que le couteau était manié par Louise elle-même, qui bientôt, arrachant le pan de toile découpé, s'élança au dehors, porteuse d'un immense sac de voyage très chargé.

— Tout est prêt pour l'expérience, s'écriat-elle avec un sourire de joyeux triomphe.

Elle était grande et charmante avec son aspect de guerrière complété par une culotte bouffante prise dans de fines bottes d'écuyère.

Par l'ouverture béante récemment créée apparaissaient, pêle-mêle sur une table, toutes sortes de fioles, de cornues et de cuvettes plates, qui faisaient de la logette un curieux laboratoire.

La pie venait de s'échapper pour voleter librement d'un sycomore à l'autre, en se grisant d'indépendance et d'air pur.

Norbert prit le sac pesant des mains de sa sœur et se mit en marche à ses côtés vers le sud d'Éjur.

Toute l'escorte, Talou et Sirdah en tête, suivit

le frère et la sœur, qui cheminaient assez vite dans la clarté toujours grandissante.

Après être sortie de la ville, Louise continua encore un instant, puis, séduite par certaines combinaisons de tons, s'arrêta juste à l'endroit d'où nous avions, la veille, contemplé le feu d'artifice.

L'aurore, éclairant par derrière les magnifiques arbres du Béhuliphruen, produisait des jeux de lumière curieux et inattendus.

Talou choisit lui-même un emplacement favorable au captivant essai promis, et Louise, ouvrant le sac apporté par son frère, déballa un objet plié, qui, une fois redressé dans sa position ordinaire, formait un chevalet rigoureusement vertical.

Une toile neuve, bien tendue sur son cadre intérieur, fut posée à mi-hauteur du chevalet et maintenue solidement par un crampon à vis que Louise abaissa jusqu'au niveau demandé. Ensuite la jeune femme, avec grand soin, prit, dans une boîte préservatrice de tout contact, une palette préparée d'avance, qui vint s'adapter exactement à certaine armature de métal fixée au côté droit du chevalet. Les couleurs, par tas bien isolés, étaient rangées en demi-cercle avec une précision géométrique sur la région supérieure de la mince feuille de bois, qui, ainsi que la toile à remplir, faisait face au Béhuliphruen.

Le sac, en outre, contenait un support articulé

semblable à un pied d'appareil photographique.
Louise le saisit, puis en allongea les trois branches
extensibles, qu'elle posa sur le sol non loin du
chevalet, en réglant avec sollicitude la hauteur
et la stabilité de l'ensemble.

A ce moment, obéissant aux injonctions de
sa sœur, Norbert sortit de la valise, pour le placer derrière le chevalet, un lourd coffret dont le
couvercle vitré laissait voir plusieurs piles rangées
intérieurement côte à côte.

Pendant ce temps, Louise dépaquetait lentement, avec des ménagements infinis, un ustensile
sans doute très fragile, qui apparut à nos yeux
sous l'aspect de quelque plaque épaisse et massive, protégée par un couvercle de métal épousant exactement sa forme rectangulaire.

Rappelant succinctement une carcasse de ba-
lance rigide, la partie culminante du support à
trois pieds se composait d'une sorte de fourche
à large écart, brusquement terminée par deux
montants verticaux sur lesquels, par un geste de
précautionneuse plantation, Louise put fixer un
des longs côtés de sa plaque, en utilisant deux
fines ouvertures, profondes et bien placées, que
maintenait à l'air libre une paire de courtes rainures postérieures, ménagées en vue d'un facile
va-et-vient dans la bordure enserrante du couvercle.

Voulant apprécier la disposition des différents

articles, la jeune femme, en clignant des yeux, se recula vers le Béhuliphruen pour mieux juger les distances respectives. Elle voyait ainsi à sa droite le support, à sa gauche le chevalet précédant le coffret, et au milieu la palette chargée de couleurs.

La plaque rectangulaire exposait directement aux feux de l'aurore son couvercle lisse, qu'un anneau central rendait préhensible; son verso, dépourvu de tout voile, donnait naissance à une myriade de fils métalliques prodigieusement fins, qui, offrant l'aspect d'une chevelure trop régulière, servaient à faire communiquer chaque imperceptible région de la substance avec un appareil quelconque approvisionné d'une source d'énergie électrique. Les fils, se réunissant, formaient, sous une enveloppe isolatrice, une épaisse torsade terminée par un lingot allongé que Louise, revenue à son poste, enfonça en se baissant dans une ouverture latérale du coffret à piles.

Le sac fournit encore, sous forme partielle d'appui-tête photographique, un fort tube vertical, qui, bien établi sur une lourde base circulaire, était flanqué à son sommet d'une vis facilement maniable pouvant fixer à hauteur commode une tige de fer intérieure.

Posant l'appareil devant le chevalet, Louise leva la tige mobile hors du tube et serra la vis après avoir soigneusement vérifié le niveau atteint par la pointe suprême, qui se trouvait placée juste en face de la toile encore intacte.

Sur cette pointe stable et isolée la jeune femme enfonça solidement, comme une boule de bilboquet, certaine grande sphère de métal munie horizontalement d'une sorte de bras pivotant et articulé dont l'extrémité, dirigée vers la palette, portait une dizaine de pinceaux pareils aux rayons d'une roue renversée à plat.

Bientôt, par les soins de l'opératrice, un fil double établit une communication entre la sphère et le coffret électrique.

Avant de commencer l'expérience, Louise, débouchant une petite burette, versa une goutte d'huile sur les barbes de chaque pinceau. Norbert mit à l'écart la valise encombrante, presque vide depuis que la jeune femme y avait puisé la sphère de métal.

Pendant ces préparatifs le jour s'était levé peu à peu, et le Béhuliphruen se remplissait maintenant de lueurs éclatantes, formant un ensemble féerique et multicolore.

Louise ne put retenir un cri d'admiration en se retournant vers le splendide jardin, dont l'illumination semblait magique. Jugeant la minute incomparable et miraculeusement propice à la réalisation de ses projets, la jeune femme s'approcha du support triplement ramifié et saisit par son anneau le couvercle adapté à la plaque.

Tous les spectateurs se massèrent près du chevalet afin de n'opposer aucun obstacle aux rayons lumineux.

Louise était visiblement émue au moment de tenter la grande épreuve. Sa respiration orchestrale s'accélérait, donnant plus de fréquence et de vigueur aux accords monotones continuellement exhalés par les aiguillettes. D'un geste brusque elle arracha le couvercle, puis, passant derrière le support et le chevalet, vint se mêler à nous pour épier les mouvements de l'appareil.

Privée de l'obturateur que la jeune femme tenait toujours dans ses doigts, la plaque apparaissait maintenant à nu, montrant une surface brune, lisse et brillante. Tous les regards fixaient avidement cette mystérieuse matière, dotée par Louise d'étranges propriétés photo-mécaniques. Soudain un léger frisson agita, en face du chevalet, le bras automatique, formé en somme d'une simple lame horizontale et brillante, coudée en son milieu; l'angle mobile du coude tendait à s'ouvrir le plus possible sous l'action d'un ressort assez puissant contrarié par un souple fil de métal qui, sortant de la sphère, agrippait la pointe finale du bras et réglait ainsi l'écart; actuellement le fil en s'allongeant laissait l'angle s'agrandir progressivement.

Ce premier symptôme provoqua un léger mouvement dans l'assistance anxieuse et troublée.

Le bras se tendait lentement vers la palette, pendant que la roue horizontale et sans jante, créée à son extrémité par l'étoile de pinceaux, s'élevait graduellement au sommet d'un essieu vertical, mû dans le sens de la hauteur par certaine rondelle dentée qu'une courroie de transmission pleine d'élasticité reliait directement à la sphère.

Les deux mouvements combinés conduisirent la pointe d'un des pinceaux sur une épaisse provision de couleur bleue accumulée vers le sommet de la palette. Les barbes se teintèrent rapidement, puis, après une courte descente, étalèrent les parcelles dérobées sur une portion vierge de la surface de bois. Quelques atomes de couleur blanche, pris de la même façon, furent déposés sur l'endroit récemment taché de bleu, et les deux tons, parfaitement amalgamés par un frottement prolongé, donnèrent un azur pâle très atténué.

Légèrement raccourci par une traction du fil métallique, le bras pivota doucement et s'arrêta, en haut, devant l'angle gauche de la toile soudée au chevalet. Aussitôt le pinceau imprégné de nuance délicate traça automatiquement sur le bord du futur tableau une bande de ciel mince et verticale.

Un murmure d'admiration accueillit cette première ébauche, et Louise, sûre désormais du succès, poussa un large soupir de satisfaction accompagné d'une bruyante fanfare de ses aiguillettes.

La roue de pinceaux, revenue devant la palette, tourna subitement sur elle-même, mue par une seconde courroie de transmission qui, faite comme la première d'un tissu extensible, disparaissait dans l'intérieur de la sphère. Un bruit sec se fit entendre, produit par un cran d'arrêt fixant solidement à la place privilégiée un nouveau pinceau aux barbes neuves et intactes. Bientôt plusieurs couleurs primitives, mélangées sur une autre portion de la palette, composèrent une teinte jaune d'or pleine de feux, qui, transportée sur le tableau, continua le ruban vertical déjà commencé.

En se retournant vers le Béhuliphruen, on pouvait vérifier l'exactitude absolue de cette succession brusque des deux nuances, formant une ligne nettement marquée dans le ciel.

Le travail se poursuivit avec précision et rapidité. Maintenant, pendant chaque visite faite à la palette, plusieurs pinceaux effectuaient tour à tour leurs différents amalgames de couleurs; ramenés devant le tableau, ils défilaient de nouveau dans le même ordre, déposant tous sur la toile, en proportion parfois infime, leur coloris frais et spécial. Ce procédé rendait accessibles les plus subtiles gradations de nuances, et peu à peu un coin de paysage plein d'éclat véridique s'étala devant nos yeux.

Tout en regardant l'appareil Louise nous donnait d'utiles explications.

Seule la plaque brune mettait tout en mouvement par un système basé sur le principe de l'électro-aimantation. Malgré l'absence de tout objectif, la surface polie, par suite de son extrême sensibilité, recevait des impressions lumineuses prodigieusement puissantes, qui, transmises par les innombrables fils piqués au verso, animaient tout un mécanisme au sein de la sphère, dont la circonférence devait mesurer plus d'un mètre.

Comme nous avions pu le constater par nos yeux, les deux montants verticaux terminant la fourche du support à trois pieds étaient faits de la même matière brune composant la plaque elle-même; grâce à une adaptation parfaite, ils ne formaient avec elle qu'un seul bloc homogène et contribuaient maintenant, dans leur région spéciale, au perpétuel épanouissement de la communication photo-mécanique.

D'après les révélations de Louise, la sphère contenait une deuxième plaque rectangulaire, qui, pourvue d'un nouveau réseau de fils lui apportant les sensations polychromes de la première, était parcourue de tranche en tranche par une

étroite roue métallique propre à mouvoir électri-
quement, par le courant qu'elle établissait, un
ensemble complexe de bielles, de pistons et de
cylindres.

La tâche avançait progressivement vers la
droite, toujours par bandes verticales tracées
l'une après l'autre de haut en bas. Chaque fois
que la roue sans jante tournait devant la palette
ou devant la toile, on entendait les appels stri-
dents du fixateur destiné à maintenir successivement tel ou tel pinceau pendant la courte durée
du travail. Ce bruit monotone copiait, en beaucoup plus lent, le crissement prolongé des tour-
niquets de foire.

La surface entière de la palette se trouvait
maintenant salie ou entamée; les mélanges les
plus hétéroclites voisinaient côte à côte, modifiés
sans cesse par quelque nouvel apport de couleur
fondamentale. Aucune confusion ne se produisait malgré ce déroutant bariolage, chaque pinceau restant consacré à certaine catégorie de
nuances qui lui conférait telle spécialité plus ou
moins définie.

Bientôt toute la moitié gauche du tableau fut
terminée.

Louise épiait avec joie les agissements de
l'appareil, qui jusqu'alors avait fonctionné sans
accident ni erreur.

Le succès ne se démentit pas un seul instant durant l'achèvement du paysage, dont la seconde moitié fut peinte avec une merveilleuse sûreté.

Quelques secondes avant la fin de l'expérience, Louise était passée de nouveau derrière le chevalet, puis derrière le support, afin de se replacer auprès de la plaque sensible. A ce moment il ne restait plus à l'extrémité droite de la toile qu'une étroite ligne blanche qui fut promptement comblée.

Après le dernier coup de pinceau, Louise remit vivement le couvercle obturateur sur la plaque brune, immobilisant par ce seul fait le bras articulé. Débarrassée de toute préoccupation relative au travail mécanique, la jeune femme put examiner à loisir le tableau si curieusement exécuté.

Les grands arbres du Béhuliphruen étaient fidèlement reproduits avec leurs magnifiques branchages, dont les feuilles, de nuance et de forme étranges, se couvraient d'une foule de reflets intenses. A terre, de larges fleurs, bleues, jaunes ou cramoisies, étincelaient parmi les mousses. Plus loin, à travers les troncs et les ramures, le ciel resplendissait ; en bas, une première zone horizontale, d'un rouge sanglant, s'atténuait pour laisser place, un peu plus haut, à une bande orange qui, s'éclaircissant elle-même, faisait naître un jaune d'or très vif ; ensuite ve-

nait un azur pâle à peine teinté, au sein duquel
brillait, vers la droite, une dernière étoile attar-
dée. L'œuvre, dans son ensemble, donnait une
impression de coloris singulièrement puissant et
restait rigoureusement conforme au modèle, ainsi
que chacun pouvait s'en assurer par un simple
coup d'œil jeté sur le jardin lui-même.

Aidée de son frère, Louise, maniant le crampon du chevalet, remplaça le tableau par un
bloc de même grandeur, formé d'une épaisse
juxtaposition de feuilles blanches reliées par
leurs bords; puis, ôtant le dernier pinceau employé, elle mit à l'endroit libre un crayon soigneusement taillé.

Quelques mots nous révélèrent le but de
l'ambitieuse jeune femme, qui, voulant maintenant nous soumettre un simple dessin, forcément plus précis que le tableau comme finesse
de contours, n'eut qu'à faire jouer certain ressort placé au sommet de la sphère pour modifier
légèrement le mécanisme intérieur.

Prêts à fournir un sujet touffu et animé, quinze
ou vingt spectateurs, sur la prière de Louise,
allèrent se grouper à courte distance, dans le
champ embrassé par la plaque. Cherchant un
effet de vie et de mouvement, ils se posèrent
comme les passants d'une rue fréquentée; plusieurs, évoquant par leur attitude une marche

rapide, courbaient le front avec un air de profonde préoccupation; d'autres, plus calmes, devisaient par couples flâneurs, tandis que deux
amis, en se croisant, échangeaient de loin un salut familier.

Recommandant, ainsi qu'un photographe, la
plus complète immobilité aux figurants, Louise,
postée près de la plaque, enleva le couvercle
d'un coup sec, puis refit son détour habituel
pour venir surveiller de plus près le manège du
crayon.

Le mécanisme, renouvelé en même temps
que modifié par l'action du ressort pressé sur la
sphère, ramena doucement le bras articulé vers
la gauche. Le crayon se mit à courir de haut en
bas sur le papier blanc, suivant les mêmes sec-
tions verticales précédemment frayées par les
pinceaux.

Cette fois nul déplacement vers la palette,
nul changement d'outil, nulle trituration de
couleurs, ne retardaient la besogne, qui avançait promptement. Le même paysage apparaissait dans le fond, mais son intérêt, maintenant secondaire, était annihilé par les personnages du premier plan. Les gestes, pris sur le
vif, — les *habitus*, très définis, — les silhouettes,
curieusement amusantes, — et les visages, criants
de ressemblance, — avaient l'expression voulue,
tantôt sombre, tantôt joyeuse. Tel corps, un peu

penché vers le sol, semblait doué d'un vif élan
de marche en avant; telle figure épanouie dénotait l'affable étonnement d'une rencontre imprévue.

Le crayon glissait agilement, non sans la
quitter souvent, sur la feuille, qui fut remplie en
quelques minutes. Louise, retournée en temps
voulu à son poste, replaça l'obturateur sur la
plaque, puis appela les figurants, qui, heureux de
s'agiter un peu après leur engourdissement prolongé, vinrent en courant admirer l'œuvre nouvelle.

Malgré le contraste du décor, le dessin donnait l'idée exacte d'une fiévreuse circulation de
rue. Chacun se reconnut sans peine au milieu
du groupe compact, et les félicitations les plus
vives furent prodiguées à Louise, émue et rayon-
nante.

Norbert se chargea de démonter tous les ustensiles pour les remettre dans la valise.

Pendant ce temps, Sirdah témoignait à Louise
l'entière satisfaction de l'empereur, émerveillé
de la façon parfaite dont la jeune femme avait
rempli toutes les conditions strictement impo-
sées par lui.

*
* *

Dix minutes plus tard nous étions tous ren-
trés à Éjur.

Talou nous entraîna jusqu'à la place des Trophées, où nous aperçûmes Rao accompagné d'un
guerrier indigène.

Devant tous, l'empereur désigna Carmichaël
en commentant son geste par quelques mots
brefs.

Aussitôt Rao s'approcha du jeune Marseillais,
qu'il mena vers un des sycomores voisins du
théâtre rouge.

Le guerrier fut mis en faction pour surveiller
le pauvre puni, qui, debout, le visage tourné
vers le tronc de l'arbre, commença les trois
heures de consigne durant lesquelles il devait
sans cesse repasser la *Bataille du Tez*, imparfaite-
ment exécutée la veille.

Prenant dans les coulisses désertes la chaise
de Juillard, je vins m'asseoir sous les branches
du sycomore, en proposant à Carmichaël de lui
faciliter sa tâche par mon concours. Il me tendit
à l'instant même une grande feuille volante sur
laquelle la prononciation barbare du texte ponukéléien se trouvait minutieusement transcrite en

caractères français. Stimulé par la crainte d'un nouvel échec, il se mit à réciter attentivement sa bizarre leçon en fredonnant l'air à mi-voix, pendant que je suivais chaque ligne syllabe par syllabe, prêt à relever la moindre erreur ou à souffler tel fragment oublié.

La foule, abandonnant la place des Trophées, s'était lentement répandue dans Èjur, et, peu distrait par ma besogne purement mécanique, je ne pouvais m'empêcher de songer, dans le grand silence matinal, aux multiples aventures qui depuis trois mois avaient rempli ma vie.

X

L E 15 mars précédent, projetant certain voyage de longue durée à travers
les curieuses régions de l'Amérique
du Sud, je m'étais embarqué à Marseille sur le
Lyncée, vaste et rapide navire faisant route pour
Buenos-Ayres.

Les premiers jours de la traversée furent
calmes et superbes. Grâce à la familiarité des
repas pris en commun, je ne tardai pas à lier
connaissance avec une fraction de passagers
dont voici la liste sommairement documentée :

1° L'historien Juillard, qui, possesseur d'une
jolie fortune, entreprenait de continuels voyages
d'agrément, faisant çà et là de savantes confé-
rences réputées pour leur clarté attrayante et
spirituelle.

2° La vieille Livonienne Olga Tcherwonen-koff, ancienne danseuse étoile de Saint-Péters-bourg, — maintenant obèse et moustachue. Depuis quinze ans, retirée à temps du théâtre, Olga, s'entourant d'un grand nombre de bêtes qu'elle soignait avec amour, vivait tranquille et recluse dans une petite propriété achetée en Livonie, non loin de son village natal. Ses deux favoris étaient l'élan Sladki et l'ânesse Mileñkaya, qui tous deux accouraient au moindre appel de sa voix et souvent la suivaient jusque dans ses appartements. Dernièrement, un cousin de l'ex-danseuse, établi depuis sa jeunesse dans la République Argentine, était mort laissant une petite fortune acquise dans des plantations de café. Seule héritière, Olga, informée de la bonne au-baine par le notaire du défunt, résolut de se rendre sur les lieux pour surveiller elle-même ses intérêts. Elle partit sans retard, confiant sa ménagerie aux soins d'une voisine pleine de zèle et de dévoûment. Au dernier moment, ne pouvant se résoudre à une séparation trop dou-loureuse, elle acheta deux caisses à claire-voie pour l'élan et l'ânesse, qui furent soigneusement déposés aux bagages. Pendant chaque arrêt, la tendre voyageuse rendait visite aux deux prison-niers avec une sollicitude qui, ensuite, ne fit que s'accroître sur le bateau.

3° Carmichaël, jeune Marseillais de vingt

ans, déjà célèbre pour sa prodigieuse voix de tête qui donnait la pleine illusion du timbre féminin. Depuis deux ans, Carmichaël, parcourant la France entière, avait triomphé sur toutes les scènes de cafés-concerts, habillé en femme et chantant dans la tessiture voulue, avec une souplesse et une virtuosité infinies, les plus terribles morceaux du répertoire pour soprano. Il avait pris passage sur le *Lyncée* à la suite d'un splendide engagement pour le nouveau monde.

4° Balbet, champion de France au pistolet et à l'épée, futur favori dans un concours international d'armes de toutes sortes organisé à Buenos-Ayres.

5° La Billaudière-Maisonnial, constructeur d'objets de précision, impatient de présenter au même concours un fleuret mécanique à feintes multiples et transcendantes.

6° Luxo, entrepreneur de pyrotechnie, possédant à Courbevoie une vaste usine où s'élaboraient tous les grands feux d'artifice de Paris. Trois mois avant de s'embarquer, Luxo avait reçu la visite du jeune baron Ballesteros, richissime Argentin qui, depuis plusieurs années, menait en France une vie de folles dépenses et de continuelle ostentation. Prêt à regagner son pays pour se marier, Ballesteros voulait, à l'occasion de ses noces, faire tirer quelque royal feu d'arti-

fice dans l'immense parc de son château tout
proche de Buenos-Ayres; en dehors du prix convenu, un fort cachet était réservé à Luxo pour
venir en personne tout régler sur place. L'entrè-
preneur accepta la commande, qu'il promit de
porter lui-même à destination. Avant de prendre
congé, le jeune baron, un peu grisé par sa juste
réputation de beauté, formula certaine pensée
qui, bien que trahissant une mentalité de rastaquouère, ne manquait ni d'imprévu ni d'originalité. Il voulait, pour la pièce finale, des fusées
qui, en éclatant, parsèmeraient dans les airs sa
propre image sous différents aspects, au lieu des
chenilles ou étoiles multicolores dont la ba-
nalité lui semblait fastidieuse. Luxo déclara le
projet réalisable et reçut le lendemain une volumineuse collection de photographies qui, toutes
prêtes à lui servir de modèles, représentaient son
fastueux client dans les tenues les plus variées.
Un mois avant la célébration du mariage, Luxo
était parti avec sa cargaison complète, sans oublier le fameux *bouquet* emballé à part avec un
soin spécial.

7° Le grand architecte Chènevillot, mandé
par le même baron Ballesteros, qui, voulant faire
exécuter pendant son voyage de noces d'importantes réparations dans son château, avait jugé
que, seul, un constructeur français serait apte à
le satisfaire. Chènevillot emmenait avec lui

quelques-uns de ses meilleurs ouvriers, pour faire
surveiller étroitement la besogne confiée aux tra-
vailleurs du pays.

8° L'hypnotiseur Darriand, désireux de faire
connaître dans le nouveau monde certaines
plantes mystérieuses dont il avait su pénétrer les
hallucinantes propriétés et dont l'arome pouvait
exalter l'acuité sensorielle d'un sujet au point
de lui faire prendre pour des réalités de simples
projections lumineuses dues à des pellicules
finement coloriées.

9° Le chimiste Bex, qui depuis un an parcou-
rait maintes contrées avec désintéressement, dans
le seul but de vulgariser deux merveilleuses dé-
couvertes scientifiques, fruits de son labeur ingénieux et patient.

10° L'inventeur Bedu, emportant vers l'Amérique un métier perfectionné, qui, placé sur
le courant d'un fleuve, pouvait tisser automatiquement les plus riches étoffes, grâce à un
curieux système d'aubes. En installant sur le Rio
de la Plata l'appareil construit d'après ses plans,
l'inventeur comptait recevoir de tous les fabri-
cants du pays une lucrative commande de mé-
tiers semblables. Bedu dessinait et coloriait lui-
même les différents modèles de soieries, de
damas ou de perses qu'il voulait obtenir; le fonctionnement des aubes sans nombre une fois
réglé d'après telle figure indicatrice, la machine

savait reproduire indéfiniment la même épreuve sans aide ni surveillance.

11° Le sculpteur Fuxier, qui, au moyen d'un modelage interne miraculeusement subtil, déposait en germe dans certaines pastilles rouges de sa façon maintes images séduisantes, prêtes à éclore en fumée au contact immédiat d'un brasier quelconque. D'autres pastilles, d'un bleu vif et uni, fondaient subitement dans l'eau en produisant à la surface de véritables bas-reliefs dus à la même préparation intérieure. Poursuivant la diffusion de sa découverte, Fuxier emportait à Buenos-Ayres une provision intacte et abondante des deux substances composées par lui, afin d'exécuter, sur place et d'après commande, tel groupe léger enfermé dans une pastille rouge ou tel bas-relief liquide contenu en puissance dans une pastille bleue. Cette méthode de sculpture à éclosion soudaine, recevant une troisième application, servait à créer de délicats sujets dans des grains de raisin capables de mûrir en quelques minutes. Fuxier s'était muni, pour ses expériences, de plusieurs ceps de vigne cultivés dans des pots de terre volumineux dont il surveillait soigneusement l'arrosage et l'aération.

12° Les deux banquiers associés Hounsfield et Cerjat, que différentes affaires de haute importance appelaient dans la République Argentine, où les accompagnaient trois de leurs commis.

13° Une troupe nombreuse, qui, se rendant à Buenos-Ayres pour jouer une foule d'opérettes, comptait parmi ses membres le comique Soreau et la chanteuse étoile Jeanne Souze.

14° L'ichtyologiste Martignon, destiné à faire partie d'une mission savante qui, s'embarquant à Montevideo sur un petit yacht à vapeur, devait opérer divers sondages dans les mers du sud.

15° Le docteur Leflaive, médecin du bord.

16° Adinolfa, la grande tragédienne italienne, s'apprêtant à bientôt paraître pour la première fois devant un public argentin.

17° Le Hongrois Skarioffszky, cithariste de grand talent, qui, habillé en tzigane, exécutait sur son instrument de prodigieuses acrobaties, payées à prix d'or dans les deux mondes par les organisateurs de concerts.

18° Le Belge Cuijper, prêt à recueillir de fabuleux cachets, légitimement dus à sa belle voix de ténor, que l'emploi d'une pratique en mystérieux métal rendait magique et formidable.

19° Une étrange réunion de phénomènes, de dresseurs et d'acrobates brillamment engagés pour trois mois dans un cirque de Buenos-Ayres. Ce personnel hétéroclite comprenait le clown Whirligig, — l'écuyer Urbain, propriétaire du cheval Romulus, — Tancrède Boucharessas, sujet sans bras ni jambes, accompagné de ses

cinq enfants, Hector, Tommy, Marius, Bob et
Stella, — le chanteur Ludovic, — le Breton
Lelgoualch, — Stéphane Alcott et ses six fils,
— le barnum Jenn et le nain Philippo.

*
* *

Pendant une semaine la navigation resta paisible et heureuse. Mais, au milieu de la huitième
nuit, un ouragan terrible se déchaîna soudain
en plein Atlantique. L'hélice et le gouvernail
furent brisés par la violence des lames, et, après
deux jours de course échevelée, le *Lyncée,* poussé
comme une épave inerte, vint s'échouer sur la
côte d'Afrique.

Nul ne manquait à l'appel, mais, en présence
du navire défoncé ne supportant plus que des
canots hors d'usage, il fallait renoncer à tout
espoir de reprendre la mer.

A peine débarqués, nous vîmes s'élancer, avec
de souples gambades, plusieurs centaines de
nègres, qui nous entourèrent gaîment tout en
manifestant leur joie par de bruyantes clameurs.
Ils étaient guidés par un jeune chef à mine intelligente et ouverte, qui, se présentant sous le nom
de Séil-kor, nous plongea dans une profonde

surprise en opposant à nos premières questions des réponses formulées dans un français facile et correct.

Quelques mots échangés nous firent connaître la mission de Séil-kor, chargé de nous conduire jusqu'à Éjur, capitale de l'empereur Talou VII, son maître, qui, attendant depuis quelques heures l'inévitable échouement de notre navire signalé par un pêcheur indigène, comptait nous retenir en son pouvoir jusqu'au paiement d'une rançon suffisante.

Il fallait s'incliner devant la force du nombre.

Pendant que les nègres s'employaient au déchargement du paquebot, Séil-kor, cédant à nos prières, voulut bien nous donner divers détails sur notre future résidence.

Assis sur une roche étroite, à l'ombre d'une haute falaise, le jeune orateur commença par conter sa propre histoire au groupe attentif que nous formions, étendus çà et là dans le sable mou.

A dix ans, errant dans cette même région où le hasard venait de nous jeter, Séil-kor s'était rencontré avec un explorateur français nommé Laubé, qui, séduit sans doute par la mine éveillée de l'enfant, avait résolu d'attacher à sa personne et de ramener parmi les siens ce souvenir vivant de son voyage.

Débarqué sur la côte occidentale de l'Afrique,

Laubé s'était juré de ne jamais revenir sur ses pas; accompagné d'une vaillante escorte, il poussa fort avant dans l'est, puis, inclinant vers le nord, franchit le désert à dos de chameau et atteignit enfin Tripoli, point d'arrivée qu'il s'était fixé d'avance.

Pendant les deux années consacrées au voyage, Séil-kor avait appris le français en écoutant ses compagnons; frappé par une telle facilité, l'explorateur avait poussé la sollicitude jusqu'à donner à l'enfant maintes fructueuses leçons de lecture, d'histoire et de géographie.

A Tripoli, Laubé comptait retrouver sa femme et sa fille, qui, suivant certains projets réglés au moment de la séparation, devaient depuis deux mois déjà s'être installées à l'hôtel d'Angleterre pour attendre son retour.

L'explorateur éprouva une bien douce émotion en apprenant par le portier de l'hôtel la présence des deux chères abandonnées, depuis si longtemps ravies à sa tendre affection.

Séil-kor, discrètement, sortit pour visiter la ville, ne voulant pas gêner les premiers moments d'expansion attendus avec tant d'impatience par son protecteur.

En revenant, au bout d'une heure, dans le grand hall d'entrée, il aperçut Laubé, qui l'emmena dans sa chambre, située au rez-de-chaussée et brillamment éclairée par une large

fenêtre ouverte donnant sur les jardins de
l'hôtel.

Ayant déjà parlé de Séil-kor comme d'un
personnage très savant, l'explorateur voulait
faire subir à l'enfant un examen de revision
sommaire avant de le présenter aux deux nouvelles compagnes de son existence.

Quelques questions sur les grands faits de
l'histoire obtinrent des réponses satisfaisantes.

Abordant ensuite la géographie de la France,
Laubé demanda le chef-lieu d'une foule de dé-
partements cités au hasard.

Assis en face de la fenêtre, Séil-kor ne s'était
pas encore trompé dans sa récitation presque
machinale, quand soudain, au moment de nommer la préfecture de la Corrèze, il se sentit prêt
à défaillir; un nuage glissa devant ses yeux, et
ses jambes se mirent à trembler, pendant que
son cœur frappait dans sa poitrine des coups
sourds et pressés.

Ce trouble était causé par la vue d'une ravissante enfant blonde d'une douzaine d'années,
qui, venant de passer dans le jardin, avait croisé
un instant son merveilleux regard profond et
bleu avec le regard ébloui de Séil-kor.

Cependant Laubé, n'ayant rien remarqué, répétait en s'impatientant :

— La Corrèze, chef-lieu?...

La vision s'était évanouie, et Séil-kor put

reprendre assez d'empire sur lui-même pour répondre en un murmure :

— Tulle.

Éternellement ce nom de ville devait rester lié dans le souvenir de Séil-kor à la bouleversante apparition.

L'examen terminé, Laubé conduisit Séil-kor à sa femme et à sa fille Nina, dans laquelle le jeune nègre, extasié, reconnut, avec une joie divine, l'enfant blonde du jardin.

La vie de Séil-kor fut dès lors illuminée par la présence continuelle de Nina, car les deux enfants, étant du même âge, se réunissaient sans cesse pour les jeux et pour l'étude.

Laubé, au moment de la naissance de Nina, vivait en Crète avec sa femme, à cause d'un volumineux ouvrage qu'il préparait sur *Candie et ses habitants*. C'est donc en terre étrangère que s'étaient passées les premières années de la fillette, élevée tendrement par une nourrice candiote qui lui avait transmis un léger accent rempli de charme et de douceur.

Cet accent ravissait Séil-kor, dont l'amour et le dévoûment grandissaient à chaque heure.

Il rêvait de tenir Nina un instant dans ses bras; au fond de son imagination il la voyait en proie à mille dangers, dont il la sauvait avec ardeur sous les yeux de ses parents pleins d'angoisse et de reconnaissance.

Ces chimères devaient bientôt se changer en brusque réalité.

Un jour, debout sur une terrasse de l'hôtel baignée par la mer, Séil-kor pêchait à la ligne avec son amie, ravissante dans une robe bleu marine qu'il chérissait passionnément.

Tout à coup Nina poussa un cri de joie en apercevant au bout de son hameçon, qu'elle venait de soulever hors de l'eau, un poisson lourd et frétillant. Amenant à elle l'extrémité du fil, elle prit sa proie avec force afin de la décrocher. Mais au premier contact elle reçut une commotion soudaine et s'affala sans connaissance. Le poisson, sorte de raie d'apparence inoffensive, n'était autre qu'une *torpille*, dont la décharge électrique avait causé ce résultat inattendu.

Séil-kor saisit Nina dans ses bras et la porta jusqu'à l'hôtel, où, devant son père et sa mère promptement accourus, elle reprit vite ses sens après cet engourdissement sans gravité.

Ses premières inquiétudes dissipées, Séil-kor bénit l'aventure qui, réalisant son rêve, lui avait permis d'étreindre un moment sa bien-aimée compagne.

La fête de Nina tombait quelques jours après cet événement. Laubé voulut, à cette occasion, donner un petit bal d'enfants auquel seraient conviées les quelques familles européennes séjournant dans la ville.

Résolu à célébrer le grand jour en disant une fable à son amie, Séil-kor consacra une partie de ses nuits à cultiver en cachette sa mémoire et son intonation.

Projetant d'offrir en outre quelque présent à la fillette, il se promit de risquer au jeu les quelques pièces blanches qu'il devait à la générosité de Laubé.

Certain casino de Tripoli, aisément accessible, contenait un jeu de petits chevaux dont la mise pouvait convenir aux bourses les plus modestes.

Favorisé par la chance qui accompagne, dit-on, les premières tentatives, Séil-kor gagna promptement à l'aide d'une martingale et put commander, chez le meilleur pâtissier de l'endroit, un monstrueux gâteau de Savoie destiné à paraître au milieu de la fête.

Le bal, commencé dans le courant de la journée, emplit de joyeuse animation le grand salon de l'hôtel. Vers cinq heures, les enfants, passant dans une pièce voisine, s'assirent à une immense table chargée de fruits et de friandises. A ce moment on apporta, de la part de Séil-kor, le fameux gâteau, qui fut salué par de bruyantes acclamations. Tous les yeux fixèrent le donateur, qui, se levant sans aucun embarras, récita sa fable d'une voix claire et sonore. Au dernier vers les applaudissements éclatèrent de toutes parts, et Nina, se levant à son tour, porta un toast en l'honneur de Séil-kor, qui fut un instant le roi du banquet.

Après goûter, le bal continua. Séil-kor et Nina valsèrent ensemble, puis, fatigués par plusieurs grands tours, s'arrêtèrent soudain près de Mme Laubé, qui, debout et tranquille, contemplait avec délices la belle joie enfantine dont elle se sentait environnée.

En voyant sa fille s'approcher d'elle avec son compagnon, l'excellente femme, reconnaissante pour toutes les attentions de Séil-kor, se tourna en souriant vers le jeune nègre, et dit d'une voix douce, en lui montrant Nina : « Embrasse-la! »

Séil-kor, pris de vertige, entoura son amie de ses bras et déposa sur ses joues fraîches deux chastes baisers qui le laissèrent ivre et chancelant.

Après cette solennité presque intime, Laubé, remis de ses fatigues par son séjour à Tripoli, résolut de regagner la France. L'explorateur possédait dans les Pyrénées, près d'un village nommé Port-d'Oo, un petit château familial dont il prisait fort le calme et l'isolement. Il serait bien là pour rédiger, à l'aide de ses notes, une relation détaillée de son voyage.

Le départ fut fixé sans délai. Après une belle traversée, Laubé et les siens débarquèrent à Marseille, où ils prirent le train pour Port-d'Oo.

Séil-kor se plut beaucoup dans sa nouvelle résidence; le château était situé dans l'admirable vallée d'Oo, et chaque jour le jeune Africain faisait avec Nina de longues escapades en forêt, pour mettre à profit les derniers rayons d'un automne tiède et clément.

Un soir, conduits jusqu'au village par les hasards de leur promenade, les deux enfants virent soudain une troupe ambulante qui, entassée dans une charrette et parcourant au pas les rues pleines de curieux, distribuait maints prospectus en attirant la foule par des boniments et des coups de grosse caisse.

Deux prospectus furent remis à Séil-kor, qui les lut avec Nina. Le premier, rédigé en affiche, débutait par une longue phrase annonçant en forts caractères l'arrivée sensationnelle de la troupe Ferréol, composée d'acrobates, de danseurs et d'équilibristes; la seconde moitié de la feuille contenait un emphatique discours adjurant les Français de se tenir en éveil, vu la présence sur leur territoire du chef de la bande, le fameux lutteur Ferréol, capable à lui seul de détruire des armées et de renverser des remparts; l'exhortation commençait ainsi: « Tremble, peuple français!... » et le mot « Tremble », destiné à capter les regards, s'étalait en grosse vedette, formant une sorte d'entête isolé.

L'autre prospectus, de dimensions plus modestes, portait cette simple attestation : « Nous avons été vaincus par Ferréol », suivie d'une quantité innombrable de signatures qui, reproduites en fac-similé, provenaient des plus redoutables professionnels terrassés par l'illustre champion.

Le lendemain, Séil-kor et Nina se rendirent sur la place du village pour assister à la représentation promise. Une large estrade s'élevait en plein vent, et les deux enfants se divertirent fort à la vue des jongleurs, clowns, faiseurs de tours et animaux savants, qui pendant deux heures défilèrent devant leurs yeux.

A certain moment, trois hommes vinrent poser à droite, sur l'extrémité de l'estrade, un fragment de façade Renaissance, dont le premier étage était percé d'une large fenêtre à balcon.

Bientôt, un second décor semblable prenait place à gauche sur le bout opposé des tréteaux, et l'un des porteurs reliait, par un fil de fer soigneusement fixé, les deux balcons qui se faisaient strictement vis-à-vis.

Ces préparatifs étaient à peine achevés quand la fenêtre de droite s'ouvrit discrètement pour livrer passage à une jeune femme vêtue comme les princesses du temps de Charles IX. L'inconnue fit un signe avec la main, et aussitôt l'autre fenêtre céda sous l'effort d'un seigneur richement paré, qui à son tour parut au balcon. Le nouveau venu, en pourpoint brodé, en culotte courte et en toquet de velours, portait une fraise engonçante et un loup mystérieux approprié à l'expédition clandestine qu'il semblait préparer.

Après un échange de signaux pleins de recommandations et de promesses, l'amoureux, enjambant sa balustrade, posa le pied sur le fil de fer, puis, les bras étendus en manière de balancier, se mit en devoir de franchir, par le chemin aérien offert à son audace, la distance qui le séparait de sa belle voisine.

Mais soudain, prêtant l'oreille vers l'intérieur de sa maison comme pour épier le pas de quelque jaloux, la jeune femme rentra précipitamment chez elle, avertissant par un geste l'amant téméraire, qui, rompant à grandes enjambées, regagna son point de départ et s'éclipsa derrière ses rideaux.

Quelques instants plus tard les deux fenêtres se rouvraient presque en même temps, et le périlleux voyage recommençait avec une espérance nouvelle. Cette fois le trajet s'accomplit jusqu'au bout sans fausse alerte, et les deux amants tombèrent aux bras l'un de l'autre, au milieu d'ovations prolongées.

Le fil de fer et les deux décors furent enlevés rapidement, et un jeune couple espagnol, faisant une brusque apparition, se mit d'emblée à danser un boléro forcené, accompagné de cris et de battements de pieds. La femme, en mantille, l'homme, en veste courte et en sombrero, tenaient chacun dans la main droite un tambour de basque à lamelles, sur lequel ils appliquaient en cadence de vigoureux coups de poing. Après dix minutes de pirouettes et de déhanchements continuels, les deux danseurs, pour finir, s'immobilisèrent dans une pose souriante et gracieuse, pendant que la foule électrisée applaudissait avec enthousiasme.

La représentation se termina par plusieurs victoires éclatantes du célèbre Ferréol, et la nuit tombait déjà quand Séil-kor et Nina, enchantés de leur après-midi, reprirent, bras dessus, bras dessous, le chemin du château.

Le jour suivant, cloîtrés par une pluie fine et persistante, les deux enfants durent renoncer à leur promenade quotidienne. Heureusement les communs du château contenaient une grande remise offrant un vaste espace propice aux jeux les plus désordonnés; c'est sous cet abri que les espiègles vinrent passer leur récréation.

Hantée par le spectacle de la veille, Nina s'était munie de son panier à ouvrage, dans le but de confectionner pour Séil-kor un accoutrement rappelant celui du danseur de corde. Dans le fond de la remise, deux charrettes se faisant face présentaient, grâce à leurs timons placés bout à bout, un champ d'expérience commode et facile pour les premières tentatives d'un équilibriste encore novice.

Armée d'une paire de ciseaux, d'une aiguille enfilée et des deux prospectus que Séil-kor avait conservés, Nina se mit au travail; dans la première feuille elle tailla un toquet, et dans la seconde un loup orné de deux fils destinés au côté postérieur des oreilles.

La fraise exigeait une plus grande provision de papier; dans un coin de la remise gisait, jeté là au rebut, un paquet de vieux numéros de la *Nature*, journal que Laubé recevait régulièrement et dans lequel il écrivait tous ses récits de voyage. Arrachant la couverture bleue d'un grand nombre de publications, Nina parvint à établir une élégante collerette de couleur unie, et bientôt, paré des trois articles soigneusement exécutés par l'adroite ouvrière, Séil-kor fit ses débuts dans la carrière funambulesque, en parcourant d'un bout à l'autre le chemin étroit et fragile fourni par les deux timons.

Encouragés par cette première réussite, les enfants voulurent copier le boléro du couple espagnol. Séil-kor déposa son déguisement de papier, et la danse commença, tout de suite échevelée et fiévreuse; Nina surtout mettait une ardeur étrange dans sa mimique, frappant ses

mains l'une contre l'autre pour remplacer la résonance rythmique du tambour de basque, et
prolongeant les joyeux ébats sans souci de la fatigue ni de l'essoufflement. Soudain, arrêtés en
complète effervescence par la cloche du goûter,
les deux danseurs quittèrent la remise pour ren-
trer au château.

Le temps s'était refroidi avec le crépuscule
hâtif, et une sorte de neige fondue, pénétrante
et glacée, tombait lentement du ciel opaque.

Mise en nage par la danse délirante et prolongée, Nina fut prise d'un frisson terrible, qui
cessa dans la salle à manger, où flambait le premier feu de la saison.

Le lendemain, l'étincelant soleil avait reparu,
éclairant une de ces dernières journées translucides et pures qui précèdent chaque année la
venue de l'hiver. Voulant profiter de cette après-
midi sereine qui marquait peut-être l'adieu suprême du beau temps, Séil-kor proposa joyeusement à Nina une grande promenade en
forêt.

La fillette, brûlante de fièvre, mais se croyant
seulement en proie à un malaise passager, accepta
l'offre de son ami et se mit en route à son côté.
Séil-kor portait un goûter copieux dans un large
panier qui se balançait à son bras.

Après une heure de course en pleins bois, les
deux enfants se trouvèrent devant un inextri-

cable fouillis d'arbres, marquant le début d'une vaste futaie inexplorée que les gens du pays appelaient le « Maquis ». Cette désignation était justifiée par un extraordinaire enchevêtrement de branches et de lianes; nul ne pouvait s'aventurer dans le Maquis sans risquer de s'y perdre à jamais.

Jusqu'alors, au cours de leurs folles équipées, Séil-kor et la fillette avaient sagement contourné l'inquiétante lisière. Mais, séduits par l'inconnu, ils s'étaient promis de tenter quelque jour une reconnaissance hardie au sein de la mystérieuse région. L'occasion leur sembla propice à la réalisation de leur projet.

Séil-kor, par prévoyance, résolut de marquer la route du retour à la façon du Petit Poucet. Il ouvrit son panier de provisions, mais, se rappelant la déconvenue du héros célèbre, au lieu de prendre son pain pour l'émietter il choisit un fromage suisse d'une blancheur éclatante, dont les parcelles, peu tentatrices pour des estomacs d'oiseaux, devaient se détacher clairement sur le fond sombre des mousses et des bruyères.

L'exploration commença; tous les cinq pas, Séil-kor piquait le fromage avec la pointe d'un couteau et jetait le léger fragment sur le sol.

Pendant une demi-heure, les deux imprudents s'enfoncèrent ainsi dans le Maquis sans en découvrir la limite; le jour commençait à baisser, et

Séil-kor, brusquement inquiet, donna le signal de la retraite.

Quelque temps, le jeune garçon retrouva facilement son chemin, marqué sans interruption. Mais bientôt le jalonnement cessa; quelque animal affamé, renard ou loup, flairant la piste savoureuse, avait léché les parcelles de fromage, brisant ainsi le fil conducteur des deux égarés.

Peu à peu le ciel s'était couvert et la nuit devenait opaque.

Séil-kor affolé s'obstina longtemps, mais en vain, à trouver une issue pour sortir du Maquis. Nina exténuée, grelottante de fièvre, le suivait à grand'peine et sentait à chaque moment ses forces prêtes à la trahir. Finalement la pauvre enfant, fléchissant malgré elle et poussant un cri de détresse, se coucha sur un lit de mousse offert sous ses pas, tandis que Séil-kor s'approchait anxieux et découragé.

Nina s'endormit d'un sommeil morbide; il faisait maintenant nuit noire, et le froid était vif; l'avent venait de commencer, et une impression d'hiver planait dans l'atmosphère humide et glaciale. Séil-kor, ému, ôta sa veste pour couvrir la fillette, qu'il n'osait priver d'un repos dont elle paraissait avoir si grand besoin.

Après un long assoupissement traversé de rêves continuels, Nina s'éveilla d'elle-même et se mit debout, prête à reprendre sa marche.

Dans le ciel dégagé, les étoiles jetaient leurs feux les plus brillants. Nina savait s'orienter; elle montra du doigt l'étoile polaire, et les deux enfants, suivant dès lors une direction invariable, atteignirent au bout d'une heure la lisière du Maquis; une nouvelle étape les conduisit jusqu'au château, où la fillette tomba dans les bras de ses parents, pâles d'angoisse et de frayeur.

Le lendemain, voulant lutter encore contre la maladie qui progressait rapidement, Nina se leva comme de coutume et passa dans la salle d'étude, où Séil-kor rédigeait un devoir français prescrit par Laubé.

Depuis son retour d'Afrique, la fillette suivait le catéchisme à l'église du village; elle devait, ce matin-là, terminer une analyse destinée à être remise le jour suivant.

Une demi-heure d'application lui suffit pour achever sa tâche et atteindre la résolution finale.

Ayant écrit les premiers mots : « Je prends la résolution... » elle s'était retournée vers Séil-kor en demandant conseil pour la suite, quand une terrible quinte de toux la secoua tout entière, provoquant des râles douloureux et profonds.

Séil-kor épouvanté s'approcha de la malade, qui entre deux spasmes lui avoua tout : le frisson éprouvé à la sortie de la remise — et la fièvre qui, n'ayant pas cessé depuis la veille, s'était certai-

nement aggravée pendant le dangereux somme
sur le lit de mousse.

Les parents de Nina furent aussitôt prévenus,
et la fillette dut s'aliter sans retard.

Hélas! ni les ressources de la science ni les
multiples attentions d'un entourage passionnément dévoué ne purent triompher du mal terrible, qui, en moins d'une semaine, enleva la
pauvre enfant à l'affection idolâtre des siens.

Après cette mort soudaine, Séil-kor, fou de
désespoir, prit en horreur les lieux jusqu'alors
divinement éclairés par la présence de son
amie. La vue des sites maintes fois contemplés
avec Nina lui rendait odieux l'horrible contraste
entre son deuil actuel et son bonheur passé.
D'ailleurs la saison froide épouvantait le jeune
nègre, qui, au fond du cœur, gardait la nos-
talgie du soleil africain. Un jour, déposant sur
sa table, à l'adresse de son cher protecteur, une
lettre pleine d'affection, de reconnaissance et de
regrets, il s'enfuit du château en emportant
comme de saintes reliques la toque, la fraise et le
loup confectionnés par Nina.

S'employant à divers travaux dans les fermes
rencontrées sur son passage, il parvint à réunir
une somme suffisante pour payer son voyage
jusqu'à Marseille. Là, il s'engagea comme chauf-
feur à bord d'un navire appelé à longer les côtes
occidentales de l'Afrique. Pendant une relâche à

Porto-Novo, il déserta son poste et regagna son pays natal, où sa culture et son intelligence lui valurent avant peu un poste important auprès de la personne de l'empereur.

*
* *

Nous avions écouté en silence le récit de Séilkor, qui, arrêté un moment par l'émotion inhérente à tant de poignants souvenirs, reprit bientôt la parole pour nous renseigner sur le maître qu'il servait.

*
* *

Talou VII, dont l'origine était illustre, se vantait d'avoir dans les veines du sang européen. A une époque déjà lointaine, son ancêtre Souann avait conquis le trône à force d'audace, puis s'était promis de fonder une dynastie. Or voici ce que la tradition racontait à ce propos.

Quelques semaines après l'avènement de Souann, un grand navire, poussé par la tempête, avait sombré en vue des côtes d'Éjur. Seules survivantes du désastre, deux jeunes filles de quinze ans, accrochées à une épave isolée, parvinrent à prendre terre après avoir couru mille dangers.

Les naufragées, ravissantes sœurs jumelles de nationalité espagnole, étaient si pareilles de visage qu'on ne pouvait les distinguer l'une de l'autre.

Souann s'éprit des charmantes adolescentes, et, dans son désir hâtif d'abondante procréation, les épousa toutes deux le même jour, heureux d'affirmer la suprématie de sa race par l'adjonction d'un sang européen propre à frapper, dans les temps présents et à venir, l'imagination fétichiste de ses sujets.

Ce fut le même jour aussi, et à la même heure, que les deux sœurs, dans les délais stricts, accouchèrent chacune d'un garçon.

Talou et Yaour — ainsi furent nommés les enfants — causèrent de suite un grave souci à leur père, qui, dérouté par l'imprévu de ces deux naissances simultanées, ne savait comment choisir l'héritier du trône.

La ressemblance parfaite des épousées empêchait Souann de se prononcer sur l'antériorité de conception, qui seule pouvait faire prévaloir les droits d'un des frères.

On tenta vainement d'élucider ce dernier point en interrogeant les deux mères; à l'aide de quelques mots indigènes péniblement appris, chacune témoigna hardiment en faveur de son fils.

Souann résolut de s'en rapporter à la décision du Grand Esprit.

Sous le nom de « Place des Trophées », il venait de fonder à Éjur une vaste esplanade quadrangulaire, afin d'accrocher, sur le tronc des sycomores plantés en bordure, maintes dépouilles provenant d'ennemis redoutables qui, pleins d'acharnement, s'étaient efforcés de lui barrer le chemin du pouvoir. Il alla se poster devant l'extrémité nord du nouvel emplacement et fit déposer à la même seconde, dans un terrain convenablement préparé, d'une part une graine de palmier, de l'autre une semence de caoutchouc, se rapportant chacune à un de ses fils désigné d'avance devant témoins; traduisant la volonté divine, l'arbre sorti de terre le premier devait indiquer le futur souverain.

Surveillance et arrosage furent impartialement prodigués aux deux points fécondés.

Ce fut le palmier qui, planté à droite, affleura d'abord la surface du sol, proclamant ainsi les droits de Talou au détriment d'Yaour, dont le caoutchouc eut un grand jour de retard.

Quatre ans à peine après leur arrivée à Éjur, les jumelles, prises par les fièvres, périrent presque en même temps, abattues par l'épreuve terrible d'une saison particulièrement brûlante. Lors du naufrage elles avaient pu sauver certain portrait en miniature les représentant toutes deux côte à côte coiffées de la mantille nationale; Souann conserva cette image, précieux document propre à faire constater l'essence supérieure de sa race.

Talou et Yaour grandissaient, et, avec eux, se développaient les deux arbres plantés à leur naissance. L'influence du sang espagnol ne se manifestait chez les jeunes frères que par une coloration un peu plus pâle de leur peau noire et par une moindre accentuation de l'épaisseur des lèvres.

En surveillant les étapes de leur croissance, Souann s'inquiétait parfois des querelles sanglantes qui pourraient un jour éclater entre eux au sujet de sa succession. Heureusement une nouvelle conquête dissipa en partie ses angoisses, en lui fournissant l'occasion de créer un royaume pour Yaour.

L'empire du Ponukélé, fondé par Souann, était limité au sud par un fleuve nommé le Tez, dont l'embouchure se trouvait située non loin d'Ejur.

Au delà du Tez s'étendait le Drelchkaff, riche contrée que Souann, à la suite d'une campagne favorable, réussit à placer sous sa domination.

Dès lors Yaour fut désigné par son père pour monter un jour sur le trône du Drelchkaff. Comparé à l'empire voisin, l'apanage semblait certes bien modeste; Souann espérait néanmoins calmer par ce dédommagement la jalousie du fils déshérité.

Les deux frères avaient vingt ans quand leur père mourut. Les choses suivant leur cours naturel, Talou devint empereur du Ponukélé, et Yaour fut roi du Drelchkaff.

Talou Ier et Yaour Ier — on les distingua de la sorte — prirent de nombreuses épouses et fondèrent deux maisons rivales toujours prêtes à entrer en lutte. Les Yaour réclamaient l'empire en contestant les droits des Talou, et ceux-ci, de leur côté, forts de l'intervention divine qui les avait choisis pour le rang suprême, revendiquaient la couronne du Drelchkaff, dont les avait frustrés un simple caprice de Souann.

Une nuit, Yaour V, roi du Drelchkaff, descendant direct et légitime d'Yaour Ier, passa le Tez avec son armée et pénétra par surprise dans Éjur.

L'empereur Talou IV, arrière-petit-fils de Talou Ier, dut s'enfuir pour échapper à la mort, et Yaour V, réalisant le rêve de ses ascendants, réunit sous un sceptre unique le Ponukélé et le Drelchkaff.

A cette époque le palmier et le caoutchouc de la place des Trophées avaient fini par atteindre leur entier développement.

Le premier soin d'Yaour V en prenant le titre d'empereur fut de brûler le palmier consacré à la race abhorrée des Talou et d'extirper toutes les racines de l'arbre maudit dont la première apparition hors de terre avait dépossédé les siens.

Yaour V régna pendant trente ans et mourut au faîte de sa puissance.

Son successeur Yaour VI, lâche et incapable, se rendit impopulaire par ses maladresses constantes et par sa cruauté. Talou IV, quittant le lointain exil où il languissait depuis si longtemps, put alors s'entourer de nombreux partisans qui fomentèrent une révolte en soulevant le peuple mécontent.

Yaour VI, terrorisé, prit la fuite sans attendre le conflit et se réfugia dans son royaume de Drelchkaff, dont il parvint à conserver la couronne.

Renommé empereur du Ponukélé, Talou IV déposa un nouveau germe de palmier à la place dépouillée par Yaour V; bientôt un arbre surgit, pareil au premier, dont il rappelait la signification tout en évoquant, ainsi qu'un emblème, la restauration de la branche légitime.

Depuis lors tout s'était passé normalement, sans usurpation violente ni troubles successoraux. Actuellement Talou VII régnait sur le Ponukélé, et Yaour IX sur le Drelchkaff, perpétuant tous deux les traditions de haine et de jalousie qui, de tout temps, avaient divisé leurs aïeux. La marque du sang européen, effacée de longue date par de nombreuses unions purement indigènes, ne laissait plus aucune trace sur la personne des deux souverains, pareils à leurs sujets par la forme du masque et par la couleur de la peau.

Sur la place des Trophées, le palmier planté par Talou IV écrasait maintenant par son magnifique aspect le caoutchouc à demi mort de vieillesse qui lui faisait pendant.

XI

ce moment de sa narration, Séil-kor reprit haleine, puis aborda certains détails plus intimes concernant la vie privée de l'empereur.

Au début de son règne Talou VII avait épousé une jeune Ponukéléienne idéalement belle, nommée Rul.

Très amoureux, l'empereur refusait de choisir d'autres compagnes, malgré les usages du pays, où la polygamie était en honneur.

Un jour de tempête, Talou et Rul alors enceinte de trois mois se promenaient tendrement sur la plage d'Éjur pour admirer le sublime spectacle offert par la mer furieuse, quand ils virent au large un navire en détresse qui, après avoir heurté quelque récif, vint couler à pic sous leurs yeux.

Muet d'horreur, le couple resta longtemps immobile, regardant l'emplacement fatal où surnageaient quelques épaves.

Bientôt le cadavre d'une femme de race blanche, provenant évidemment du navire disparu, flotta dans la direction de la grève, roulé en tous sens par les vagues. La passagère, couchée à plat, la face tournée vers le ciel, portait un costume de Suissesse composé d'une jupe foncée, d'un tablier à broderies multicolores et d'un corset de velours rouge qui, descendant seulement jusqu'à la taille, enfermait un corsage blanc décolleté, aux manches larges et bouffantes. Derrière sa tête on voyait briller, à travers la transparence des eaux, de longues épingles d'or disposées en forme d'étoile autour de quelque chignon solidement natté.

Rul, très éprise de parure, fut aussitôt fascinée par ce corset rouge et ces épingles d'or dont elle rêvait de s'affubler. Sur sa prière l'empereur manda un esclave, qui, montant dans une pirogue, se mit en devoir de ramener la naufragée.

Mais le mauvais temps rendait la tâche ardue, et Rul, dont le désir morbide se trouvait aiguisé par la difficulté à vaincre, suivait anxieusement, avec des alternatives d'espoir et de découragement, la périlleuse manœuvre de l'esclave, qui sans cesse voyait sa proie lui échapper.

Après une heure de lutte incessante avec les éléments, l'esclave atteignit enfin le cadavre, qu'il parvint à hisser dans la pirogue; on découvrit alors le corps d'un enfant de deux ans, placé sur le dos de la morte, dont le cou restait convulsivement enfermé dans les deux faibles bras encore crispés. Le pauvre petit était sans doute le nourrisson de la naufragée, qui, au dernier moment, avait tenté de se sauver à la nage en emportant son précieux fardeau.

La nourrice et l'enfant furent transportés à Éjur; bientôt Rul entra en possession des épingles d'or, qu'elle piqua en cercle dans ses cheveux, puis du corset rouge, qu'elle agrafa coquettement au-dessus du pagne qui lui ceignait les reins. Dès lors elle ne quitta plus ces ornements qui faisaient sa joie; suivant l'avancement de sa grossesse elle distendait le lacet, qui glissait avec souplesse dans les œillets à fine garniture métallique.

A la suite du sinistre, la mer pendant longtemps jeta sur la côte, au milieu d'épaves de toutes sortes, maintes caisses diversement garnies, qui furent recueillies avec soin. On trouva, parmi les débris, un bonnet de matelot portant ce mot : *Sylvandre,* nom du malheureux navire naufragé.

Six mois après la tempête, Rul mit au monde une fille qu'on appela Sirdah.

L'heure d'anxiété passée par la jeune mère avant l'atterrissage de la Suissesse avait laissé des traces. L'enfant, d'ailleurs saine et bien constituée, portait sur le front une envie rouge de forme spéciale, étoilée de longs traits jaunes rappelant par leur disposition les fameuses épingles d'or.

La première fois que Sirdah ouvrit les yeux, on s'aperçut qu'elle louchait affreusement; sa mère, très orgueilleuse de sa propre beauté, fut humiliée d'avoir procréé un laideron et prit en aversion cette enfant qui blessait sa vanité. Au contraire, l'empereur, qui désirait ardemment une fille, conçut un amour profond pour la pauvre innocente, qu'il entoura de soins et de tendresse.

A cette époque Talou avait pour conseiller un nommé Mossem, nègre de haute stature, à la fois sorcier, médecin et lettré, qui jouait le rôle de premier ministre.

Mossem s'était épris de la charmante Rul, qui de son côté subissait l'ascendant du séduisant conseiller, dont elle admirait la majestueuse prestance et le grand savoir.

L'intrigue suivit son cours inévitable, et Rul,

un an après la naissance de Sirdah, donna le jour
à un fils dont tous les traits rappelaient ceux de
Mossem.

Talou, heureusement, ne remarqua pas la
fatale ressemblance. Néanmoins ce fils resta
éloigné de son cœur, où Sirdah garda la plus belle
place.

D'après une loi instituée par Souann, chaque
souverain, à sa mort, était remplacé par son premier enfant, fille ou garçon. Deux fois déjà,
dans chacune des branches rivales, des filles
avaient dû régner; mais toujours leur mort pré-
maturée avait transmis à un frère les droits au
rang suprême.

Mossem et Rul conçurent l'affreux projet de
faire disparaître Sirdah pour que leur fils pût
un jour être empereur.

Sur ces entrefaites, Talou, rempli d'instincts
belliqueux, partit pour une longue campagne en
laissant le pouvoir à Mossem, qui, pendant l'absence du monarque, devait exercer une autorité
absolue.

Les deux complices saisirent cette occasion si
favorable à l'exécution de leur plan.

Au nord-est d'Éjur s'étendait la Vorrh, immense forêt vierge où nul n'osait s'aventurer, à
cause de certaine légende qui peuplait ses ombrages de génies malfaisants. Il suffisait d'y
abandonner Sirdah, dont le corps, protégé par la

superstition, serait à l'abri de toutes recherches.

Une nuit, Mossem partit, emportant Sirdah dans ses bras; le soir suivant, après une longue journée de marche, il atteignit la lisière de la Vorrh et, trop intelligent pour croire aux contes surnaturels, pénétra sans crainte sous les rameaux hantés offerts à sa vue. Arrivé à une vaste clairière, il déposa sur la mousse la petite Sirdah endormie, puis regagna la plaine par le chemin même qu'il venait de se frayer à travers l'épaisseur des branches et des lianes.

Vingt-quatre heures après il rentrait nuitamment à Éjur; son départ et son retour s'étaient effectués sans témoins.

Pendant son absence, Rul s'était postée au seuil de la case impériale, afin d'en interdire l'accès. Sirdah était gravement malade, disait-elle, et Mossem restait aux côtés de l'enfant pour lui prodiguer ses soins. Après la rentrée de son complice, elle annonça la mort de Sirdah, et le lendemain on simula de pompeuses funérailles.

La tradition exigeait, pour chaque membre défunt de la famille souveraine, le tracé d'un acte mortuaire exposant avec détails le récit du décès. Possédant tous les secrets de l'écriture ponukéléienne, Mossem se chargea du travail et rédigea sur parchemin une relation imaginaire des derniers moments de Sirdah.

La douleur de l'empereur fut immense quand à son retour il apprit la mort de sa fille.

Mais rien ne put lui faire soupçonner la trame ourdie contre Sirdah; les deux complices, ivres de joie, virent donc réussir à souhait l'odieuse machination qui faisait de leur fils l'unique héritier du trône.

Deux ans passèrent pendant lesquels Rul n'eut pas de nouvelle grossesse. Contrarié par cette stérilité, Talou, sans pour cela répudier celle qu'il croyait encore fidèle, se décida finalement à prendre d'autres épouses, dans l'espoir d'avoir une seconde fille dont les traits lui rappelleraient l'image de sa chère Sirdah.

Son attente fut déçue; il n'engendra que des fils, qui ne parvinrent pas à lui faire oublier la pauvre disparue.

La guerre seule le distrayait de son chagrin; sans cesse il entreprenait de nouvelles campagnes, reculant les limites de son vaste domaine et fixant de nombreuses dépouilles sur les sycomores de la place des Trophées.

Doué d'une sensibilité de poète, il avait commencé une vaste épopée dont chaque chant célébrait un de ses hauts faits d'armes. L'œuvre s'intitulait la *Jéroukka,* mot ponukéléien évocateur d'héroïsme triomphant. Plein d'ambition et d'orgueil, l'empereur s'était promis d'éclipser par sa personnalité tous les princes de sa race et de transmettre aux générations futures une relation poétique de son règne, qu'il voulait écrasant et glorieux.

Chaque fois qu'il terminait un fragment de la *Jéroukka*, il l'apprenait à ses guerriers, qui, à l'unisson, le chantaient en chœur sur une sorte de mélopée lente et monotone.

**
* *

Les années se succédèrent sans amener aucun nuage entre Mossem et Rul, qui continuaient à s'aimer en secret.

Mais un jour l'empereur fut instruit de leurs relations par une de ses nouvelles épouses.

Incapable d'ajouter foi à ce qu'il prenait pour une audacieuse calomnie, Talou conta gaîment la chose à Rul, en l'invitant à se méfier de la haine jalouse provoquée chez ses rivales par son écrasante beauté.

Bien que rassurée par le ton jovial de l'empereur, Rul flaira le danger et se promit de redoubler de prudence.

Elle supplia Mossem d'afficher une maîtresse qu'il comblerait ostensiblement d'honneurs et de richesses pour détourner les soupçons du monarque.

Mossem approuva le projet, dont la réalisation lui paraissait, comme à Rul, d'une urgente nécessité. Il jeta son dévolu sur une jeune beauté nommée Djizmé, dont le visage d'ébène découvrait, au moyen d'un sourire enivrant, des dents d'une étincelante blancheur.

Djizmé s'habitua vite aux privilèges de sa haute situation; Mossem, s'appliquant à bien jouer son rôle, satisfaisait ses moindres caprices, et d'un mot la jeune femme obtenait pour ses créatures les faveurs les moins méritées.

Ce crédit groupa vite auprès de la favorite du ministre une nuée de solliciteurs qui se pressaient pour avoir audience. Djizmé, heureuse et flattée, dut bientôt réglementer cet envahissement.

Sur sa prière, Mossem découpa dans plusieurs feuilles de parchemin un certain nombre de rectangles souples et minces sur chacun desquels il traça finement ce nom : « Djizmé », figurant ensuite dans un des angles, au moyen d'un dessin sommaire, trois différentes phases de lunaison.

C'étaient en somme de vraies cartes de visite, qui, répandues à profusion, indiquèrent aux intéressés les trois jours de réception choisis pour chaque période de quatre semaines par la toute-puissante intermédiaire.

Djizmé s'amusa dès lors à jouer à la souveraine. Chaque fois que se présentait une des dates fixées, elle se parait magnifiquement et recevait la foule des quémandeurs, accordant son appui aux uns et le refusant aux autres, sûre à l'avance de voir ses décisions complètement ratifiées par Mossem.

Une chose pourtant manquait au bonheur de Djizmé. Belle, ardente et pleine d'exubérante jeunesse, elle se sentait brûlée de fièvre et de désirs.

Or, Mossem, fidèle à Rul, n'avait jamais accordé le moindre baiser à celle qui passait aux yeux de tous pour son amante idolâtrée.

Consciente du rôle de paravent qu'on lui faisait jouer, Djizmé résolut de se donner tout entière sans aucun scrupule à quiconque saurait la comprendre et l'apprécier.

Durant chacune de ses audiences, elle avait remarqué, au premier rang des solliciteurs, un jeune noir nommé Naïr, qui semblait ne lui parler qu'avec émotion et timidité.

Plusieurs fois elle crut apercevoir Naïr qui, dissimulé derrière quelque buisson, la guettait à l'heure de sa promenade dans le but de la voir un instant.

Bientôt elle ne douta plus de la passion qu'elle avait inspirée au jeune amoureux. Elle attacha Naïr à sa personne et se livra sans réserve au gracieux soupirant dont elle avait vite partagé le fougueux sentiment.

Un prétexte fort plausible expliquait aux yeux de Mossem l'assiduité du nouveau page auprès de la favorite.

Éjur, à ce moment, était infesté par une légion de moustiques dont la piqûre donnait les fièvres. Or, Naïr savait fabriquer des pièges qui prenaient infailliblement les dangereux insectes.

Il avait découvert comme amorce une fleur rouge dont le parfum très violent attirait de loin les bestioles à capturer. Certaines enveloppes de fruits lui fournissaient des filaments d'une extrême ténuité, avec lesquels il exécutait lui-même un tissu plus fin que les toiles d'araignée, mais suffisamment résistant pour arrêter les moustiques au passage. Ce dernier travail demandait une grande précision, et Naïr ne le menait à bien qu'à l'aide d'une longue formule dont le texte récité par cœur lui indiquait un par un chaque mouvement à faire et chaque nœud à former.

Djizmé, comme une enfant, extrayait un plaisir toujours nouveau du spectacle offert par l'industrieux agencement des fils s'enchevêtrant délicatement sous les doigts de son amant.

La présence de Naïr se trouvait ainsi motivée par la puissante distraction que procurait à

Djizmé ce talent plein d'invention et de subtilité.

Artiste de toutes façons, Naïr savait dessiner et se délassait de l'absorbante fabrication de ses pièges en esquissant des portraits et des paysages d'une exécution bizarre et primitive. Un jour, il remit à son amante une curieuse natte blanche, qu'il avait patiemment ornée d'une quantité de petits croquis représentant les sujets les plus variés. Il voulait, au moyen de ce cadeau, présider au sommeil de Djizmé, qui désormais reposa chaque nuit sur la couche moelleuse dont le contact lui rappelait sans cesse la tendre et attentive sollicitude du bien-aimé.

Le jeune couple vivait ainsi heureux et tranquille, quand une imprudence de Naïr mit soudain la vérité sous les yeux de Mossem.

Certaines des caisses apportées par la mer après le naufrage du *Sylvandre* contenaient divers articles d'habillement qui, depuis lors, étaient demeurés sans emploi. Djizmé, avec l'autorisation de Mossem, puisait dans cette réserve une masse de colifichets dont s'accommodait sa frivolité insouciante et légère.

Les gants surtout amusaient la rieuse enfant, qui, en toute occasion un peu solennelle, se plaisait à emprisonner ses mains et ses bras dans de souples fourreaux de peau de Suède.

Au cours de ses fouilles dans le vieux stock abondant et disparate, Djizmé avait découvert un chapeau melon dont Naïr s'était paré avec joie. Depuis lors, le jeune noir ne se montrait plus jamais sans la rigide coiffure, qui, de loin, le faisait facilement reconnaître.

Il y avait au sud-est d'Éjur, non loin de la rive droite du Tez, un immense et magnifique jardin appelé le « Béhuliphruen », que des esclaves en foule entretenaient avec un luxe inouï. Talou, en véritable poète, adorait les fleurs et composait les strophes de son épopée sous les délicieux ombrages de ce parc grandiose.

Au centre du Béhuliphruen s'étendait une sorte de plateau assez élevé, qui, soigneusement arrangé en terrasse, était recouvert d'une admirable végétation. On dominait de là l'ensemble du vaste jardin, et l'empereur aimait à passer de longues heures de repos, installé près de la balustrade de branches et de feuillages qui bordait de tous côtés ce lieu adorablement frais. Souvent, le soir, il allait rêver en compagnie de Rul dans certain angle du plateau d'où la vue était particulièrement splendide.

Incapable d'apprécier cette sereine contemplation qui lui paraissait fastidieuse, Rul invita un jour Mossem à venir égayer l'impérial tête-à-tête. Aveugle et confiant comme toujours, Talou ne s'opposa nullement à la réalisation de ce caprice; la présence de Djizmé suffirait d'ailleurs à écarter de son esprit tout malencontreux soupçon.

Naïr, qui avait chaque soir rendez-vous avec son amie, fut dépité en apprenant par elle l'événement qui les empêchait de se rejoindre. Résolu à se rapprocher quand même de Djizmé, il conçut un audacieux projet qui devait le faire assister en cinquième à la réunion du Béhuliphruen.

Mais, ce jour-là, Djizmé donnait audience au flot habituel de ses solliciteurs; la réception étant commencée, Naïr ne pourrait plus avoir avec la jeune femme le long entretien particulier nécessité par l'exposition assez complexe de son plan.

Aussi lettré qu'artiste, Naïr connaissait l'écriture ponukéléienne, qu'il avait enseignée à Djizmé au cours de leurs entrevues fréquentes et prolongées. Il prit le parti d'écrire à son amie toutes les urgentes recommandations qu'il ne pouvait lui détailler de vive voix.

La lettre fut libellée sur parchemin, puis, au milieu de la cohue, passa habilement des mains de Naïr dans celles de Djizmé, qui la glissa vite dans son pagne.

Mais Mossem, qui errait parmi la multitude, avait surpris la manœuvre clandestine. Bientôt, enlaçant Djizmé habituée à recevoir de lui en public maintes caresses voulues, il s'empara de l'épître, qu'il alla déchiffrer à l'écart.

Comme en-tête, Naïr avait dessiné, sous forme de cortège, les cinq personnages appelés à figurer dans la scène de la soirée : à droite, Talou s'avançait seul; derrière lui, Mossem et Rul faisaient un geste de moquerie, bafoués eux-mêmes par Naïr et Djizmé, qui venaient à leur suite.

Le texte contenait les instructions suivantes :

Une fois installée à l'angle de la fraîche terrasse, Djizmé guetterait Naïr, qui, sans bruit, s'avancerait par certain sentier déterminé; dans l'ombre, la silhouette du jeune noir serait aisément reconnaissable grâce au chapeau melon dont il aurait soin de se coiffer. L'endroit choisi par Talou pour ses profondes rêveries était bordé de pentes presque à pic; néanmoins, en s'accrochant de ses dix doigts aux racines et aux broussailles, Naïr saurait se hisser avec précaution jusqu'au niveau du groupe nonchalant; Djizmé laisserait pendre sa main hors de la balustrade fleurie, puis, après s'être assurée de l'identité du visiteur en touchant soigneusement le chapeau, tendrait cette main au baiser de son amant, capable de se maintenir un moment à la force des poignets.

Après avoir gravé dans sa mémoire tous les détails qu'il venait de surprendre, Mossem retourna vers Djizmé, puis, sous prétexte de nouvelles cajoleries, parvint à replacer le billet dans le pagne de la favorite.

Blessé dans son amour-propre et furieux à la pensée que depuis longtemps déjà il était la risée de tous, Mossem chercha le moyen d'obtenir une preuve flagrante contre les deux complices, qu'il voulait châtier sévèrement.

Il élabora tout un plan et se rendit auprès de Séil-kor, qui, à cette époque, servait déjà l'empereur depuis plusieurs années et pouvait, la nuit, ressembler à Naïr grâce à une parfaite conformité d'âge et de tournure.

Voici quel était le projet de Mossem :

Coiffé du melon qui servirait à donner le change, Séil-kor apparaîtrait à Djizmé dans le sentier clairement désigné par les termes du billet. Avant de commencer son ascension, le faux Naïr tracerait sur le chapeau, avec un enduit frais et gluant, certains caractères définis. Djizmé, suivant sa manie, ne pouvait manquer de se ganter pour passer la soirée avec l'empereur; dans le geste prudent qui selon les instructions de la lettre devait précéder le baiser, la favorite s'accuserait elle-même en imprimant sur la peau de Suède un des caractères révélateurs.

Séil-kor accepta la mission. Un refus était d'ailleurs impossible, car Mossem, tout-puissant, pouvait commander.

En premier lieu, il importait d'arrêter Naïr
dans son expédition nocturne. Or, par crainte
d'une indiscrétion pouvant faire échouer ses
combinaisons, Mossem voulait se passer de toute
aide étrangère.

Forcé d'agir seul, Séil-kor se souvint des col-
lets au moyen desquels les chasseurs capturaient
le gibier dans les forêts pyrénéennes. Muni de
cordages recueillis après le lointain naufrage du
Sylvandre, il alla tendre un piège au milieu du
sentier que devait suivre Naïr. Grâce à cette
ruse, Séil-kor était assuré d'avoir l'avantage sur
un adversaire à demi paralysé par de traîtresses
entraves.

Ce travail accompli, Séil-kor plaça au pied
de la pente abrupte qu'il se proposait de gravir
à l'heure opportune certaine mixture promptement composée avec des pierres crayeuses et de
l'eau.

Le soir venu, il alla se cacher non loin du collet tendu par ses soins.

Naïr parut bientôt et, soudain, se prit le pied
dans le piège adroitement agencé. Un moment
après, l'imprudent était bâillonné puis lié par
Séil-kor, qui d'un bond avait foncé sur lui.

Satisfait de sa victoire discrète et silencieuse,
Séil-kor se coiffa du chapeau de sa victime et se
dirigea vers le lieu du rendez-vous.

Il aperçut de loin Djizmé qui guettait à la dérobée, tout en devisant nonchalamment en compagnie du couple impérial et de Mossem.

Trompée par la silhouette et surtout par la coiffure du nouveau venu, Djizmé crut reconnaître Naïr et pencha d'avance son bras hors de la balustrade.

En atteignant le bas de la pente, Séil-kor trempa son doigt dans la mixture blanchâtre et, par espièglerie, traça en majuscules sur le chapeau noir ce mot français « PINCÉE », qu'il appliquait prématurément à la malheureuse Djizmé; après quoi, il se mit à grimper la côte en s'agrippant péniblement aux moindres branchages capables de le soutenir.

Parvenu au niveau du plateau, il s'arrêta et sentit la main surplombante qui, après avoir effleuré le feutre rigide, s'abaissait pour recevoir le baiser promis.

Séil-kor appuya silencieusement ses lèvres sur la peau du gant dont Djizmé, suivant les prévisions de Mossem, s'était parée avec bonheur.

Sa tâche remplie, il redescendit sans bruit.

Sur le plateau, Mossem avait sans cesse épié l'attitude de Djizmé. Il la vit ramener son bras et découvrit en même temps qu'elle un « C » qui, nettement gravé sur le gant gris, s'étalait depuis la naissance des doigts jusqu'au bas de la paume.

Djizmé cacha vivement sa main, tandis que

Mossem se réjouissait tout bas en constatant la réussite de sa manœuvre.

Une heure après, Mossem, se trouvant seul avec Djizmé, arracha le gant maculé et prit dans le pagne de l'infortunée la lettre accusatrice, qu'il lui mit brusquement sous les yeux.

Le lendemain, Naïr et Djizmé, emprisonnés, étaient gardés à vue par de farouches sentinelles.

Talou ayant demandé l'explication de cette mesure rigoureuse, Mossem saisit l'occasion de consolider la confiance de l'empereur, dont il craignait toujours les soupçons pour Rul et pour lui-même. Il présenta comme une vengeance d'amoureux jaloux ce qui n'était en réalité que l'effet d'une colère due à un froissement d'amour-propre. Par calcul, il exagéra la profondeur de son ressentiment et conta longuement au souverain tous les détails de l'aventure, y compris les particularités concernant le collet, le chapeau et le gant. Toutefois, il sut garder secrète sa propre intrigue avec Rul, en évitant de faire allusion aux portraits compromettants dessinés par Naïr au début de sa lettre.

Talou approuva le châtiment infligé par Mossem aux deux coupables, qui furent maintenus en captivité.

Dix-sept ans avaient passé depuis la disparition de Sirdah, et Talou pleurait sa fille comme au premier jour.

Ayant conservé d'une façon très précise dans son souvenir la vision de l'enfant si fidèlement regrettée, il cherchait à évoquer, d'une façon purement imaginaire, la jeune fille qu'il aurait eue actuellement devant les yeux si la mort n'avait pas accompli son œuvre.

Les traits de la fillette à peine sevrée, nettement gravés dans son esprit, servaient de base à son travail mental. Il les amplifiait sans rien changer à leur forme, semblant épier année par année leur épanouissement graduel, et parvenait à créer ainsi, pour lui seul, une Sirdah de dix-huit ans dont le fantôme très défini l'accompagnait sans cesse.

Un jour, au cours d'une de ses campagnes coutumières, Talou découvrit une enfant séduisante appelée Méisdehl, dont la vue le frappa de stupeur. Il avait devant lui le portrait vivant de Sirdah telle qu'il la retrouvait à l'âge de sept ans dans la série ininterrompue d'images forgées par sa pensée.

C'est en passant en revue plusieurs familles
prisonnières, échappées aux flammes d'un village incendié par lui, que l'empereur avait aperçu
Méisdehl. Il s'empressa de prendre l'enfant sous
sa protection et la traita comme sa propre fille
après son retour à Éjur.

Parmi ses frères d'adoption, Méisdehl distingua vite un certain Kalj, qui, âgé de sept ans
comme elle, semblait tout désigné pour partager ses jeux.

Kalj était d'une santé délicate qui faisait
craindre pour sa vie, car, en lui, tout semblait
accaparé par l'esprit. Supérieur à son âge, il dépassait la plupart de ses frères comme intelligence et comme finesse, mais sa maigreur faisait
pitié. Conscient de son état, il se laissait envahir trop souvent par une profonde tristesse que
Méisdehl résolut de combattre. Pris d'une mu-
tuelle tendresse l'un pour l'autre, les deux enfants formèrent un couple inséparable, et, du
fond de son chagrin, en voyant sans cesse la
nouvelle venue aux côtés de son fils, Talou put
se faire illusion et croire par moments qu'il avait
une fille.

Peu de temps après l'adoption de Méisdehl,
quelques indigènes arrivant de Mihu, village situé dans le voisinage de la Vorrh, vinrent annoncer aux habitants d'Éjur qu'un incendie,

allumé par la foudre, dévorait depuis la veille au soir la portion sud de l'immense forêt vierge.

Talou, monté sur une sorte de palanquin porté par dix robustes coureurs, se rendit à la lisière de la Vorrh afin de contempler l'éblouissant spectacle fait pour inspirer son âme de poète.

Il mit pied à terre comme la nuit venait de tomber. Une forte brise du nord-est chassait les flammes de son côté, et il resta immobile, regardant l'incendie qui se propageait rapidement.

Toute la population de Mihu s'était massée aux environs pour ne rien perdre de cette scène grandiose.

Deux heures après l'arrivée de l'empereur, il ne restait plus qu'une dizaine d'arbres intacts, formant un épais massif que les flammes commençaient à lécher.

Soudain on vit sortir du fourré une jeune indigène de dix-huit ans, accompagnée d'un soldat français en uniforme de zouave, armé de son fusil et de ses cartouchières.

Aux lueurs de l'incendie, Talou distingua sur le front de la jeune fille un signe rouge étoilé de lignes jaunes qui ne pouvait le tromper; c'était sa bien-aimée Sirdah qu'il avait sous les yeux. Elle différait beaucoup du portrait imaginaire édifié dans la peine et si parfaitement réalisé par Méisdehl, mais peu importait à l'empereur, qui, fou de joie, s'élança vers sa fille pour l'étreindre.

Il tenta ensuite de lui parler, mais Sirdah, étonnée, ne comprenait pas son langage.

Pendant les effusions de l'heureux père, un arbre consumé par la base s'effondra tout à coup, en frappant violemment à la tête le zouave, qui perdit connaissance. Sirdah s'élança aussitôt vers le soldat en manifestant la plus vive inquiétude.

Talou ne voulut pas abandonner le blessé, qui semblait inspirer à sa fille un pur et affectueux intérêt; il comptait en outre sur les révélations de ce témoin pour éclaircir le lointain mystère concernant la disparition de Sirdah.

Quelques instants plus tard, le palanquin, enlevé par les coureurs, emportait du côté d'Éjur l'empereur, Sirdah et le zouave toujours inanimé.

Le lendemain Talou rentrait dans sa capitale.

Mise en présence de sa fille, Rul, prise d'une terreur folle et menacée de la torture, exposa des aveux complets à l'empereur, qui, sur-le-champ, fit arrêter Mossem.

En cherchant dans la case de son ministre quelque preuve de l'indigne félonie, Talou découvrit le billet doux que Naïr avait écrit à Djizmé quelques mois auparavant. Se voyant ridiculisé sur le dessin de l'en-tête, le monarque entra en fureur, puis résolut de supplicier à la fois Naïr pour son audace et Djizmé pour la duplicité dont elle s'était rendue coupable en

accueillant une pareille œuvre sans dénoncer
l'auteur.

Entouré de soins dans une case où on venait
de l'étendre, le zouave reprit ses sens et conta
son odyssée à Séil-kor mis en demeure de s'expliquer avec lui.

Velbar — le blessé se nommait ainsi — était
né à Marseille. Son père, peintre décorateur, lui
avait appris de bonne heure son propre métier,
et l'enfant, admirablement doué, s'était perfectionné dans son art en suivant quelques cours
populaires où l'on enseignait gratuitement le
dessin et l'aquarelle. A dix-huit ans Velbar s'é-
tait découvert une forte voix de baryton ; pendant des journées entières, occupé sur son échafaudage à peindre quelque enseigne, il chantait
à pleins poumons maintes romances à la mode,
et les passants s'arrêtaient pour l'entendre,
émerveillés par le charme et la pureté de son
généreux organe.

Quand vint l'âge du service actif, Velbar fut
envoyé à Bougie pour être incorporé au 5ᵉ zouaves.
Après une heureuse traversée, le jeune homme,
tout joyeux de voir un nouveau pays, débarqua
sur la terre d'Afrique par une belle matinée de
novembre, et fut aussitôt dirigé sur la caserne
au milieu d'un nombreux détachement de conscrits.

Les débuts du zouave novice furent pénibles

et marqués quotidiennement par mille vexations. Un hasard funeste l'avait placé sous les ordres de l'adjudant Lécurou, brute maniaque et impitoyable qui se vantait avec orgueil de sa légendaire férocité.

A cette époque, pour subvenir aux besoins d'une certaine Flore Crinis, jeune femme exigeante et prodigue dont il était l'amant, Lécurou passait de longues heures dans un tripot clandestin où fonctionnait continuellement une roulette tentatrice. La chance ayant jusqu'alors favorisé le joueur audacieux, Flore, richement entretenue, se montrait partout couverte de bijoux et se pavanait en voiture à côté de l'adjudant sur la promenade élégante de la ville.

Pendant ce temps Velbar continuait le dur apprentissage de son métier de soldat.

Un jour, comme le régiment revenant vers Bougie après une longue marche se trouvait encore en pleine campagne, les zouaves reçurent l'ordre d'entonner une joyeuse chanson capable de leur faire oublier en partie les fatigues du chemin.

Velbar, dont la belle voix était connue, fut chargé de dire en solo les couplets d'une interminable complainte dont le régiment entier chantait en chœur le refrain éternellement pareil.

Au crépuscule on traversa un petit bois dans

lequel un rêveur isolé, assis sous un arbre, notait sur une feuille à portées quelque mélodie éclose au sein de la solitude et du recueillement.

En écoutant la voix de Velbar, plus sonore à elle seule que le chœur immense qui lui répondait périodiquement, le flâneur inspiré se leva tout à coup et suivit le régiment jusqu'à son entrée en ville.

L'inconnu n'était autre que le compositeur Faucillon, dont le célèbre opéra *Dédale,* après une brillante carrière en France, venait d'être joué successivement dans les principales villes de l'Algérie. Accompagné des interprètes de son œuvre, Faucillon était depuis la veille à Bougie, qui figurait parmi les étapes de la triomphale tournée.

Or, depuis la dernière représentation, le baryton Ardonceau, surmené par le rôle écrasant de Dédale et atteint d'un enrouement tenace, était dans l'impossibilité de se produire en public; fort embarrassé, Faucillon, cherchant en vain à remplacer le premier sujet de sa troupe, avait subitement prêté l'oreille en écoutant le jeune zouave qui chantait sur la route.

Le lendemain, ses informations prises, Faucillon alla trouver Velbar, qui bondit de joie à la pensée de paraître en scène. On obtint facilement l'autorisation du colonel, et, après quelques jours d'un travail acharné accompli sous la direction du compositeur, le jeune débutant se sentit à la hauteur de sa tâche.

La représentation eut lieu devant une salle comble ; au premier rang d'une avant-scène, Flore Crinis trônait avec l'adjudant Lécurou.

Velbar, magnifique dans le rôle de Dédale, traduisit en comédien consommé les angoisses et les espérances de l'artiste obsédé par les conceptions grandioses de son génie. Les draperies grecques mettaient en valeur sa superbe prestance, et le timbre idéal de sa puissante voix provoquait à chaque fin de phrase de brusques élans d'enthousiasme.

Flore ne le quittait pas des yeux, braquant sur lui les verres de sa lorgnette et sentant croître en elle un sentiment irrésistible qui avait pris naissance dès la première apparition du jeune chanteur.

Au troisième acte, Velbar triompha dans l'air principal de la pièce, sorte d'hymne de joie et d'orgueil par lequel Dédale, ayant achevé la construction du labyrinthe non sans éprouver une vive émotion à la vue de son chef-d'œuvre, saluait avec ivresse la réalisation de son rêve.

L'admirable interprétation de ce passage entraînant acheva de porter le trouble dans le cœur de Flore, qui, dès le lendemain, ébaucha un plan subtil pour se rapprocher de Velbar.

Avant d'accomplir aucun projet, Flore, très

superstitieuse, consultait toujours la mère Angélique, vieille intrigante familière et bavarde,
à la fois tireuse de cartes, chiromancienne,
astrologue et prêteuse sur gages, qui, moyennant finances, s'employait à toute espèce de
besognes.

Mandée par une lettre pressante, Angélique
se rendit chez Flore. La vieille femme réalisait le
type parfait de la diseuse de bonne aventure,
avec son cabas crasseux et son ample rotonde
qui, depuis dix ans, lui servait à braver les hivers
algériens parfois rigoureux.

Flore avoua son secret et voulut savoir, avant
tout, si sa flamme était née sous d'heureux
auspices. Angélique, aussitôt, tira de son cabas
un planisphère céleste qu'elle épingla au mur;
puis, prenant la date de la veille pour point
de départ de son horoscope, elle se plongea
dans une grave méditation, semblant se livrer
à un calcul mental actif et compliqué. A la fin
elle désigna du doigt la constellation du Cancer,
dont l'influence bienfaisante devait préserver de
tout déboire les futures amours de Flore.

Ce premier point élucidé, il s'agissait de mener l'intrigue le plus secrètement possible, car
l'adjudant, soupçonneux et jaloux, épiait sour-
noisement les moindres agissements de sa maîtresse.

Angélique remit le planisphère dans son cabas et sortit des profondeurs du vieux sac une feuille de carton percée d'un certain nombre de trous irrégulièrement disposés. Cet appareil, appelé *grille* en langage cryptographique, devait permettre aux deux amants de correspondre sans danger. Une phrase, écrite au moyen des trous appliqués sur du papier blanc, pouvait être rendue inintelligible par l'adjonction de lettres quelconques, tracées au hasard pour remplir avec ordre les intervalles primitivement ménagés. Seul Velbar saurait retrouver le sens du billet en plaçant sur le texte une grille exactement semblable.

Mais ce subterfuge demandait une explication préalable et rendait nécessaire une entrevue discrète qui mettrait en présence Velbar et Angélique. La vieille ne pouvait aller à la caserne sans s'exposer à une dangereuse rencontre avec l'adjudant, parfaitement au courant de son intimité avec Flore; d'autre part, convier Velbar à venir chez elle serait éveiller la méfiance du jeune zouave, qui ne pourrait voir dans cet appel que le désir intéressé d'une consultation payante. Angélique résolut donc de fixer le rendez-vous dans quelque endroit public, en indiquant un signe de reconnaissance propre à éviter toute surprise.

Sous les yeux de Flore, la vieille rédigea une lettre anonyme pleine de séduisantes promesses :

Velbar devait s'installer le lendemain soir à la terrasse du café Léopold et commander un arlequin au moment précis où le Salut sonnerait à l'église Saint-Jacques; aussitôt une personne de confiance s'approcherait du jeune soldat afin de lui transmettre les plus flatteuses révélations.

Le lendemain, à l'heure dite, Angélique se trouvait à son poste, attablée devant le café Léopold, non loin d'un zouave silencieux qui fumait tranquillement sa pipe. La vieille, ne connaissant pas Velbar et craignant de commettre un impair, attendait prudemment le signal convenu pour entrer en matière.

Soudain, la sonnerie d'un office ayant ébranlé le clocher tout proche de l'église Saint-Jacques, le zouave prit ses informations et commanda un arlequin.

Angélique s'approcha et se présenta elle-même en parlant de la lettre anonyme, pendant que le garçon posait devant Velbar l'arlequin demandé, sorte d'assemblage multicolore de viandes et de légumes disparates empilés sur la même assiette.

En quelques mots la vieille exposa la situation, et Velbar, enchanté, reçut un double absolument parfait de la grille confiée à Flore.

Les deux amoureux entamèrent sans retard une secrète et brûlante correspondance. Velbar, ayant touché un fort cachet après la représenta-

tion de *Dédale,* consacra une partie de son gain
à la location et à l'ameublement d'une séduisante
retraite, où il put recevoir sa maîtresse sans
crainte des importuns; avec le restant de la
somme il voulut offrir un présent à Flore et
choisit, chez le premier bijoutier de la ville, une
châtelaine d'argent à laquelle pendait une ravissante montre finement ciselée.

Flore poussa un cri de joie en acceptant ce
charmant souvenir, qu'elle épingla vite à sa ceinture; il fut convenu que, vis-à-vis de Lécurou,
elle se serait soi-disant payé elle-même cette
fantaisie.

Cependant, en dépit de la constellation du
Cancer, l'aventure devait avoir un dénoûment
tragique.

Lécurou avait remarqué certaines bizarreries
dans les allures de Flore, qu'il suivit un jour jusqu'à l'appartement loué par Velbar. Embusqué
au coin d'une rue, il attendit deux longues
heures et vit enfin sortir les deux amants, qui se
séparèrent tendrement au bout de quelques pas.

Dès le lendemain, Lécurou cessait toutes relations avec Flore et vouait une haine mortelle à
Velbar, qu'il se mit à persécuter cruellement.

Sans cesse il épiait son rival pour le prendre
en faute, lui infligeant avec acharnement les punitions les plus dures et les plus injustes. Ren-
trant le pouce de sa main droite levée, il avait

une manière d'annoncer les jours de consigne en prononçant ces mots : « Quatre crans! » qui faisait bouillonner le sang dans le visage de Velbar, tout prêt, dans ces moments de rage, à insulter son supérieur.

Mais un exemple terrible vint rappeler au jeune zouave la nécessité de refréner ces dangereux élans de rébellion.

Un de ses camarades, nommé Suire, passait pour avoir mené, de dix-huit à vingt ans, une vie fort mouvementée. Fréquentant les bas quartiers de Bougie et vivant dans un monde de filles et de souteneurs, Suire, avant son entrée au régiment, était une sorte de *bravo* qui, d'après certains dires, avait commis, moyennant salaire, deux meurtres restés impunis.

Suire, nature sauvage et violente, se pliait difficilement aux exigences de la discipline et supportait mal les continuelles remontrances de Lécurou.

Un jour, l'adjudant, inspectant la chambrée, somma Suire de refaire immédiatement son paquetage, qui manquait de régularité.

Suire était dans une de ses mauvaises heures et resta immobile.

L'adjudant réitéra son ordre, auquel Suire répondit ce seul mot : « Non! »

Lécurou, en fureur, invectiva Suire de sa voix pointue, lui parlant avec une âpre joie des trente

jours de prison réservés sans nul doute à son
refus d'obéissance; puis, avant de se retirer, comme suprême insulte il lui cracha au
visage.

A cet instant Suire perdit la tête et, saisissant
sa baïonnette, frappa en pleine poitrine l'odieux
adjudant, qu'on emporta aussitôt.

Bien qu'évanoui et sanglant, Lécurou n'était
que très légèrement blessé par l'arme, qui avait
glissé sur une côte.

Suire, néanmoins, passa en conseil de guerre
et fut condamné à mort.

Lécurou, promptement rétabli, commandait
le peloton d'exécution, dont Velbar faisait
partie.

Quand l'adjudant cria : « Joue! » Velbar, en
songeant qu'il allait donner la mort, se sentit
secoué par un grand frisson.

Brusquement le mot « Feu! » retentit, et Suire
s'affaissa, frappé de douze balles.

Velbar devait garder éternellement le souvenir de ce moment terrible.

Flore affichait maintenant librement sa liaison
avec Velbar; mais, depuis l'abandon de Lécurou,
la pauvre fille contractait sans cesse de nombreuses dettes. Connaissant la maison de jeu
qui, pendant quelque temps, avait procuré des
ressources à l'adjudant, elle résolut de tenter le

sort à son tour et s'assit chaque jour devant la table de roulette.

Une malchance persistante lui fit perdre jusqu'à son dernier louis.

Elle eut alors recours à Angélique, et la vieille, flairant une bonne affaire, prêta de suite à un taux usuraire une somme assez ronde, garantie par les bijoux et le mobilier, qui désormais constituaient le seul avoir de l'emprunteuse.

Hélas! le jeu emporta rapidement ce nouveau capital.

Un jour, installée devant le tapis vert, Flore, agitée et nerveuse, risquait ses dernières pièces d'or. Quelques coups suffirent à consommer sa ruine. Atterrée, la malheureuse, voyant dans un éclair ses bijoux vendus et ses meubles saisis, fut soudain hantée par des idées de suicide.

A ce moment un grand bruit se fit entendre à la porte de l'établissement clandestin, et quelqu'un entra en criant : « La police! »

Une panique s'empara des assistants, dont quelques-uns ouvrirent les fenêtres comme pour chercher une issue. Mais quatre étages séparaient le balcon de la rue et rendaient toute fuite impossible.

Bientôt la porte fut forcée, et une dizaine d'agents en bourgeois envahirent l'antichambre pour pénétrer ensuite dans la salle.

L'affolement général avait porté à son comble

la surexcitation de Flore. La vue du scandale, s'ajoutant au spectre de la misère, hâta l'accomplissement de son fatal projet. D'un bond elle courut au balcon et se précipita sur le pavé.

Le lendemain, en apprenant en même temps le drame de la maison de jeu et la disparition de sa maîtresse, Velbar eut un sinistre pressentiment. Il se rendit à la Morgue, où il vit, accrochée au-dessus d'un cadavre de femme à la figure broyée et méconnaissable, la fameuse châtelaine d'argent offerte par lui-même à la pauvre Flore. Cet indice servit à établir l'identité de la morte, dont le jeune zouave put payer les obsèques en vendant sur l'heure, à bas prix, les meubles récemment achetés avec l'argent de son cachet.

La mort de Flore ne calma pas la haine de Lécurou, qui, plus que jamais, accablait son rival d'injures et de punitions.

Un soir de mai, à certaine halte d'une marche de nuit accomplie sans clair de lune au seul rayonnement des étoiles, Lécurou s'approcha de Velbar, auquel il infligea huit jours de salle de police sous prétexte de négligence dans la tenue. Après quoi l'adjudant se mit à insulter froidement le jeune zouave, qui, pâle de colère, se crispait pour rester maître de lui.

A la fin, Lécurou renouvela le dénoûment de sa scène avec Suire en crachant au visage de

Velbar; celui-ci eut un éblouissement et, par un mouvement instinctif, sans se rendre compte de son action, envoya de toute sa force une gifle à l'adjudant. Mais, brusquement, les conséquences terribles de ce geste presque involontaire lui apparurent avec une effrayante netteté, pendant qu'une vision rapide lui montrait l'affreux exemple de Suire tombant sous les balles du peloton d'exécution. Bousculant l'adjudant et les quelques gradés qui s'approchaient pour prêter main-forte à leur chef, il s'enfuit droit devant lui à travers la campagne et se trouva promptement à l'abri de toute poursuite grâce à l'obscurité de la nuit.

Il gagna le port de Bougie et parvint à se cacher dans la cale du *Saint-Irénée,* grand navire à vapeur en partance pour l'Afrique du sud.

Le lendemain, le *Saint-Irénée* leva l'ancre ; mais cinq jours après, désemparé à la suite d'une tempête, il s'échoua en vue de Mihu. En comptant le *Sylvandre* et le paquebot des jumelles espagnoles, c'était la troisième fois que pareil fait se produisait dans ces parages depuis le lointain avènement de Souann.

Sorti soudainement de sa retraite, Velbar, toujours en uniforme, avec son fusil et ses cartouchières garnies, vint se mêler à la masse des passagers.

Les habitants de Mihu, redoutables cannibales, parquèrent les naufragés sous bonne garde pour se repaître de leur chair; chaque jour, l'un des prisonniers, après une rapide exécution, était dévoré séance tenante en présence de tous les autres. Bientôt Velbar survécut seul, après avoir vu disparaître, jusqu'au dernier, ses infortunés compagnons.

Le jour de son propre supplice, il résolut de tenter l'impossible pour échapper à ses bourreaux. Quand on vint le chercher, il se fraya vite, à coups de crosse, un passage à travers la foule, puis se mit à courir au hasard, escorté par une vingtaine d'indigènes qui se lancèrent à sa poursuite.

Après une heure de course effrénée, alors que ses forces commençaient à le trahir, il aperçut la lisière de la Vorrh et redoubla d'ardeur dans l'espoir de se cacher sous les épais massifs de l'immense forêt.

De leur côté, les cannibales, s'excitant par des cris, parvinrent à se rapprocher du fugitif, et c'est au moment d'être atteint par eux que Velbar pénétra sous les premières frondaisons. La chasse prit fin aussitôt, les naturels n'osant s'aventurer dans le sombre repaire des génies malfaisants.

Velbar vécut tranquille dans la sûre retraite que lui offrait la Vorrh, ne se risquant jamais au dehors dans la crainte d'être repris par les féroces anthropophages. Il s'était construit une petite hutte de branchages et se nourrissait de fruits ou de racines, gardant précieusement son fusil et ses cartouches en prévision de quelque attaque de fauves.

Lors du fatal soufflet donné à l'adjudant, Velbar avait sur lui sa boîte d'aquarelle et son album. Avec l'eau d'un ruisseau puisée dans un caillou creux il put délayer ses couleurs et charmer par le travail ses longues journées de solitude. Il voulut résumer par l'image le sombre drame de Bougie et apporta tous ses soins à l'accomplissement de cette tâche absorbante.

De longs mois passèrent sans amener aucun changement dans la situation du pauvre reclus.

Un jour, Velbar entendit des pleurs lointains que répétaient les échos généralement silencieux de son vaste domaine. S'étant rapproché de l'endroit d'où venait le bruit, il découvrit Sirdah, abandonnée depuis peu par Mossem, et prit dans ses bras la pauvre enfant, dont les cris cessèrent aussitôt. Quelques jours avant, il avait capturé, à l'aide de trappes, un couple de buffles sauvages, qu'il retenait prisonniers avec de fortes lianes enroulées autour de leurs cornes et fixées à un tronc d'arbre. Le lait de la femelle lui servit à élever sa fille d'adoption, et sa vie, jusqu'alors si solitaire, eut désormais un intérêt et un but.

A mesure qu'elle grandissait, Sirdah, pleine de charme et de grâce en dépit de sa loucherie,

16.

rendait en affection à son protecteur tous les bienfaits qu'elle recevait de lui chaque jour. Velbar lui apprenait le français et lui recommandait de ne jamais sortir de la Vorrh, craignant de la voir retomber aux mains des farouches ennemis qui l'avaient si cruellement exposée à la mort et qui ne manqueraient pas de la reconnaître grâce au signe marqué sur son front.

Les années passèrent, et déjà l'enfant devenait femme lorsqu'un violent incendie, consumant la Vorrh, expulsa les deux reclus qui, jusqu'au dernier moment, se dérobèrent sous l'abri toujours plus restreint fourni par les grands arbres.

Une fois hors de la retraite où il vivait caché depuis si longtemps, Velbar s'attendait à retomber au pouvoir des cannibales de Mihu. Heureusement la présence de l'empereur le préserva de ce danger terrible.

*
* *

Talou, lorsque Séil-kor lui eut traduit le récit de Velbar, promit de récompenser dignement le sauveur de sa fille.

Mais le temps, hélas! lui manqua pour réaliser ce généreux projet.

Velbar, en effet, ne survécut pas au choc terrible qu'il avait reçu pendant la chute de l'arbre incendié. Une semaine après son arrivée à Éjur, il rendit le dernier soupir entre les bras de sa fille adoptive, qui, jusqu'à la fin, veilla courageusement avec la plus active tendresse ce bienfaiteur si dévoué, seul soutien de son enfance.

Talou, voulant rendre à Velbar un hommage suprême, chargea Séil-kor d'enterrer glorieusement le corps du zouave au milieu du côté ouest de la place des Trophées.

Copiant le modèle des sépultures françaises, Séil-kor, aidé de plusieurs esclaves, déposa le cadavre à l'endroit désigné, pour le couvrir ensuite d'une large pierre funéraire sur laquelle furent placés l'uniforme, le fusil et les cartouchières, rangés avec symétrie. Les aquarelles biographiques trouvées dans une des poches du zouave servirent à orner, derrière la tombe, une sorte de panneau vertical recouvert d'étoffe noire.

Après ce décès qui la frappa d'une douloureuse stupeur, Sirdah, nature douce et aimante, reporta toute son affection sur l'empereur. Séil-kor lui avait révélé en français le secret de sa naissance, et elle voulait, à force d'attentions, dédommager son père des longues années de séparation que le sort injuste leur avait infligées à tous deux.

Avec l'aide de Séil-kor elle étudia la langue de ses ancêtres, pour être en mesure de parler couramment avec ses futurs sujets.

Chaque fois que ses pas la conduisaient près de la tombe de Velbar, elle appuyait pieusement ses lèvres sur la pierre consacrée au cher disparu.

Le retour de Sirdah ne porta pas ombrage à Méisdehl, toujours tendrement chérie par l'empereur, qui, malgré les derniers événements, aimait encore à contempler en elle l'image animée de ce fameux fantôme irréel si souvent évoqué jadis.

En souvenir de son ancien amour, Talou accorda la vie sauve à Rul, qui, désormais, comptant au nombre des esclaves désignés pour la culture du Béhuliphruen, dut se courber tout le jour vers la terre, bêchant ou sarclant sans relâche. La vengeance du monarque n'eut pas à s'étendre jusqu'au fils adultérin, dont la ressemblance avec Mossem n'avait cessé de s'accentuer avec les années. Bouleversé par l'arrivée de Sirdah et par la découverte du lointain complot tramé pour lui seul, l'infortuné jeune homme, qui s'était cru destiné à régner un jour sous le nom de Talou VIII, fut frappé par un mal de langueur et succomba au bout de quelques semaines.

Mossem, Naïr et Djizmé furent réservés pour de terribles supplices, différés de jour en jour par l'empereur, qui voulait imposer en expiation aux trois coupables l'angoisse d'une attente cruelle et prolongée.

Un nègre nommé Rao, élève de Mossem, qui lui avait transmis son savoir assez complexe, fut appelé à succéder au ministre disgracié dans les importantes fonctions de conseiller et de gouvernant.

Cependant Rul, abreuvée d'humiliations, avait juré de se venger. Irritée surtout contre Sirdah, qui par son retour avait causé tous ses malheurs, elle cherchait un moyen d'assouvir sa haine contre cette fille, dont elle maudissait la naissance.

Après maintes réflexions, voici ce qu'imagina la mère infâme.

Certaine maladie sévissait dans le pays à l'état endémique, se manifestant par l'apparition de deux taies blanches très contagieuses qui s'étendaient sur les yeux et s'épaississaient chaque jour davantage.

Seul, le sorcier Bachkou, vieillard silencieux et solitaire, savait guérir la dangereuse affection à l'aide d'un onguent secret. Mais la cure rapide ne pouvait réussir que sur un endroit sacré situé dans le lit même du Tez. Immergé avec le patient dans certain remous déterminé, Bachkou, employant son baume, décollait facilement les deux taies, qui suivaient aussitôt le courant jusqu'à la pleine mer, où leur terrible contamination n'était plus à craindre. Beaucoup de malades, après l'opération, recouvraient aussitôt la vue; mais d'autres, moins favorisés, restaient aveugles pour jamais, à cause d'une trop grande extension du mal, qui peu à peu avait envahi le globe oculaire tout entier.

Rul connaissait le caractère contagieux des taies. Un soir, trompant la surveillance des gardiens d'esclaves répandus dans le Béhuliphruen, elle atteignit le bord de la mer et parvint à l'aide d'une pirogue jusqu'à l'embouchure, du Tez. Elle savait que Bachkou opérait toujours à la tombée de la nuit, pour réserver aux sujets récemment guéris une pénombre douce et reposante. Protégée par le sombre voile crépusculaire, elle guetta sans être découverte l'arrivée des taies extraites par le sorcier, en prit une au passage à la sortie du courant, puis regagna le rivage à son point d'embarquement.

Au milieu de la nuit, elle pénétra sans bruit chez Sirdah, dont la case touchait celle de l'empereur; puis, s'avançant avec précaution, guidée par la clarté d'un rayon de lune, elle frotta doucement les cils de sa fille endormie avec la dangereuse taie serrée entre deux doigts.

Mais Talou, éveillé par les pas légers de Rul, venait de se précipiter dans la case de Sirdah, juste à temps pour voir le geste criminel. Il comprit aussitôt le but de la mère dénaturée, qu'il entraîna brutalement au dehors pour la remettre aux mains de trois esclaves chargés de la garder à vue.

L'empereur revint ensuite auprès de Sirdah, que le bruit avait tirée de son profond sommeil; le mal agissait déjà, et un voile commençait à s'étendre sur les yeux de la pauvre enfant.

Par ordre de Talou, ivre de fureur, Rul, destinée à une mort atroce, fut incarcérée avec Mossem, Naïr et Djizmé.

Le lendemain, la maladie de Sirdah avait fait de foudroyants progrès; deux taies opaques, formées en quelques heures sur ses yeux, la rendaient complètement aveugle.

Voulant une opération immédiate, l'empereur, à la nuit tombante, traversa le Tez avec sa fille et s'approcha d'une hutte assez vaste habitée par Bachkou.

Mais l'endroit consacré pour le magique traitement confinait à la rive gauche du fleuve, et, par ce seul fait, appartenait au Drelchkaff.

Or, le roi Yaour IX, ayant appris le crime de Rul et prévoyant la démarche du père et de la fille, s'était hâté de donner à Bachkou des instructions sévères et précises.

Le sorcier prit la parole et refusa ses soins à
Sirdah par ordre d'Yaour, qui, ajouta-t-il, exigeait la main de la jeune fille en échange d'une
guérison placée sous sa dépendance.

En effet, grâce au mariage projeté, Yaour, appelé à partager avec Sirdah la succession de
Talou, réunirait un jour sous sa seule domination le Ponukélé et le Drelchkaff.

Révolté par l'énoncé de ce message et par
l'idée de voir ses États passer aux mains de la
branche ennemie, Talou dédaigna de répondre
et reconduisit sa fille à Éjur.

Depuis cet événement qui remontait seulement à quelques semaines, la situation était stationnaire et Sirdah restait aveugle.

XII

Toujours allongés dans le sable fin à l'ombre de la haute falaise, nous avions tous suivi, sans nulle interruption, les péripéties du long drame exposé par Séil-kor.

Pendant ce temps, les nègres avaient extrait des profondeurs du *Lyncée* une foule d'objets et de caisses qu'ils placèrent soudain sur leurs épaules, pour obéir à un ordre de Séil-kor, dont la voix claire, après l'achèvement du récit, venait de donner le signal du départ. Plusieurs trajets devaient, par la suite, compléter le déchargement du navire, dont le butin entier serait peu à peu transporté à Éjur.

Quelques instants plus tard, formé en colonne

au milieu des nègres courbés sous leurs fardeaux multiples, notre groupe, conduit par Séil-kor, se dirigeait en droite ligne vers la capitale annoncée. Le nain Philippo était porté comme un enfant par son barnum Jenn, tandis que Tancrède Boucharessas trônait, avec une famille de chats savants, dans une petite voiture de cul-de-jatte poussée par son fils Hector. En tête, Olga Tcherwonenkoff, suivie de Sladki et de Milenkaya, marchait non loin de l'écuyer Urbain, qui, monté sur son cheval Romulus, dominait fièrement toute la troupe.

Une demi-heure nous suffit pour atteindre Éjur, où nous vîmes bientôt l'empereur, qui pour nous recevoir avait groupé autour de lui, sur la place des Trophées, sa fille, ses dix épouses et tous ses fils, alors au nombre de trente-six.

Séil-kor échangea quelques mots avec Talou et nous traduisit aussitôt l'arrêt émané de la volonté souveraine : chacun de nous devait écrire une lettre à l'un des siens, dans le but d'obtenir une rançon dont l'importance varierait suivant l'apparence extérieure du signataire; ce travail achevé, Séil-kor, marchant vers le nord avec un nombreux détachement d'indigènes, se rendrait à Porto-Novo afin d'expédier en Europe la précieuse correspondance; une fois possesseur des sommes exigées, le fidèle mandataire achèterait diverses denrées que ses hommes, toujours sous sa conduite, rapporteraient à Éjur. Après quoi, le même Séil-kor nous servirait de guide jusqu'à Porto-Novo, où nous aurions toute facilité pour nous rapatrier.

Chaque lettre devait contenir une mention spéciale pour avertir le destinataire que la moindre tentative exécutée en vue de notre délivrance serait le signal de notre mort immédiate. De toutes façons, la peine capitale était réservée sans délais à ceux qui ne pourraient se racheter.

Par un étrange scrupule, Talou, ne voulant pas se poser en détrousseur, nous laissait l'entière possession de notre argent de poche. Au reste, le numéraire prélevé en nous dépouillant sur place n'eût ajouté qu'un faible appoint à l'immense produit global des rançons projetées.

On déballa un volumineux attirail de papeterie, et chacun s'empressa de rédiger sa lettre, en marquant une somme libératrice dont Séil-kor fixait le chiffre à l'instigation de l'empereur.

Huit jours après, Séil-kor s'achemina vers Porto-Novo, accompagné des mêmes noirs qui,

apparus à nos yeux lors de l'échouement, avaient
en moins d'une semaine, par suite d'un va-et-vient
continuel, transporté à Éjur le butin complet de
notre malheureux navire, fréquemment visité
par la foule des passagers.

Ce départ marqua pour nous le début d'une
vie monotone et fastidieuse. Nous appelions à
grands cris l'heure de la délivrance, dormant la
nuit à l'abri des cases réservées pour notre usage
et passant nos journées à lire ou à parler français avec Sirdah, toute joyeuse de connaître des
compatriotes de Velbar.

Pour nous créer une source d'occupations et
d'amusements, Juillard émit alors la pensée de
fonder, au moyen d'un groupement d'élite, une
sorte de club étrange dont chaque membre
serait tenu de se distinguer soit par une œuvre
originale, soit par une exhibition sensationnelle.

Les adhésions affluèrent aussitôt, et Juillard,
auquel revenait l'honneur de l'idée première,
dut accepter la présidence de la nouvelle association, qui prit le titre prétentieux de « Club des
Incomparables ». Chaque inscrit aurait à se
préparer pour une grande représentation de
gala destinée à fêter le retour libérateur de Séil-
kor.

Le club ne pouvant se passer de siège central,
Chènevillot s'offrit pour élever une petite con-

struction qui serait en quelque sorte l'emblème du groupement. Juillard accepta, en le priant de donner à son monument, en vue des futures exhibitions, la forme d'une scène légèrement exhaussée.

Mais l'autorisation de l'empereur était indispensable pour choisir un fragment de terrain sur la place des Trophées.

Sirdah, toute dévouée à notre cause, se chargea d'intervenir auprès de Talou, qui, enchanté d'apprendre qu'on voulait embellir sa capitale, fit le meilleur accueil à la requête en demandant toutefois le but de l'édifice projeté. Aussitôt Sirdah parla brièvement du gala, et l'empereur, se réjouissant à l'avance de cette fête imprévue, nous donna spontanément toute latitude pour prendre dans le butin du *Lyncée* les objets nécessaires à l'organisation du spectacle.

Quand la jeune fille nous eut confié l'heureux résultat de sa mission, Chènevillot, aidé de ses ouvriers, auxquels les outils ne manquaient pas, abattit un certain nombre d'arbres dans le Béhuliphruen. Les troncs furent débités en planches, et la construction s'ébaucha sur la place des Trophées, au milieu du côté le plus distant de la mer.

Désireux de créer un peu d'émulation entre

les différents membres du club, Juillard résolut
d'inventer une décoration nouvelle réservée aux
plus méritants. Ayant longuement cherché
quelque insigne à la fois inédit et simple à fabriquer, il fixa son choix sur la majuscule grecque
delta, qui lui paraissait réunir les deux conditions
requises. En disloquant certain vieux récipient
trouvé dans le stock du *Lyncée,* il obtint une
feuille de fer-blanc dans laquelle il put découper
six triangles surmontés d'un anneau; suspendu
à un court fragment de ruban bleu, chaque *delta*
ainsi formé fut destiné à la poitrine d'un *chevalier* de l'ordre.

Voulant fonder en outre une distinction suprême et unique, Juillard, sans changer de modèle, tailla un *delta* géant fait pour se porter au
flanc gauche.

Les décorations devaient être remises à la fin
de la représentation de gala.

*
* *

Cependant chacun se préparait d'avance pour
le grand jour.

Olga Tcherwonenkof, comptant exécuter le
« Pas de la Nymphe », son plus éclatant succès

de jadis, s'exerçait souvent à l'écart dans l'espoir de reconquérir son ancienne souplesse.

Juillard ébauchait sur l'histoire des Électeurs de Brandebourg une brillante conférence avec portraits à l'appui.

Après avoir promis de figurer sur le programme, Balbet, dont les bagages contenaient des armes et des munitions, retrouva toutes ses cartouches mouillées par la mer, qui, à marée haute, profitant d'une large voie d'eau occasionnée par l'échouement, avait partiellement envahi la cale du *Lyncée*. Mise au courant de ce contretemps, Sirdah proposa généreusement l'arme et les cartouchières de Velbar. L'offre fut acceptée, et Balbet entra en possession d'un excellent fusil Gras accompagné de vingt-quatre cartouches restées en parfait état grâce à la sécheresse du climat africain. Laissant le tout en place sur la tombe du zouave, l'illustre champion annonça pour le jour du gala un prestigieux exercice de tir, complété par un assaut sensationnel avec le fleuret mécanique de La Billaudière-Maisonnial.

Les colis de Luxo, plus encore que ceux de Balbet, avaient souffert de l'inondation, et toutes les pièces d'artifice, heureusement assurées, se trouvaient irrémédiablement perdues. Le bouquet final, soigneusement empaqueté à part, avait seul échappé au désastre; Luxo résolut d'embellir notre fête complexe en tirant ce groupe de portraits éblouissants, qui désormais ne pouvait arriver en temps voulu pour le mariage du baron Ballesteros.

L'ichtyologiste Martignon passait son temps sur mer dans une pirogue procurée par Sirdah. Armé d'un immense filet à longue corde extrait d'une de ses malles, il opérait de continuels sondages, espérant faire quelque intéressante découverte dont la communication viendrait enrichir le programme du gala.

Tous les autres membres du club, inventeurs, artistes, dresseurs, phénomènes ou acrobates, s'exerçaient dans leurs spécialités diverses, voulant posséder tous leurs moyens pour le jour de la solennité.

Dans certaine partie du *Lyncée* particulièrement éprouvée par le choc, on avait découvert douze véhicules à deux roues, sortes de chars romains ornés de peintures voyantes. Au cours de leurs tournées, les familles Boucharessas et Alcott, en se réunissant, employaient toute cette carrosserie à l'accomplissement d'un curieux exercice musical.

Chacun des chars, une fois mis en marche, faisait entendre une note pure et vibrante produite par le mouvement des roues.

Au moment de l'exhibition, Stéphane Alcott

et ses six fils puis les quatre frères Boucharessas et leur sœur apparaissaient tout à coup dans le cirque et montaient isolément sur les douze chars, attelés chacun d'un seul cheval entraîné par quelque rapide dressage.

L'ensemble des équipages sonores, rangés côte à côte sur un rayon de la piste circulaire, donnait la gamme diatonique de *do*, depuis la tonique grave jusqu'au *sol* aigu.

Sur un signe de Stéphane Alcott, une promenade commençait, lente et mélodieuse. Les chars, avançant l'un après l'autre suivant un ordre et un rythme déterminés, exécutaient une foule d'airs populaires, soigneusement choisis parmi les refrains ou rengaines dépourvus de modulations. L'alignement était vite rompu par la valeur et la fréquence des notes; tel char, en émettant une ronde, dépassait de quatre ou cinq mètres le véhicule voisin, qui, chargé de lancer une simple double-croche, franchissait à peine quelques lignes. Bientôt dispersés sur toute l'étendue de la piste, les chevaux, habilement fouettés, partaient toujours au moment voulu.

Onze chars s'étaient brisés pendant l'atterrissage. Le seul resté intact fut confisqué par Talou au profit du jeune Kalj, qui, chaque jour plus faible, avait besoin de longues et saines promenades faites sans fatigue.

Un fauteuil d'osier provenant du *Lyncée* fut

fixé par les quatre pieds au plancher du véhicule, dont les roues en tournant produisaient un
ut élevé.

Un esclave placé entre les deux brancards
compléta l'équipage, dont Kalj parut enchanté.
Désormais on rencontra souvent le jeune malade
installé dans le fauteuil d'osier et vaillamment
accompagné par Méisdehl, qui cheminait à ses
côtés.

XIII

EN trois semaines Chènevillot termina une petite scène d'aspect fort coquet. Parmi les ouvriers, qui tous avaient fait preuve d'un zèle infatigable, le peintre en bâtiments Toresse et le tapissier Beaucreau méritaient des éloges particuliers. Toresse, qui, fort méfiant à l'endroit des fournitures américaines, s'était muni de barils remplis de peintures diverses, avait recouvert l'édifice entier d'une magnifique teinte rouge; sur le fronton, les mots : « Club des Incomparables » s'étoilaient d'une foule de rayons symbolisant la gloire de la brillante association. Beaucreau ayant, de son côté, emporté un stock d'étoffes destinées à Ballesteros, s'était servi d'un souple damas écarlate pour poser deux larges rideaux se rejoignant au milieu de l'estrade ou s'écartant jusqu'aux montants. Une perse blanche à fines arabesques d'or servait à masquer le mur de planches dressé au fond.

L'œuvre de Chènevillot obtint un grand succès, et Carmichaël fut mis en demeure d'inaugurer la nouvelle scène en chantant avec sa merveilleuse voix de tête quelques romances de son répertoire.

Le jour même, vers quatre heures, Carmichaël ayant déballé son accoutrement féminin se retira dans sa case et reparut une heure après entièrement transformé.

Il portait une robe de soie bleue ornée d'une onduleuse traîne sur laquelle on lisait en noir le numéro 472 ; une perruque de femme aux épais cheveux blonds, s'harmonisant à souhait avec sa face encore imberbe, complétait la curieuse métamorphose. Interrogé sur la provenance du chiffre étrange inscrit sur sa jupe, Carmichaël nous conta l'anecdote suivante.

Vers la fin de l'hiver, pressé de se rendre en Amérique où l'appelait un brillant engagement, mais retenu à Marseille jusqu'au 14 mars, date de son tirage au sort, Carmichaël, entre tous les paquebots, avait choisi le *Lyncée,* qui partait le 15 du même mois.

A cette époque, le jeune homme chantait chaque soir avec un étourdissant succès aux *Folies-Marseillaises.* Le matin du 14 mars, quand il parut à la mairie, les conscrits assemblés reconnurent sans peine leur célèbre compatriote et spontanément, après le tirage au sort, lui firent tous fête à la sortie.

Carmichaël, suivant leur exemple, dut épingler à son chapeau un souple numéro chargé d'éclatantes enluminures, et, pendant une heure, ce fut par les rues de la ville une joyeuse et fraternelle promenade accompagnée de gambades et de chants.

Au moment des adieux, Carmichaël distribua des billets de faveur à ses nouveaux amis, qui, le soir, firent irruption dans les coulisses des *Folies-Marseillaises* en brandissant avec des gestes légèrement avinés leurs chapeaux toujours ornés d'éblouissantes imageries. Le plus titubant de tous, fils d'un des premiers tailleurs de la ville, voyant Carmichaël en grande toilette et sur le point de paraître en scène, sortit de sa poche une paire de ciseaux et une aiguillée de fil enveloppées dans un large échantillon de soie noire, puis, avec une insistance d'ivrogne, voulut coudre sur l'élégante robe bleue le numéro 472 tiré le matin par son illustre camarade.

Carmichaël, en riant, se prêta de bonne grâce à cette bizarre fantaisie, et, après dix minutes de travail, trois chiffres artistement découpés et cousus s'étalèrent en noir sur sa longue traîne.

Quelques instants plus tard, les conscrits, in-

stallés dans la salle, acclamèrent bruyamment
Carmichaël, bissant toutes ses romances et
criant : « Vive le 472! » à la grande joie des
spectateurs qui regardaient avec étonnement le
nombre tracé sur la jupe du jeune chanteur.

Parti le lendemain, Carmichaël n'avait pas eu
le loisir de découdre l'extravagant ornement,
qu'il voulait maintenant conserver comme un
précieux souvenir de sa ville natale, dont un
simple caprice de Talou pouvait en somme le
tenir à jamais éloigné.

*
* *

Son récit achevé, Carmichaël se rendit sur la
scène des Incomparables et chanta d'une façon
éblouissante l'*Aubade* de Dariccelli. Sa voix de
tête, montant avec une souplesse inouïe jusqu'à
l'extrême limite du soprano, exécutait en se
jouant les plus déconcertantes vocalises; les
gammes chromatiques partaient comme des fusées, et les trilles, fabuleusement rapides, se pro-
longeaient à l'infini.

Une longue ovation souligna la cadence finale,
bientôt suivie de cinq nouvelles romances, non
moins stupéfiantes que la première. Carmichaël,
en sortant de scène, fut chaleureusement fêté par

tous les spectateurs, pleins d'émotion et de reconnaissance.

Talou et Sirdah, présents depuis le début du
spectacle, partageaient visiblement notre enthousiasme. L'empereur, stupéfait, rôdait autour de
Carmichaël, dont l'excentrique toilette semblait
le fasciner.

Bientôt quelques mots impérieux, promptement traduits par Sirdah, nous apprirent que
Talou, désirant chanter à la façon de Carmichaël, exigeait du jeune artiste un certain nombre
de leçons, dont la première devait commencer
sur l'heure.

Sirdah n'avait pas terminé sa phrase que déjà
l'empereur allait sur la scène, où Carmichaël
le suivit docilement.

Là, pendant une demi-heure, Talou, émettant
une voix de fausset assez pure, s'efforça de copier
servilement les exemples fournis par Carmichaël, qui, tout surpris en constatant l'étrange
facilité du monarque, déployait un zèle infatigable et sincère.

Après l'achèvement de cette séance inattendue, la tragédienne Adinolfa voulut expérimenter au point de vue déclamatoire l'acoustique de la place des Trophées. Vêtue d'une
magnifique robe de jais endossée en quelques
minutes pour la circonstance, elle monta sur la

scène et récita des vers italiens accompagnés
d'une impressionnante mimique.

Méisdehl, la fille adoptive de l'empereur, venait de se joindre à nous et semblait médusée
par les attitudes géniales de la célèbre artiste.

Or, le lendemain, Adinolfa éprouva une
grande surprise en errant sous les voûtes odorantes du Béhuliphruen, dont l'ardente végétation attirait chaque jour son âme vibrante, toujours en quête de splendeurs naturelles ou
artistiques.

Depuis un moment la tragédienne traversait
une région très boisée tapissée de fleurs éclatantes. Elle eut bientôt connaissance d'une clairière au milieu de laquelle Méisdehl, improvi-
sant dans son jargon des paroles pleines
d'envolée, reproduisait devant Kalj la mimique
prodigieuse qui la veille, après la leçon de Talou,
avait attiré tous les regards vers la scène des
Incomparables.

A vingt pas le char stationnait, gardé par l'esclave étendu sur un lit de mousse.

Adinolfa, sans faire de bruit, attendit quelque
temps, épiant Méisdehl, dont les gestes l'éton-
nèrent par leur gracieuse justesse. S'intéressant
à la révélation de cet instinct dramatique, elle
s'approcha de la fillette pour lui enseigner les
principes fondamentaux de la démarche et de la
tenue scéniques.

Ce cours d'essai donna d'immenses résultats. Méisdehl comprenait sans peine les plus subtiles indications et trouvait spontanément des jeux de physionomie personnels et tragiques.

Pendant les jours suivants, plusieurs séances nouvelles furent consacrées à la même étude, et Méisdehl devint promptement une véritable artiste.

Encouragée par ces merveilleux progrès, Adinolfa voulut apprendre à son élève une scène entière, destinée à être mimée le jour du gala.

Cherchant à donner un puissant relief aux débuts de sa protégée, la tragédienne conçut une idée ingénieuse qui l'amena forcément à nous dire quelques mots de son passé.

Tous les peuples du monde acclamaient Adinolfa, mais les Anglais surtout professaient à son égard un culte ardent et fanatique. Les ovations que lui prodiguait le public londonien ne ressemblaient à aucune autre, et c'est par milliers qu'on vendait ses photographies dans tous les coins de la Grande-Bretagne, qui devint pour elle une seconde patrie.

Désireuse de posséder une résidence fixe pour les séjours prolongés qu'elle faisait chaque année dans la ville des brouillards, la tragédienne acheta, sur les bords de la Tamise, un somptueux château fort ancien; le propriétaire, un certain lord de Dewsbury, ruiné par de dangereuses spéculations, lui vendit d'un seul bloc, à vil prix, l'immeuble et tout ce qu'il contenait.

De cette demeure on communiquait facilement avec Londres, tout en conservant l'avantage du grand espace et du bon air.

Parmi les différents salons du rez-de-chaussée consacrés à la réception, la tragédienne affectionnait particulièrement une vaste bibliothèque, dont les murs étaient garnis entièrement de vieux livres à précieuses reliures. Un large rayon rempli d'œuvres de théâtre attirait plus souvent que tout autre l'attention de la grande artiste, qui, très versée dans la connaissance de l'anglais, passait de longues heures à feuilleter les chefs-d'œuvre nationaux de son pays d'adoption.

Adinolfa, un jour, avait pris à la fois, puis déposé sur sa table, dix volumes de Shakespeare, afin de chercher certaine note dont elle connaissait l'existence sans se rappeler au juste le titre du drame commenté.

La note retrouvée et transcrite, la tragédienne saisit adroitement les livres pour les remettre en place; mais, parvenue devant la bibliothèque, elle aperçut une épaisse couche de poussière répandue sur la planche dégarnie. Alignant provisoirement son fardeau sur un fauteuil, elle se mit en devoir d'épousseter avec son mouchoir la surface lisse et poudreuse, en poussant le soin jusqu'à promener le tampon improvisé sur le fond même du meuble, dont la portion verticale réclamait aussi sa part de nettoyage.

Tout à coup, un bruit sec résonna, produit par un ressort secret qu'Adinolfa venait de faire jouer en appuyant involontairement sur certain point déterminé.

Une planche étroite et mince se rabattit subitement, découvrant une cachette d'où la tragédienne, tout émue, sortit non sans d'infinies précautions un très vieux manuscrit à peine lisible.

Elle porta aussitôt sa trouvaille à Londres chez le grand expert Creighton, qui, après un rapide examen fait à la loupe, laissa échapper un cri de stupéfaction.

A n'en pas douter on avait sous les yeux le manuscrit de *Roméo et Juliette,* tracé de la main même de Shakespeare!

Éblouie par cette révélation, Adinolfa chargea Creighton de lui livrer une copie nette et fidèle du précieux document, qui pouvait renfermer quelque scène inconnue d'un prodigieux intérêt. Puis, s'étant informée de la valeur du volumineux autographe, que l'expert estima un prix fabuleux, elle reprit, toute songeuse, le chemin de sa nouvelle demeure.

D'après le contrat de vente précis et formel,

tout le contenu du château appartenait de droit à la tragédienne. Mais Adinolfa était trop scrupuleuse pour profiter d'une circonstance fortuite qui rendait son marché honteusement avantageux. Elle écrivit donc à lord de Dewsbury pour lui conter l'aventure, en lui envoyant par chèque le montant de la somme représentée au dire de l'expert par l'impressionnante relique.

Lord de Dewsbury témoigna sa fervente gratitude par une longue lettre de remerciements, dans laquelle il donnait l'explication probable de la mystérieuse découverte. Seul un de ses ancêtres, Albert de Dewsbury, grand collectionneur d'autographes et de livres rares, avait pu imaginer une pareille cachette pour préserver du vol un manuscrit de cette importance. Or, Albert de Dewsbury, mort brusquement en pleine santé, le crâne fracassé par un terrible accident de cheval, n'avait pas eu le loisir de révéler à son fils, comme il comptait sans doute le faire pendant ses derniers moments, l'existence du trésor si bien claustré, qui depuis lors était resté à la même place.

Au bout de quinze jours, Creighton rapporta lui-même à la tragédienne le manuscrit, accompagné de deux copies, la première scrupuleusement conforme au texte plein d'archaïsmes et d'obscurité, la seconde parfaitement claire et compréhensible, véritable traduction modernisée comme langue et comme caractères.

Après le départ de l'expert, Adinolfa prit la seconde copie, qu'elle se mit à lire attentivement.

Chaque page la plongeait dans une stupéfaction profonde.

Elle avait maintes fois joué le rôle de Juliette et connaissait tout le drame par cœur. Or, au cours de sa lecture, elle découvrait sans cesse des répliques, des jeux de scène, des détails de mimique ou de costume entièrement nouveaux et ignorés.

D'un bout à l'autre la pièce se trouvait ainsi parée d'une foule d'enrichissements qui, sans en dénaturer le fond, l'émaillaient de nombreux tableaux pittoresques et imprévus.

Certaine d'avoir entre les mains la version véritable du célèbre drame de Vérone, la tragédienne s'empressa d'annoncer sa découverte dans le *Times,* dont une page entière fut remplie de citations puisées au manuscrit même.

L'insertion eut un retentissement immense. Artistes et savants affluèrent dans la vieille demeure des Dewsbury, pour voir l'extraordinaire autographe, qu'Adinolfa laissait feuilleter tout en exerçant discrètement une incessante surveillance.

Deux camps se formèrent aussitôt, et une violente polémique s'engagea entre les partisans du fameux document et les adversaires qui le déclaraient apocryphe. Les colonnes des journaux se remplirent de plaidoyers enflammés, dont les preuves et les détails contradictoires défrayèrent bientôt les conversations de l'Angleterre et du monde entier.

Adinolfa voulut profiter de cette effervescence pour monter la pièce d'après la version nouvelle, en se réservant pour elle-même le rôle de Juliette, dont la création sensationnelle pouvait auréoler son nom d'un éclat ineffaçable.

Mais aucun directeur n'accepta la tâche offerte. Les innombrables frais de mise en scène exigés par chaque page du manuscrit épouvantaient les plus audacieux, et la grande artiste frappa en vain à toutes les portes.

Découragée, Adinolfa cessa de s'intéresser à la question, et bientôt la polémique prit fin, détrônée par un crime sensationnel qui, soudain, capta l'attention du public.

Or, c'est la scène finale du drame de Shakespeare qu'Adinolfa voulait faire jouer à Méisdehl, en se conformant aux indications du célèbre autographe. La tragédienne avait à sa disposition la copie modernisée, prise à tout hasard en vue de certaines démarches possibles auprès de plusieurs directeurs américains. Kalj, si fin et si bien doué, ferait un charmant Roméo, et la mimique, très touffue, se passerait aisément du dialogue inaccessible aux deux enfants; d'ailleurs l'absence de texte ne pouvait nuire à la compréhension d'un sujet aussi populaire.

A défaut d'accoutrements complets, il fallait trouver quelque fragment de costume ou de parure pouvant faire reconnaître les deux personnages. La coiffure offrait dans cet ordre d'idées l'élément le plus simple et le plus facile à exécuter. Mais, d'après le manuscrit, les deux amants étaient vêtus d'étoffes à ornements rouges, avec coiffures assorties et *richement brodées*.

Cette dernière indication embarrassait Adinolfa et la hantait, certain jour, au cours de ses habituelles promenades à travers les massifs du Béhuliphruen. Soudain, comme elle marchait le regard fixé à terre, absorbée par ses réflexions, elle s'arrêta au bruit d'une sorte de monologue lent et entrecoupé. Elle tourna la tête et aperçut Juillard, qui, assis à la turque sur le gazon, tenait un cahier à la main et rédigeait des notes qu'il prononçait à voix haute. Un grand recueil illustré, posé tout ouvert sur le sol, attira l'attention de la tragédienne par certains tons rougeâtres qui se trouvaient justement en harmonie avec ses pensées intimes. Elle s'approcha de Juillard, qui lui vanta le charme puissant du lieu de retraite choisi par lui. C'est là que, depuis le récent achèvement de la conférence réservée au

gala, il venait chaque jour préparer, au milieu
du recueillement et du silence, un long travail
sur la guerre de 70. D'un geste il montra, épars
autour de lui, plusieurs ouvrages parus pendant
la terrible lutte, et, parmi eux, le grand recueil
dont les deux pages, remarquées par la tragédienne, figuraient avec assez de vie, l'une
la charge de Reichshoffen, l'autre un épisode
de la Commune; les tons rouges, empruntés à
gauche aux uniformes et aux plumets, à droite
aux flammes d'un incendie, pouvaient donner de
loin l'illusion des broderies réclamées par l'autographe shakespearien. Désireuse d'employer
en guise d'étoffe ce papier teinté selon ses vues,
Adinolfa présenta sa requête à Juillard, qui sans
se faire prier détacha les feuilles convoitées.

A l'aide de ciseaux et d'épingles, la tragédienne confectionna pour Kalj et Méisdehl les
deux coiffures classiques des amants de Vérone.

Ce premier point réglé, Adinolfa reprit l'ouvrage de Shakespeare, afin d'étudier avec soin
les moindres détails de mise en scène.

Certains épisodes du morceau final trouvaient
leur explication dans un prologue assez développé, comprenant deux tableaux consacrés à
l'enfance de Roméo et de Juliette encore étrangers l'un pour l'autre.

C'est de ce prologue qu'Adinolfa se pénétra
plus particulièrement.

Dans le premier tableau, Roméo enfant écoutait les leçons de son précepteur le père Valdivieso, savant moine qui inculquait à son élève les principes de la morale la plus pure et la plus religieuse.

Depuis nombre d'années Valdivieso passait toutes ses nuits au travail, s'entourant d'in-folio qui faisaient sa joie et de vieux parchemins dont les secrets n'échappaient jamais à son infaillible sagacité. Doué d'une mémoire immense et d'une élocution entraînante, il charmait son disciple par des récits fort imagés, dont le sens cachait presque toujours quelque enseignement profitable. La scène initiale était remplie entièrement par son rôle, auquel se joignaient seulement quelques interruptions naïves du jeune Roméo.

Les souvenirs bibliques se pressaient sur les lèvres du moine. Il évoquait minutieusement la tentation d'Ève, puis contait l'aventure du débauché Thisias, qui, en pleine Sion, au milieu d'une orgie, vit apparaître le spectre de Dieu le Père, terrible et courroucé.

Ensuite venaient les détails suivants sur la légende de Phéior d'Alexandrie, le jeune libertin contemporain de Thaïs.

Désespéré par l'abandon d'une maîtresse bien-aimée qui lui avait signifié la rupture en oubliant volontairement un rendez-vous d'amour, Phéior, renonçant à son existence de plaisir et cherchant une consolation dans la foi, s'était retiré dans le désert pour y vivre en anachorète, revenant parfois semer la bonne parole sur les lieux témoins de ses erreurs passées.

A la suite de longues privations, Phéior était devenu d'une maigreur extrême ; sa tête, naturellement volumineuse, semblait immense comparée à son corps étique, et ses tempes surtout ressortaient prodigieusement aux deux côtés de son visage émacié.

Un jour, Phéior parut sur la place publique au moment où les citoyens convoqués discutaient les affaires de l'État. A cette époque deux assemblées distinctes, celle des jeunes gens et celle des vieillards, se réunissaient à jour fixe sur cette espèce de forum, la première émettant de hardis projets de lois rectifiés par la deuxième dans le sens de la modération. Ces deux groupes se disposaient chacun suivant un carré parfait pouvant représenter la superficie d'une acre.

L'apparition de Phéior, célèbre par sa soudaine conversion, suspendit un instant les délibérations.

Aussitôt le néophyte, selon sa coutume, se mit à prêcher avec ardeur le mépris des richesses et des plaisirs, prenant surtout à partie le clan des jeunes, auxquels il semblait reprocher directement toutes sortes de vices et de turpitudes.

Courroucés par cette attitude provocante, ceux qu'il interpellait ainsi se jetèrent sur lui et le renversèrent sur le sol avec rage. Trop faible pour se défendre, Phéior se releva péniblement et s'éloigna tout meurtri en maudissant ses agresseurs. Soudain, au détour d'une rue, il tomba à genoux, en extase, à la vue de son ancienne amante, qui passa sans le reconnaître, richement parée et suivie d'une foule d'esclaves. Phéior, pendant un moment, se sentit reconquis par sa brûlante passion; mais, la vision évanouie, il parvint à se ressaisir et gagna de nouveau le désert, où, après plusieurs années de pénitence continuelle, il mourut vainqueur de ses penchants et pardonné.

Après la légende de Phéior, le moine Valdivieso décrivait deux martyres fameux, celui de Jérémie lapidé par ses compatriotes à l'aide de nombreux silex tranchants et pointus, puis celui de saint Ignace livré aux bêtes, qui lacérèrent son corps tandis que son âme, par antithèse, montait vers le paradis, offert sous l'aspect féerique d'une île merveilleuse.

L'ensemble de ces discours présentait une grande unité. Leurs frappants sujets avaient pour but évident d'attirer vers le bien l'esprit de Roméo, expliquant en outre la facilité avec laquelle Juliette, image de l'amour pur et conjugal, s'emparait victorieusement du jeune homme adonné

tout d'abord aux intrigues frivoles et avilis-
santes.

Le second tableau du prologue, touchant pa-
rallèle du premier, montrait Juliette enfant
assise auprès de sa nourrice, qui la charmait par
des contes gracieux ou terribles; entre autres
personnages fabuleux dépeints par la narratrice,
on voyait la bienfaisante fée Urgèle secouant
ses tresses pour répandre à l'infini des pièces
d'or sur son passage, puis l'ogresse Pergovédule
qui, rendue hideuse par son visage jaune et
ses lèvres vertes, mangeait deux génisses à sou-
per lorsqu'elle manquait d'enfants pour satisfaire
son appétit.

Dans la scène finale qu'Adinolfa prétendait
monter, une foule d'images empruntées au prologue réapparaissaient aux yeux des deux amants,
qui, après l'absorption d'un breuvage empoisonné, devenaient la proie d'hallucinations continuelles.

D'après les indications du manuscrit, tous ces
fantômes composaient une série de tableaux
vivants, dont la succession trop rapide ne pouvait manquer de soulever à Ejur d'insurmon-
tables difficultés.

Adinolfa pensa dès lors à Fuxier, dont les pastilles pouvaient, par leur effet pittoresque, tenir
lieu de costumes et d'accessoires.

Accédant au désir de la tragédienne et promettant de mettre au point toutes les visions demandées, Fuxier, très au courant des finesses de la langue anglaise, prit connaissance du prologue et du morceau final, qui lui fournissaient d'amples matériaux pour un intéressant travail.

Une mention spéciale du manuscrit réclamait, auprès du tombeau de Juliette, un foyer à feu verdâtre propre à éclairer d'une lueur tragique la scène poignante jouée par les deux amants. Ce brasier, dont on colorerait les flammes avec du sel marin, semblait tout indiqué pour consumer les pastilles évocatrices. Adinolfa, qui se grimerait pour paraître elle-même à la fin sous les traits de l'ogresse Pergovédule, pourrait s'étendre derrière le tombeau, et, cachée à tous les yeux, jeter dans la fournaise, au moment opportun, telle pastille génératrice de telle image.

Ce procédé n'excluait pas toute figuration. Deux apparitions, celle de Capulet paré d'une robe à reflets d'or et celle du Christ immobile sur l'âne fameux, devaient être réalisées par Soreau, qui possédait dans sa réserve de costumes tous les éléments nécessaires à leur composition. La transformation s'opérerait à l'abri des regards en quelques secondes, et la docile Mileñkaya se verrait requise pour la circonstance. Chènevillot promit d'établir dans la toile de fond deux fins grillages habilement peints, que l'éclairage respectif d'une lampe à réflecteur rendrait transparents à l'heure dite; par derrière, deux niches de grandeur suffisante seraient aménagées à hauteur voulue.

Le spectre de Roméo devant, pour finir, descendre du ciel en présence du cadavre lui-même, un des frères de Kalj, très près de ce dernier comme âge et comme traits, fut désigné pour l'emploi de sosie. On tailla dans le restant de la feuille consacrée aux cuirassiers de Reichshoffen une seconde coiffure pareille à la première, et Chènevillot imagina facilement, avec une corde et une poulie du *Lyncée*, un système de suspension se mouvant à la main.

Pour l'évocation d'Urgèle, on prit, dans la cargaison du navire, certaine poupée restée intacte au fond d'une caisse adressée à un coiffeur de Buenos-Ayres. Un socle à roulettes pouvait être construit en peu de temps pour soutenir le buste blanc et rose aux grands yeux bleus. Non loin de la caisse, de nombreux jetons dorés, pareils à des louis de vingt francs, s'étaient répandus hors d'un colis défoncé rempli de jeux divers; à l'aide d'une faible provision de colle on les fixa très légèrement sur la magnifique chevelure blonde du buste, défaite et répandue en tresses de tous côtés; la moindre secousse ferait tomber cette éblouissante monnaie que la fée généreuse sèmerait ainsi à profusion.

Pour le reste de la mise en scène, comprenant le tombeau et le brasier, on s'en rapporta sans contrôle à Chènevillot.

Suivant un court passage du manuscrit, Roméo attachait au cou de Juliette réveillée de son sommeil léthargique un riche collier de rubis, destiné d'abord, dans la pensée de l'époux, à orner seulement le froid cadavre de la bien-aimée.

Ce détail fournit à Bex l'occasion d'utiliser un baume de sa façon, dont l'emploi lui avait toujours réussi au cours de ses savantes triturations.

Il s'agissait d'un anesthésiant suffisamment puissant pour rendre la peau indifférente aux brûlures; en appliquant sur ses mains cet enduit protecteur, Bex pouvait manier à n'importe quelle température certain métal inventé par lui et baptisé le *bexium*. Sans la découverte antérieure du précieux ingrédient, le chimiste n'aurait pu mener à bien celle du bexium, dont la spécialité réclamait justement d'extrêmes variations thermiques.

Pour remplacer le collier de rubis introuvable à Éjur même en imitation, Bex proposait plusieurs charbons ardents attachés à un fil d'amiante qu'il se chargeait de fournir. Kalj n'aurait qu'à prendre dans le brasier l'étrange bijou étincelant et rouge pour en parer Méisdehl, dont la poitrine et les épaules seraient immunisées d'avance par le baume infaillible.

La tragédienne accepta l'offre de Bex, après s'être assurée de l'assentiment de Méisdehl, qui se montra confiante et brave.

Le tableau tout entier devait être joué sans dialogue. Mais, dans leurs études de mimique, Kalj et Méisdehl dépensaient tant d'intelligence et de bonne volonté qu'Adinolfa, encouragée par le succès, essaya d'apprendre à ses élèves quelques fragments de phrases traduits en français et propres à expliquer les différentes apparitions. La tentative donna de rapides résultats, et il ne resta plus dès lors qu'à perfectionner, jusqu'à la date du gala, les émouvants jeux de scène si bien compris par les deux enfants.

XIV

STIMULÉ par la réussite du théâtre des Incomparables, Juillard proposa une autre fondation qui devait surchauffer les esprits pour le grand jour et fournir à Chènevillot l'occasion d'exercer encore ses talents de constructeur. Il s'agissait de mettre tous les membres du club en actions et d'instituer un jeu de hasard dont le gros lot serait figuré par le futur détenteur du grand cordon de l'ordre nouveau. Le projet une fois adopté, on s'occupa sans retard de son exécution.

Cinquante passagers commencèrent par former une cagnotte de dix mille francs en versant chacun deux cents francs; ensuite chaque membre du club se vit représenté par cent actions, simples carrés de papier revêtus de sa signature.

Toutes les actions réunies ensemble furent longuement mêlées comme des cartes à jouer, puis groupées en cinquante paquets égaux loyalement distribués un par un aux cinquante passagers.

A l'issue du gala, les dix mille francs seraient partagés entre les actionnaires de l'heureux élu porteur de l'insigne suprême du Delta; d'ici là, les actions avaient le temps de subir toutes sortes de fluctuations, suivant les chances que semblerait offrir chacun des concurrents.

Les membres du club devaient rester étrangers à tout trafic, pour les mêmes raisons qui font interdire les paris aux jockeys.

Des intermédiaires étaient nécessaires pour régler le va-et-vient des titres entre les différents joueurs. Hounsfield, Cerjat et leurs trois commis, ayant accepté tous les cinq le rôle d'agent de change, reçurent en dépôt le montant de la cagnotte, et Chènevillot dut créer un nouvel édifice réservé aux transactions.

Au bout de quinze jours une petite Bourse en miniature, réduction exacte de celle de Paris, s'élevait en face de la scène des Incomparables; le monument, construit en bois, donnait l'illusion complète de la pierre, grâce à une couche de peinture blanche répandue par Toresse.

Pour laisser le champ libre à l'utile bâtisse, on avait déplacé de quelques mètres vers le sud la dépouille mortelle du zouave, ainsi que la pierre tombale toujours accompagnée du panneau noir aux brillantes aquarelles.

L'originalité d'une spéculation prenant pour objet la personne même des Incomparables réclamait un langage à part, et il fut décidé que les ordres rédigés en alexandrins seraient seuls exécutables.

A six heures, le jour même de son achèvement, la Bourse ouvrit pour la première fois, et les cinq agents de change s'assirent à cinq tables placées pour eux derrière la petite colonnade. Bientôt ils lurent à haute voix une foule de bulletins qui, remis entre leurs mains par les joueurs groupés autour d'eux, contenaient des ordres d'achat et de vente écrits en piètres vers de douze pieds pleins de chevilles et d'hiatus. Une cote s'établit suivant l'importance de l'offre ou de la demande, et les actions, aussitôt payées et livrées, passèrent de main en main. Sans cesse de nouveaux bulletins affluaient sur les tables, et ce fut, pendant une heure, un trafic fabuleux et bruyant. Chaque nom précédé de l'article servait à indiquer une des valeurs. A la fin de la séance le *Carmichaël* valait cinquante-deux francs et le *Tancrède Boucharessas* deux louis, alors que le *Martignon* se payait vingt-huit sous et l'*Olga*

Tcherwonenkoff soixante centimes. Le *Balbet*, à
cause de l'exercice de tir qui promettait beaucoup, trouvait acheteur à quatorze francs, et le
Luxo faisait dix-huit francs quatre-vingt-dix,
grâce à l'étonnante pièce d'artifice dont on
attendait d'immenses résultats.

La Bourse ferma à sept heures juste, mais à
partir de cette date elle ouvrit chaque jour pendant vingt minutes, à la vive joie des spéculateurs, dont un grand nombre, sans se préoccuper du résultat final, ne songeaient qu'à faire
des coups d'audace sur la hausse et la baisse, en
faisant circuler dans ce but des bruits de toutes
sortes. Un jour le *Carmichaël* baissa de neuf
points à cause d'un prétendu enrouement du
jeune chanteur; le lendemain la nouvelle était
reconnue fausse, et la valeur remontait brusquement de douze francs. Le *Balbet* subit aussi de
fortes oscillations, dues à des rapports sans cesse
contradictoires sur le bon fonctionnement du
fusil Gras et sur le degré de conservation des
cartouches.

Grâce à des leçons quotidiennes, Talou était
parvenu à chanter l'*Aubade* de Dariccelli, en répétant une par une les mesures soufflées par

Carmichaël placé auprès de lui; l'empereur voulait maintenant revêtir la toilette féminine qui du premier coup avait excité sa convoitise, et compléter son éducation en cultivant l'art des gestes et du maintien. Sirdah traduisit le désir de son père, qui, aidé du jeune Marseillais, se para soigneusement, avec une joie d'enfant, de la robe bleue et de la perruque blonde, dont la double étrangeté ravissait son âme de poète monarque tant soit peu portée au cabotinisme.

L'empereur, ainsi costumé en cantatrice, monta sur la scène, et cette fois Carmichaël, en donnant sa leçon, décomposa lentement les divers mouvements de bras qui lui étaient familiers, tout en habituant son élève à marcher avec aisance en chassant d'un adroit coup de pied la longue traîne embarrassante. Désormais Talou étudia toujours en grand ajustement et finit par se tirer à son honneur de la tâche qu'il s'était imposée.

*
* *

Une série de tableaux vivants devait être exécutée le jour du gala par la troupe des chanteurs d'opérette, assez richement pourvus de costumes et d'accessoires.

Soreau, qui avait pris l'initiative et la direction du projet, résolut de commencer par un *Festin des Dieux olympiens,* facile à réaliser avec les éléments disponibles d'*Orphée aux Enfers.*

Pour les autres groupements, Soreau s'inspira de cinq anecdotes respectivement recueillies par lui durant ses tournées à travers l'Amérique du Nord, l'Angleterre, la Russie, la Grèce et l'Italie.

En premier lieu venait un conte canadien entendu à Québec, sorte de légende enfantine dont voici le résumé.

Au bord du lac Ontario vivait un riche planteur d'origine française nommé Jouandon.

Veuf depuis peu, Jouandon reportait toute sa tendresse sur sa fille Ursule, gracieuse enfant de huit ans confiée aux soins de la dévouée Maffa, Huronne douce et prévenante qui l'avait nourrie de son lait.

Jouandon se trouvait en butte aux manœuvres d'une intrigante nommée Gervaise, qui, ayant coiffé sainte Catherine à cause de sa laideur et de sa pauvreté, s'était mis en tête d'épouser le planteur opulent.

Faible de caractère, Jouandon se laissa prendre à la comédie amoureuse habilement jouée par la mégère, qui bientôt devint sa seconde femme.

La vie fut dès lors intolérable dans le logis autrefois si paisible et si rayonnant. Gervaise avait installé dans son appartement sa sœur

Agathe et ses deux frères Claude et Justin, tous trois aussi envieux qu'elle-même; cette clique infernale faisait la loi, criant et gesticulant du matin au soir. Ursule, principalement, servait de cible aux railleries de Gervaise aidée de ses acolytes, et c'est à grand'peine que Maffa parvenait à soustraire la fillette aux mauvais traitements dont on la menaçait.

Au bout de deux ans, Jouandon mourut de consomption, miné par le chagrin et le remords, s'accusant d'avoir fait le malheur de sa fille en même temps que le sien par la déplorable union qu'il n'avait pas eu la force de rompre.

Gervaise et ses trois complices s'acharnèrent plus que jamais après la malheureuse Ursule, qu'ils espéraient faire mourir comme son père afin d'accaparer ses richesses.

Indignée, Maffa se rendit un jour auprès des guerriers de sa tribu et dépeignit la situation au vieux sorcier Nô, réputé pour son pouvoir très étendu.

Nô promit de châtier les coupables et suivit Maffa, qui le guida vers l'habitation maudite.

En longeant le lac Ontario ils aperçurent de loin Gervaise et Agathe se dirigeant vers la rive, escortées de leurs deux frères, qui portaient Ursule immobile et muette.

Les quatre monstres, mettant à profit l'absence de la nourrice, avaient bâillonné l'enfant,

qu'ils venaient précipiter dans les eaux profondes du lac.

Maffa et Nô se dissimulèrent derrière un bouquet d'arbres, et le groupe arriva sur la berge
sans les avoir aperçus.

Au moment où les deux frères balançaient le
corps d'Ursule pour le lancer dans les flots, Nô
prononça une incantation magique et sonore
qui provoqua sur l'heure quatre soudaines méta-
morphoses.

Gervaise fut changée en ânesse et placée
devant une auge pleine de son appétissant;
mais, dès qu'elle s'approchait de l'abondante
pitance, une sorte de séton lui entravait subitement la mâchoire et l'empêchait de satisfaire sa
fringale. Quand, lassée de ce supplice, elle voulait fuir la décevante tentation, une herse d'or se
dressait devant elle, lui barrant le passage par
son obstacle imprévu toujours prêt à surgir en
n'importe quel point d'une enceinte strictement
délimitée.

Agathe, transformée en oie, courut éperdu-
ment, pourchassée par Borée, qui soufflait sur
elle à pleins poumons en la fouettant avec une
rose épineuse.

Claude conserva son corps d'homme, mais on
vit sa tête se muer en hure de sanglier. Trois
objets de poids divers, un œuf, un gant et un
fétu de paille, se mirent à sauter dans ses mains,

qui, malgré elles, les lançaient continuellement
en l'air pour les rattraper avec adresse. Pareil à
un jongleur qui, au lieu de dompter ses babioles,
se laisserait entraîner par elles, le malheureux
s'enfuyait en ligne droite, subissant une sorte de
vertigineuse aimantation.

Justin, métamorphosé en brochet, fut projeté
dans le lac, dont il devait indéfiniment faire le
tour à grande vitesse, comme un cheval lâché
dans un gigantesque hippodrome.

Maffa et Nô s'étaient approchés d'Ursule pour
la débarrasser de son bâillon.

Remplie de compassion et oublieuse de toute
rancune, la fillette, qui avait vu s'accomplir le
quadruple phénomène, voulut intercéder en
faveur de ses bourreaux.

Elle demanda au sorcier un moyen de faire
cesser l'enchantement, plaidant avec chaleur la
cause des coupables, qui, selon elle, ne méritaient pas un éternel châtiment.

Touché par tant de bonté, Nô lui donna ce
précieux renseignement : une fois l'an, au jour
anniversaire et à l'heure précise de l'incantation,
les quatre ensorcelés devaient se retrouver au
point de la berge occupé par l'ânesse, qui seule
resterait sédentaire pendant les courses vaga-
bondes des trois errants ; cette rencontre ne du-
rerait qu'une seconde, aucun temps d'arrêt n'é-
tant permis aux infortunés fuyards ; si, pendant

cet instant à peine appréciable, une main généreuse armée d'un engin quelconque parvenait à
pêcher le brochet et à le rejeter sur la rive, le
charme se romprait aussitôt, et la forme humaine
serait rendue aux quatre maudits ; mais la moindre
maladresse dans le geste libérateur pouvait ajour-
ner à l'année suivante la possibilité d'une nouvelle tentative.

Ursule grava dans sa mémoire tous les détails
de cette révélation et remercia Nô, qui s'en retourna seul chez les sauvages de son clan.

Un an plus tard, quelques minutes avant
l'heure prescrite, Ursule monta en barque avec
Maffa et guetta le brochet près de l'endroit où
l'ânesse continuait à flairer inutilement son auge
toujours pleine.

Soudain la fillette aperçut de loin, dans les
eaux transparentes, le poisson rapide qu'elle
attendait ; en même temps, de deux points opposés de l'horizon, accouraient vers le même but
le jongleur à tête de sanglier et l'oie cruellement
fouaillée par Borée.

Ursule immergea verticalement un large filet,
en coupant le chemin suivi par le brochet, qui
pénétra comme une flèche au milieu de l'engin
flottant.

D'un mouvement brusque, la jeune pêcheuse
voulut projeter le poisson sur la berge. Mais
l'expiation, sans doute, n'était pas encore suffi-

sante, car les mailles, bien que fines et solides, livrèrent passage au captif, qui retomba dans l'eau et reprit sa course folle.

Le jongleur et l'oie, un instant réunis près de l'ânesse, se croisèrent sans ralentir leur élan et disparurent bientôt dans des directions divergentes.

Selon toute évidence, le déboire d'Ursule était dû à une influence surnaturelle, car après l'événement aucune déchirure n'endommageait les mailles intactes du filet.

Trois nouveaux essais, séparés chaque fois par un an d'intervalle, donnèrent le même résultat négatif. Enfin, la cinquième année, Ursule eut un geste si habile et si prompt que le brochet atteignit le bord extrême de la rive sans avoir eu le temps de glisser à travers la trame emprisonnante.

Aussitôt les quatre consanguins reprirent leur forme humaine, et, terrifiés par l'éventuelle perspective d'un nouvel ensorcellement, quittèrent sans retard le pays, où nul ne les revit jamais.

En Angleterre, Soreau avait appris le fait suivant, rapporté dans ses *Souvenirs sur Hændel* par le comte de Corfield, ami intime du grand compositeur.

Dès 1756, Hændel, vieux et déjà privé de la vue depuis plus de quatre ans, ne sortait plus

guère de son logis de Londres, où ses admira-
teurs venaient le visiter en foule.

Un soir, l'illustre musicien se trouvait dans
sa salle de travail du premier étage, pièce vaste
et somptueuse qu'il préférait à ses salons du rez-
de-chaussée à cause d'un orgue magnifique
adossé à l'un des panneaux.

Au milieu des vives lumières, quelques invités devisaient bruyamment, égayés par un repas
copieux que leur avait offert le maître, grand
amateur de chère délicate et de bon vin.

Le comte de Corfield, qui était présent, mit la
conversation sur le génie de l'amphitryon, dont
il vanta les chefs-d'œuvre avec l'enthousiasme
le plus sincère. Les autres firent chorus, et chacun admira la puissance du don créateur et inné,
que le vulgaire ne pouvait acquérir même au prix
du labeur le plus acharné.

Au dire de Corfield, une phrase éclose sous
un front paré de l'étincelle divine pouvait, banalement développée par un simple technicien,
animer maintes pages de son souffle. Par contre,
ajoutait l'orateur, un thème ordinaire, traité par
le cerveau le mieux inspiré, devait fatalement
conserver sa lourdeur et sa gaucherie, sans par-
venir à dissimuler la marque indélébile de sa
plate origine.

A ces derniers mots Hændel se récria, préten-
dant que, même sur un motif construit mécani-

quement d'après un procédé fourni par le hasard seul, il se faisait fort d'écrire un oratorio entier digne d'être cité sur sa liste d'œuvres.

Cette assertion ayant provoqué certains murmures de doute, Hændel, animé par les libations du festin, se leva brusquement, déclarant qu'il voulait, sur l'heure et devant témoins, établir honnêtement la charpente du travail en question.

A tâtons l'illustre compositeur se dirigea vers la cheminée et sortit d'un vase où elles se trouvaient réunies plusieurs branches de houx provenant du dernier Christmas. Il les aligna sur le marbre en attirant l'attention sur leur nombre, qui s'élevait à sept; chaque branche devait représenter une des notes de la gamme et porter un signe quelconque propre à la faire reconnaître.

Madge, la vieille gouvernante du maître, très experte en travaux de couture, fut aussitôt mandée puis mise en demeure de fournir à l'instant même sept minces rubans de nuances différentes.

L'ingénieuse femme ne s'embarrassa pas pour si peu et, après une courte absence, rapporta sept faveurs offrant chacune l'échantillon d'une des couleurs du prisme.

Corfield, sur la prière du grand musicien, noua une faveur autour de chaque tige sans rompre la régularité de l'alignement.

Cette tâche terminée, Hændel invita les assistants à contempler un moment la gamme figurée sous leurs yeux, chacun devant s'efforcer de garder dans sa mémoire la correspondance des couleurs et des notes.

Ensuite le maître lui-même, avec son toucher prodigieusement affiné par la cécité, procéda au minutieux examen des touffes, enregistrant soigneusement dans son souvenir telle particularité créée par la disposition des feuilles ou par l'écartement des piquants.

Une fois sûr de lui, Hændel réunit les sept branches de houx dans sa main gauche et désigna la direction de sa table de travail, en chargeant Corfield de prendre avec lui la plume et l'encrier.

Sortant de la pièce, guidé par un de ses fidèles, le maître aveugle se fit conduire près de l'escalier, dont la rampe plate et blanche se prêtait fort bien à ses desseins.

Après avoir longuement mêlé les branches de houx, qui ne gardèrent plus trace de leur ordre primitif, Hændel appela Corfield, qui lui remit la plume trempée dans l'encre.

Effleurant au hasard, avec les doigts disponibles de sa main droite, une des touffes piquantes, qui pour lui avaient toutes leur personnalité individuelle reconnaissable au toucher, l'aveugle s'approcha de la rampe, sur laquelle il écrivit sans peine, en lettres ordinaires, la note indiquée par le rapide contact.

Descendant une marche en brouillant de nouveau l'épais bouquet, Hændel, par le même procédé d'attouchement purement fantaisiste, recueillit une seconde note, qu'il inscrivit un peu plus bas sur la rampe.

La descente continua ainsi, lente et régulière. A chaque marche, le maître, consciencieusement, remuait la gerbe en tous sens avant d'y chercher, du bout des doigts, la désignation de tel son inattendu aussitôt gravé en caractères suffisamment lisibles.

Les invités suivaient leur hôte pas à pas, vérifiant facilement la rectitude du travail par l'examen des faveurs diversement nuancées. Parfois, Corfield prenait la plume et la trempait dans l'encre avant de la rendre à l'aveugle.

Au bout de dix minutes, Hændel écrivit la vingt-troisième note et dévala sa dernière marche, qui le conduisit au niveau du rez-de-chaussée. Gagnant une banquette, il s'assit un moment et se reposa de son labeur en donnant à ses amis la raison déterminante qui l'avait amené à choisir un mode d'inscription aussi étrange.

Sentant sa fin prochaine, Hændel avait légué à la ville de Londres sa maison tout entière, destinée à être érigée en musée. Une grande quantité de manuscrits de curiosités et de souvenirs de toute espèce promettait déjà de rendre fort captivante la visite du home illustre. Pourtant le maître restait hanté par le désir d'augmenter sans cesse l'attrait du pèlerinage futur. C'est pourquoi, saisissant une occasion propice, il avait ce soir-là fait de la main courante en question un monument impérissable, en autographiant sur elle le thème incohérent et bizarre dont le nombre de marches primitivement ignoré venait de fixer à lui seul la longueur, ajoutant de la sorte une particularité supplémentaire au côté mécanique et voulu de la composition.

Remis par quelques instants d'immobilité, Hændel, escorté de ses amis, regagna la salle du premier, où la soirée se termina gaîment. Corfield se chargea de transcrire musicalement la phrase élaborée par le caprice du hasard, et le maître promit de suivre strictement les indications du canevas, en se réservant seulement deux libertés, d'abord celle des valeurs, puis celle du diapason, qui évoluerait sans contrainte d'une octave à l'autre.

Dès le lendemain Hændel se mit à la besogne avec l'aide d'un secrétaire habitué à écrire sous sa dictée.

La cécité n'avait nullement affaibli l'activité intellectuelle du célèbre musicien.

Traité par lui, le thème au contour fantastique

prit une allure intéressante et belle, due à d'ingénieuses combinaisons de rythme et d'harmonie.

La même phrase de vingt-trois notes se reproduisant sans cesse, présentée chaque fois sous un aspect nouveau, vint constituer à elle seule le fameux oratorio *Vesper,* œuvre puissante et sereine dont le succès dure encore.

Soreau, en parcourant la Russie, avait pris ces notes historiques sur le czar Alexis Michaïlovitch.

Vers la fin de 1648, Alexis, presque enfant et déjà empereur depuis trois ans, laissait gouverner à leur guise ses deux favoris Plechtcheïef et Morosof, dont les injustices et les cruautés faisaient partout des mécontents.

Plechtcheïef surtout, honni de tous ceux qui l'approchaient, semait sur ses pas d'implacables rancunes.

Certain matin de décembre, une rumeur courut dans le palais : Plechtcheïef, hurlant de douleur au fond de son appartement, se tordait dans d'affreuses convulsions, les yeux en sang et l'écume à la lèvre.

Quand le czar, accompagné de son médecin, pénétra chez le favori, un spectacle terrifiant s'offrit à ses regards. Étendu sur le tapis, Plechtcheïef, les membres crispés, le visage et les mains entièrement bleus, venait de rendre le dernier soupir.

On voyait sur une table les restes du repas matinal qu'avait absorbé le défunt. Le médecin s'approcha et reconnut à l'odeur, dans quelques gouttes de liquide restées au fond d'une tasse, les traces d'un poison très violent.

Le czar, procédant à une enquête immédiate, fit comparaître tous les serviteurs de Plechtcheïef. Mais nul aveu ne put être obtenu, et, dans la suite, les perquisitions les plus minutieuses n'amenèrent aucun résultat.

Alexis employa dès lors un moyen qui devait amener le coupable à se trahir malgré lui. Au vu et au su de tous, il s'enferma seul dans sa chapelle pour prier Dieu de l'inspirer. Une heure plus tard il ouvrit la porte et manda auprès de lui les serviteurs suspectés, qui bientôt pénétrèrent silencieusement dans le saint lieu.

Tourné vers un des murs, Alexis montra aux nouveaux venus un vitrail précieux dont l'admirable mosaïque transparente évoquait le Christ en croix agonisant au baisser du jour. Presque au niveau de l'horizon, le soleil, prêt à disparaître, était représenté par un disque roux parfaitement régulier.

Sur l'ordre d'Alexis, deux serviteurs détachés du groupe arrivèrent jusqu'au vitrail en escaladant le rebord de pierre suffisamment saillant.

Armés de leurs couteaux, ils décollèrent les lamelles de plomb soudées à la circonférence de l'astre radieux, puis parvinrent à saisir du bout des doigts la rondelle de verre, qu'ils rapportèrent brillante et intacte pour la donner au czar.

Avant de se servir de ce bizarre objet, Alexis raconta en ces termes une vision qu'il venait d'avoir, à cette même place, dans le recueillement de la solitude :

Enfermé depuis quelques minutes, Alexis priait Dieu de lui révéler le nom du coupable, quand une clarté soudaine lui fit lever les yeux. Il vit alors, sur le vitrail maintenant incomplet, l'image de Jésus qui semblait s'animer. Les yeux du Crucifié le fixaient ardemment, et bientôt les lèvres souples et vivantes articulèrent la sentence suivante : « Détache du vitrage ce soleil qui éclaire mon supplice ; en traversant ce prisme sanctifié par mon agonie, tes regards iront foudroyer le coupable, qui, pour son châtiment, subira les effets du poison versé par sa main. » Ces mots prononcés, l'image du Christ reprit son immobilité première, et le czar, ébloui par ce miracle, pria longtemps encore pour rendre grâce au Seigneur.

Le groupe des serviteurs avait écouté ce récit sans faire un mouvement.

Alexis, désormais silencieux, porta lentement le soleil roux au niveau de ses yeux et fixa un par un, à travers le disque diaphane, les patients alignés devant lui.

C'est avec raison que le czar avait compté sur les conséquences de l'exaltation religieuse pour toucher au but, car ses paroles avaient profondément impressionné son auditoire. Tout à coup, atteint par le regard investigateur qui brillait derrière le verre coloré, un homme chancela en poussant un cri et se laissa tomber aux bras de ses camarades, les membres tordus, la face et les mains bleuies, pareil à Plechtcheïef agonisant. Le czar s'approcha du malheureux, qui avoua son crime avant d'expirer dans les plus effroyables souffrances.

La Grèce avait fourni une poétique anecdote à Soreau, qui, pendant son séjour à Athènes, profitait de ses heures de liberté pour visiter, en compagnie d'un guide, les beautés de la ville et de la campagne environnante.

Un jour, au fond du bois d'Arghyros, le guide conduisit Soreau à l'angle d'un carrefour ombrageux, en le priant d'expérimenter un écho vanté pour son étonnante pureté.

Soreau obéit et lança une série de mots ou de sons qui furent aussitôt reproduits avec une parfaite exactitude.

Le guide fit alors le récit suivant, qui donnait soudain à l'endroit un intérêt inattendu.

En 1827, idole de la Grèce entière, qui lui devait son indépendance, Canaris siégeait depuis peu au Parlement hellénique.

Certain soir d'été, l'illustre marin, accompagné de quelques intimes, errait lentement dans le bois d'Arghyros, goûtant le charme d'un prestigieux crépuscule, en parlant de l'avenir du pays, dont le bonheur constituait son unique préoccupation.

Parvenu au carrefour sonore, Canaris, qui pour la première fois hantait ces parages, reçut de l'un de ses compagnons la classique révélation du phénomène acoustique mis à l'épreuve par tous les promeneurs.

Voulant à son tour entendre la voix mystérieuse, le héros se mit à l'endroit désigné puis lança au hasard le mot « Rose ».

L'écho répéta fidèlement le vocable, mais, à la grande surprise de tous, un parfum de rose exquis et pénétrant se répandit au même instant dans les airs.

Canaris renouvela l'expérience, nommant successivement les fleurs les plus odorantes; chaque fois la réponse claire et soudaine arrivait enveloppée dans une bouffée enivrante de l'arome correspondant.

Le lendemain, la nouvelle colportée de bouche en bouche exalta l'enthousiasme des Grecs pour leur sauveur. Selon eux la nature elle-même avait

voulu honorer le triomphateur en semant sur ses
pas l'âme délicate et subtile des plus merveilleux
pétales.

Un fait divers plus moderne rappelait à Soreau
son séjour en Italie.

Il s'agissait du prince Savellini, cleptomane
incorrigible qui, malgré son immense fortune,
hantait les gares de chemins de fer et en général tous les lieux encombrés par la foule, faisant
chaque jour, avec la plus miraculeuse habileté,
une abondante moisson de montres et de porte-
monnaie.

La folie du prince le portait surtout à dévaliser
les pauvres. Vêtu avec une suprême élégance et
paré d'inestimables bijoux, il se rendait dans les
quartiers miséreux de Rome, recherchant avec
raffinement les poches les plus crasseuses pour y
plonger ses mains chargées de bagues.

Arrivé un jour dans une rue mal famée, repaire de filles et de souteneurs, il avisa de loin
un rassemblement qui lui fit aussitôt presser le
pas.

En s'approchant il distingua trente ou qua-
rante rôdeurs de la pire espèce, enfermant dans
leur cercle attentif deux des leurs qui se battaient
à coups de couteau.

Le prince crut voir un nuage qui passait devant ses yeux; jamais pareille occasion de satis-

faire son vice ne s'était jusqu'alors offerte à lui.

Ivre de joie, serrant la mâchoire pour arrêter ses dents prêtes à claquer, il fit quelques pas en chancelant sur ses jambes tremblantes, la poitrine martelée par de sourds battements de cœur qui lui coupaient la respiration.

Secondé par l'intérêt du spectacle sanglant qui captivait tous les esprits, le cleptomane put exercer son art en toute liberté, explorant avec un doigté sans pareil les poches taillées dans la toile bleue ou dans le velours à côtes.

Menues monnaies, montres grossières, blagues à tabac et babioles de toutes sortes venaient s'engloutir sans cesse au fond d'immenses cavités intérieures que le prince avait fait ouvrir dans son luxueux paletot de fourrure.

Soudain plusieurs agents, attirés par la rixe, foncèrent sur le groupe et saisirent les deux combattants, qu'ils emmenèrent au poste en même temps que le prince, dont le manège ne leur avait pas échappé.

Une perquisition faite au palais Savellini exhiba les innombrables larcins du pauvre maniaque.

Le lendemain un affreux scandale éclata dans les journaux, et le noble cleptomane devint la fable de toute l'Italie.

Aidé par Chènevillot, qui promit son concours pour l'agencement factice de tous les accessoires, Soreau s'adonna fiévreusement à la réalisation des six tableaux projetés.

Pour le Festin des Dieux, une corde noire, impossible à distinguer sur un fond de même couleur, devait suspendre Mercure dans les airs; le maître-coq se chargerait de dresser une table richement servie.

La légende du lac Ontario demandait des travaux plus complexes. Prêtée par Olga Tcherwonenkoff, l'ânesse Mileñkaya, portant à la mâchoire les deux fragments extrêmes d'un séton illusoire, jouerait son rôle devant un son factice qui, obtenu avec de minces pellicules de papier jaune, ne lui offrirait aucune tentation, dangereuse capable de révéler la fausseté de l'entrave. Soreau avait fixé son choix sur le moment précis d'une des tentatives infructueuses faites pour délivrer les ensorcelés. Stella Boucharessas représenterait la charitable Ursule s'efforçant vainement de pêcher le brochet fugitif; auprès d'elle, Jeanne Souze, la face et les mains colorées, figurerait dans l'emploi de la fidèle Maffa. Devant l'ânesse, Soreau en Borée pourchasserait une oie extraite de la basse-cour du maître-coq; les ailes du volatile seraient écartées par une carcasse invisible, et ses pattes, collées au plancher par un enduit tenace, garderaient une attitude de fuite rapide. Parmi les accessoires de la troupe, on trouva, pour parer le jongleur, une hure en carton de parfaite exécution ; cet ornement servait habituellement comme tête de cotillon au troisième acte de certaine opérette dont tous les personnages à la fois hantaient, à un moment donné, le bal masqué d'un richissime rastaquouère.

Pour le tableau d'Hændel écrivant, Chènevillot reçut des indications très précises de Soreau, qui avait vu de ses propres yeux, à Londres, la célèbre rampe, pieusement conservée au musée de South-Kensington.

L'apparition du czar Alexis était facile à régler, ainsi que celle de Canaris, qui ne devenait embarrassante que par l'adjonction forcée de parfums puissants et variés.

Ce dernier problème ne pouvait être résolu que par Darriand, qui, en poursuivant la découverte de ses plantes océaniennes, s'était livré à de multiples études sur toutes les senteurs végétales.

L'habile savant, projetant de nouveaux travaux pour occuper les loisirs de son voyage, s'était muni d'essences de toutes sortes, qui, mélangées avec art, pouvaient fournir les aromes les plus divers.

Caché dans la coulisse, Darriand répéterait lui-même, comme un écho, le nom des fleurs appelées, débouchant quelques secondes à l'avance tel flacon rempli d'un composé extrêmement volatil, dont les émanations iraient soudain frapper de tous côtés l'odorat des spectateurs.

Dans la scène de cleptomanie, Soreau, évoquant le prince Savellini, revêtirait un ample paletot de fourrure, qui pendant la traversée lui servait à braver sur le pont les souffles toujours vifs de la pleine mer.

Carmichaël, chargé du rôle de récitant, expliquerait en peu de mots le sujet synthétisé par chacun des six groupes.

XV

Il y avait à Éjur un spécimen de captivante originalité représenté par Fogar, le fils aîné de l'empereur.

A peine âgé de quinze ans, cet adolescent nous étonnait tous par son étrangeté parfois terrifiante.

Attiré vers le surnaturel, Fogar avait reçu de la bouche du sorcier Bachkou diverses recettes de magie qu'il avait ensuite perfectionnées à sa manière.

Poète d'instinct comme son père, le jeune homme aimait passionnément la nature. L'océan surtout exerçait sur son esprit un charme irrésistible. Assis sur la plage, il passait des heures à contempler les flots changeants, en rêvant aux secrètes merveilles enfouies dans les abîmes

liquides. Excellent nageur, il se baignait avec
volupté dans l'élément fascinateur, plongeant le
plus longtemps possible afin d'explorer furtivement les espaces mystérieux qui hantaient sa
précoce imagination.

Entre autres pratiques ténébreuses, Bachkou
avait enseigné à Fogar le moyen de se mettre,
sans aucune aide, dans un état léthargique voisin
de la mort.

Étendu sur le cadre primitif qui lui servait de
couchette, le jeune homme, s'immobilisant dans
une sorte d'extase hypnotique, parvenait à suspendre peu à peu les battements de son cœur en
arrêtant complètement les oscillations respiratoires de son thorax.

Parfois, quand l'expérience prenait fin, Fogar
sentait certains fragments de ses veines obstrués
par son sang déjà coagulé.

Mais le cas était prévu, et, pour y remédier,
l'adolescent avait toujours à sa portée certaine
fleur spéciale indiquée par Bachkou.

Avec une des épines de la tige il ouvrait la
veine engorgée pour en retirer le caillot compact. Ensuite un seul pétale, pressé entre ses
doigts, lui fournissait un liquide violet dont
quelques gouttes suffisaient pour ressouder la
fente mortellement dangereuse.

Poursuivi par l'obsédant désir de visiter les
repaires sous-marins, qu'il peuplait malgré lui

d'éblouissantes fantasmagories, Fogar résolut de cultiver l'art mystérieux qui lui permettait d'annihiler temporairement ses fonctions vitales.

Son but rayonnant était de plonger longuement sous les eaux, en profitant de l'état d'hypnose qui enrayait si parfaitement le jeu de ses poumons.

Grâce à un entraînement progressif, il put rester pendant une demi-heure en proie à cette mort factice propre à servir ses projets.

Il commençait par s'allonger sur son cadre, donnant ainsi à sa circulation un calme bienfaisant qui lui facilitait sa tâche.

Au bout de quelques minutes, le cœur et la poitrine immobilisés, Fogar conservait encore une demi-conscience de rêve accompagnée d'une sorte d'activité presque machinale.

Il essayait dès lors de se mettre debout, mais après quelques pas, faits à la manière des automates, il retombait sur le sol faute d'équilibre.

Méprisant les entraves et les dangers, Fogar voulut tenter sans retard l'expédition aquatique depuis longtemps projetée.

Il se rendit sur la plage, muni d'une fleur violette à épines qu'il déposa dans un creux de rocher.

Puis, étendu sur le sable, il réussit à se livrer au sommeil hypnotique.

Bientôt sa respiration s'arrêta, et son cœur

cessa de battre. Alors, pareil à un somnambule, Fogar se leva et pénétra dans la mer.

Soutenu par l'élément compact, il garda facilement l'équilibre et descendit sans trébucher les pentes abruptes qui formaient la continuation du rivage.

Une fente de rocher lui donna subitement accès dans une sorte de labyrinthe profond et contourné qu'il explora au hasard en descendant toujours.

Libre et léger, il parcourut des galeries étroitement sinueuses, où jamais aucun scaphandrier n'eût osé risquer son tube d'aération.

Après mille détours il déboucha dans une vaste caverne, dont les parois, enduites de quelque substance phosphorescente, brillaient du plus somptueux éclat.

D'étranges animaux marins peuplaient de tous côtés ce féerique repaire, qui dépassait en magnificence les visions imaginaires créées à l'avance par l'adolescent.

Il suffisait d'étendre la main pour s'emparer des plus stupéfiantes merveilles.

Fogar fit quelques pas vers une éponge vivante qui se tenait immobile sur le rebord saillant d'une des parois. Les effluves phosphorescents, traversant le corps de l'animal, montraient, au sein du tissu imbibé, un cœur humain de petite taille relié à un réseau sanguin.

Avec maintes précautions Fogar prit le curieux spécimen, qui, étranger au règne végétal, n'était retenu par aucun lien.

Un peu plus haut, trois échantillons non moins bizarres se tenaient collés à la paroi.

Le premier, de forme très allongée, portait une rangée de fins tentacules pareille à quelque frange de meuble ou de vêtement.

Le deuxième, plat et mou comme une souple étoffe, ressemblait à un mince triangle adhérant au mur par sa base; de puissantes artères formaient partout des zébrures rouges, qui, bien complétées par deux yeux ronds aussi fixes que des pois noirs, donnaient à l'ensemble flottant l'aspect d'une flamme de pavillon évoquant une peuplade ignorée.

Le dernier échantillon, plus petit que ses deux voisins, portait sur son dos une sorte de carapace très blanche, qui, semblable à une mousse de savon solidifiée, devenait curieuse à force de finesse et de légèreté.

Joignant à l'éponge ce triple butin, Fogar voulut prendre le chemin du retour.

Soudain il ramassa dans un coin de la grotte un large bloc gélatineux. Ne trouvant à l'objet aucune particularité intéressante, il le déposa au hasard sur un rocher voisin dont la surface était hérissée d'aspérités et de piquants.

Semblant se réveiller au contact de ces

pointes douloureuses, le bloc frémit et leva, en
signe de détresse, un tentacule pareil à une
trompe, mais divisé à son extrémité en trois
branches divergentes.

Chacune de ces branches se terminait par
une ventouse rappelant le terrible bras des
pieuvres.

A mesure que les piquants pénétraient plus
avant dans les chairs, l'animal souffrait davantage.

Son exaspération se manifesta bientôt d'une
façon inattendue. Les branches à ventouses se
mirent à tourner comme les rayons d'une roue,
augmentant peu à peu leur vitesse d'abord rai-
sonnable.

Se ravisant à la vue de cet étrange appareil,
Fogar reprit le bloc, jugé maintenant digne d'attention. En quittant la surface épineuse qui le
meurtrissait, l'animal cessa brusquement son
manège pour retomber dans son inertie première.

Le jeune homme atteignit l'issue de la grotte.

Là, une forme flottante lui barra le passage,
placée au niveau de son regard.

On eût dit quelque plaque métallique, ronde
et légère, descendant avec lenteur, retenue par
la densité de l'eau.

D'un mouvement du bras, Fogar voulut écarter l'obstacle.

Mais, à peine frôlée, la plaque peureuse et sensitive se replia sur elle-même, changeant de contours et même de nuance.

S'emparant avidement de ce nouveau spécimen, auquel il n'avait d'abord attaché aucun prix, Fogar commença l'ascension du couloir tortueux déjà parcouru.

Soutenu par la pression liquide, il remonta sans fatigue jusqu'à la plage, où il put faire quelques pas avant de se laisser tomber.

Peu à peu le cœur et les poumons reprirent leurs fonctions, et le sommeil léthargique fit place à une complète lucidité.

Fogar regarda autour de lui, ne se rappelant qu'à demi les détails de son voyage solitaire.

L'expérience, plus prolongée que de coutume, avait multiplié dans ses veines les engorgements dus à la coagulation du sang.

Courant au plus pressé, Fogar agrippa la fleur violette dont il s'était muni avec prévoyance.

L'opération habituelle, suivie de ressoudage immédiat, le délivra des caillots allongés, qu'il jeta au hasard sur le sable.

Aussitôt un mouvement se produisit dans le groupe des animaux marins, qui, depuis la chute de l'adolescent, étaient restés affalés sur le sol.

Habitués sans doute à se nourrir par succion du sang de leurs proies, les trois échantillons de la paroi verticale, obéissant à quelque irrésis-

tible instinct, saisirent gloutonnement, pour s'en
repaître, les fins rouleaux ternes et figés.

Ce repas inattendu se faisait au bruit d'un
léger hoquet de gourmandise exhalé par le mol-
lusque étrange à carapace blanche.

Pendant ce temps, le bloc aux trois branches
rotatives, l'éponge et la plate rondelle grisâtre
demeuraient immobiles sur le sable uni.

Entièrement revenu à lui, Fogar courut à Éjur
puis rapporta sur la plage un récipient qu'il rem-
plit d'eau de mer avant d'y placer les hôtes de
la grotte sous-marine.

Les jours suivants, Fogar, très fier des résultats de sa plongée, projeta pour le jour du gala
une curieuse exhibition de ses trouvailles.

Il avait étudié de près les six spécimens, qui,
une fois sortis de leur élément, continuaient à
vivre, en gardant toutefois une complète immobilité.

Or, cette inertie déplaisait à Fogar, qui, tout
en rejetant l'idée plus banale d'une présentation
en eau de mer, voulait faire valoir ses sujets à la
façon des forains montreurs de bêtes.

Se souvenant de l'empressement avec lequel
une moitié de sa troupe s'était emparée des
caillots sanguins lancés par lui sur la plage, il
résolut d'employer à nouveau le même procédé
de surexcitation.

L'expérience serait ainsi corsée par une séance de sommeil léthargique, donnée devant tous par le jeune noir paresseusement couché sur son cadre au milieu de ses divers animaux disposés avec symétrie.

Pour l'éponge un moyen facile s'offrait, procuré par le hasard.

Pendant les premiers essais d'accoutumance à l'air libre tentés sur ses élèves, Fogar, voulant agir par tâtonnements, avait soin de verser de temps à autre une certaine quantité d'eau de mer sur les tissus vivants, qu'une trop grande sécheresse eût fait périr.

Un jour, soucieux de ménager sa provision d'onde marine, le jeune homme se servit d'eau douce et commença la distribution par l'éponge, qui aussitôt se contracta énergiquement pour exprimer avec horreur le liquide mal adapté à ses fonctions vitales.

Une douche identique, administrée au jour dit, ne pouvait manquer d'amener les mêmes effets en déterminant l'activité réclamée.

Le bloc gélatineux se montrait particulièrement apathique.

Heureusement Fogar, songeant à la grotte, se rappela les aspérités rocheuses qui, en pénétrant douloureusement dans les chairs de l'animal, avaient provoqué le mouvement giratoire des trois tiges divergentes.

Il chercha le moyen d'imiter avec élégance les piquants de pierre tortus et irréguliers.

Certain frou-frou hanta dès lors sa mémoire, et il eut présente à l'esprit la robe choisie par Adinolfa pour inaugurer la scène des Incomparables.

Il chargea Sirdah de demander à la tragédienne quelques-unes des plus grosses aiguilles de jais cousues à la soie.

Adinolfa mit généreusement la robe entière à sa disposition, et la moisson fut aisée sur la jupe et sur le corsage abondamment garnis.

Une faible quantité de ciment, empruntée à l'un des ouvriers de Chènevillot, forma une couche mince étendue régulièrement, sur un fragment de tapis. Bientôt cent aiguilles de jais, plantées en dix rangées pareilles dans la substance encore molle mais prompte à se solidifier, dressèrent verticalement leurs pointes fines et menaçantes.

Pour donner plus d'intérêt à l'exhibition du bloc gélatineux, Fogar voulait fixer une proie à chacune des ventouses terminant les trois tiges tournantes, dont la force musculaire et la vitesse d'évolution seraient ainsi mieux soulignées.

Sur sa demande, la famille Boucharessas promit le concours de trois chats savants, qui en resteraient quittes pour un étourdissement passager.

·La plaque grisâtre, une fois sortie de l'eau, se faisait rigide comme du zinc.

Mais Fogar, en soufflant sur elle, déterminait, dans n'importe quel sens, maints gondolements gracieux et subtils qu'il convenait d'utiliser pour le jour du gala.

Voulant obtenir sans fatigue pulmonaire des transformations continues et prolongées, le jeune homme, toujours traduit par sa sœur, eut recours à Bex lui-même, qui, avec une pile de rechange éventuellement consacrée à certain orchestre thermo-mécanique issu de ses veilles laborieuses, fabriqua un ventilateur à hélice pratique et léger.

Cet appareil avait sur un simple soufflet l'avantage d'une parfaite régularité dans son haleine douce et ininterrompue.

Fogar, sans cesse aux côtés de Bex, avait épié avec passion l'agencement des différentes pièces composant l'astucieux instrument générateur de brise.

Avec sa curieuse faculté d'assimilation il avait compris toutes les finesses du mécanisme, en exprimant par des gestes son admiration pour tel rouage délicat ou pour tel cran d'arrêt habilement placé.

Intéressé par cette nature étrange, dont la rencontre était fort inattendue en un pareil pays, Bex initia Fogar à certains de ses secrets chi-

miques, poussant la complaisance jusqu'à faire
fonctionner devant lui son orchestre automatique.

Fogar resta pétrifié devant les divers organes
dont la mise en marche produisait des flots
d'harmonie nourris et variés.

Un détail, cependant, l'étonnait par une pauvreté relative, et, grâce à l'intervention de
Sirdah, qui était présente, il put demander à
Bex différentes explications.

Il se sentait surpris en voyant chaque corde
impuissante à produire plus d'un son à la fois.
D'après lui, certains rongeurs, hôtes d'une portion spéciale du Béhuliphruen, portaient une
sorte de crinière, dont chaque poil, suffisamment
tendu, engendrait sous un frottement quelconque deux notes simultanées et distinctes.

Bex refusa d'admettre un pareil conte et,
tout en haussant les épaules, se laissa entraîner
par Fogar, qui, sûr de son fait, voulut le conduire vers le repaire des rongeurs en question.

Aux côtés de son guide, le chimiste s'aventura dans les profondeurs du Béhuliphruen et
parvint sur un lieu criblé de trous en forme de
terriers.

Fogar s'arrêta, puis dédia soudain à Bex une
étonnante mimique, traçant du doigt plusieurs
zigzags d'éclairs et imitant avec son gosier les
roulements du tonnerre.

Bex fit un signe d'approbative compréhension; le jeune homme venait de lui expliquer, de façon assez claire, que les rongeurs, actuellement épars dans les fourrés, craignaient fort le bruit de l'orage et rentraient peureusement dans leurs terriers aux premiers grondements de la foudre.

En levant les yeux Bex constata l'immuable pureté du ciel et se demanda où Fogar voulait en venir; mais celui-ci devina sa pensée et, d'un geste, lui prescrivit l'attente passive.

Le carrefour en écumoire se trouvait ombragé par de grands arbres bizarres, dont les fruits, pareils à de gigantesques bananes, jonchaient de tous côtés le sol.

Avec ses doigts, Fogar pela sans peine un de ces fruits, dont il pétrit l'intérieur blanchâtre et malléable afin de lui ôter sa forme légèrement recourbée.

Il obtint de la sorte un bloc cylindrique parfaitement régulier, qu'il perfora dans le sens de la longueur à l'aide d'une brindille mince et droite.

Dans le trou lumineux et vide il glissa certaine liane cueillie sur l'un des troncs, puis consolida l'ensemble par un nouveau pétrissage rapide.

Peu à peu le fruit s'était transformé en une véritable chandelle, dont la mèche, très inflammable, prit feu subitement. grâce à plusieurs étincelles frôlantes tirées par Fogar de deux cailloux choisis avec soin.

Bientôt Bex comprit le but de ce manège compliqué.

La chandelle, posée debout sur une pierre plate, faisait entendre, en brûlant, des crépitements sonores et prolongés rappelant exactement le bruit du tonnerre.

Le chimiste s'approcha, intrigué par les étranges propriétés du fruit combustible, qui parodiait à s'y méprendre la fureur d'un violent orage.

Tout à coup une galopade retentit sous les futaies, et Bex vit apparaître une bande d'animaux noirs, qui, trompés par la foudre mensongère, regagnaient leurs terriers en toute hâte.

Quand la troupe fut à sa portée, Fogar, lançant une pierre au hasard, tua net un rongeur, qui resta étendu sur le sol tandis que ses congénères s'enfouissaient dans leurs trous innombrables.

Après avoir éteint la mèche végétale, dont la bruyante carbonisation n'avait plus d'utilité, l'adolescent ramassa le rongeur, qu'il mit sous les yeux de Bex.

L'animal, présentant une lointaine ressemblance avec l'écureuil, portait, sur presque toute la longueur de l'épine dorsale, une crinière noire touffue et dure.

En examinant les crins, le chimiste remarqua

certaines nodosités bizarres, capables sans doute
de produire les sons doubles qui piquaient fort
sa curiosité.

Au moment de quitter la place, Fogar, sur le
conseil de son compagnon, ramassa la chandelle
éteinte, dont il n'avait consumé qu'une faible
portion.

Revenu à Éjur, Bex voulut vérifier sur l'heure
l'assertion de son jeune guide.

Il choisit sur le dos du rongeur plusieurs crins
à nodosités différentes.

Ensuite, cherchant à obtenir une sorte de support résonnant, il tailla deux minces planchettes
de bois qu'il colla l'une contre l'autre afin de les
percer ensemble d'imperceptibles trous régulièrement espacés.

Ce travail achevé, chaque solide crin traversa
facilement la double surface, puis fut épaisse-
ment noué sur lui-même à ses deux extrémités en
vue d'un emprisonnement durable.

Les planchettes, s'écartant le plus possible,
furent maintenues par deux montants verticaux
et déterminèrent soudain une forte tension des
crins transformés en cordes musicales.

Fogar fournit lui-même certaine branche
souple et fine qui, ramassée au sein du Béhuliphruen puis sectionnée dans le sens de la longueur, offrait une surface interne parfaitement
lisse et un peu poisseuse.

Coupé avec soin par Bex, un des fragments de
la brindille devint un fragile archet, qui bientôt attaqua sans peine les cordes du luth minuscule si rapidement agencé.

Suivant la prédiction de Fogar, tous les crins,
vibrant isolément, produisaient deux notes simultanées d'égale sonorité.

Bex, enthousiasmé, décida le jeune homme à
exhiber au jour du gala l'inconcevable instrument ainsi que la chandelle végétale facile à ral-
lumer.

* *
* *

Encouragé par ses succès, Fogar chercha de
nouvelles merveilles capables d'augmenter encore l'intérêt de son apparition.

Voyant, certain soir, un matelot du *Lyncée* la-
ver du linge dans le courant du Tez, il fut surpris de la ressemblance offerte par l'un de ses
animaux marins avec la mousse de savon répandue sur les eaux.

Sa lessive terminée, le matelot, par plaisante-
rie, donna son savon à Fogar, en accompagnant
ce présent intentionné d'un lazzi amical sur la
couleur de peau du jeune nègre.

L'adolescent, maladroitement, laissa tomber le
bloc humecté qui se dérobait sous ses doigts, mais

qui, aussitôt ramassé avec précaution, lui inspira un double projet se rapportant au gala.

En premier lieu Fogar prétendait poser sur le savon même l'animal à carapace blanche, qui, pris de la sorte pour une mousse inerte, impressionnerait les spectateurs par la brusque révélation de sa personnalité agissante.

Puis, comptant mettre à profit les propriétés étrangement glissantes de la substance nouvelle pour lui, Fogar voulait lancer sur un but quelconque le bloc de savon, rendu instable par une suffisante humidité.

A ce propos, le jeune homme se souvint d'un lingot d'or aperçu par Bachkou au fond du Tez, certain jour où le fleuve était plus limpide que de coutume. En plongeant rapidement, le sorcier avait saisi le brillant objet, qu'il gardait depuis avec la plus jalouse sollicitude.

Étant donnée sa forme de cylindre arrondi aux extrémités, le lingot se serait fort bien prêté à l'expérience difficultueuse conçue par Fogar.

Mais le sorcier attachait trop de prix à sa trouvaille pour daigner s'en séparer même un instant.

Songeant que le Tez devait recéler à coup sûr d'autres lingots pareils au premier, Fogar projeta une plongée en eau douce dont il attendait avec confiance de fructueux résultats. Comme le joueur favorisé par le sort, il n'envisageait que le succès et se voyait d'avance possesseur de plusieurs cylindres précieux qui, par leur éclat même joint à l'intérêt de la provenance, déchaîneraient maints propos tout en parant à souhait sa couchette déjà si richement garnie d'animaux bizarres.

S'étant pourvu d'une nouvelle fleur violette, Fogar s'affala sur la berge du Tez puis attendit le sommeil léthargique.

Parvenu au curieux état de demi-conscience favorable à ses desseins, il se roula vers la rive et disparut dans les profondeurs du fleuve à l'endroit même où Bachkou avait découvert son lingot.

Agenouillé sur le fond, Fogar fouilla le sable avec ses doigts et, après de patientes recherches, trouva trois brillants cylindres d'or qui, charriés sans doute depuis de lointaines régions, avaient acquis par le frottement un poli net et parfait.

Le jeune homme venait de se relever, prêt à regagner la surface des eaux, quand soudain il s'arrêta, cloué à sa place par la surprise.

Une plante énorme, de couleur blanchâtre, largement épanouie sur toute sa hauteur, se dressait verticalement auprès de lui comme un roseau géant.

Or, sur l'écran ainsi déployé, Fogar se voyait lui-même agenouillé dans le sable et le corps penché en avant.

Bientôt l'image se transforma, évoquant le

même personnage dans une pose un peu diffé-
rente.

Puis d'autres changements se produisirent, et
l'adolescent stupéfait vit ses principaux gestes
reproduits par l'étrange plaque sensible, qui
fonctionnait à son insu depuis sa lente arrivée au
fond de l'eau.

Tour à tour les trois lingots extraits des sables
brillèrent sur le vivant panneau, qui rendait fidèlement toutes les couleurs avec une certaine
atténuation due à l'opacité du milieu liquide.

A peine terminée, la série d'ébauches recommença, pareille et dans un ordre identique.

Sans attendre la fin de ce nouveau cycle, Fogar
creusa la vase autour de l'immense roseau blanc,
qu'il put détacher du sol avec sa racine intacte.

Plusieurs plantes de même espèce, mais plus
jeunes, poussaient de divers côtés. L'habile plon-
geur en déracina quelques-unes puis remonta
enfin à l'air libre avec sa moisson et ses lingots.

Rendu à la vie pleinement consciente et débarrassé de ses caillots sanguins par l'emploi de
la fleur violette, Fogar courut s'enfermer dans
sa case afin d'examiner à loisir ses précieux vé-
gétaux.

La première plante répétait sans cesse la même
suite de tableaux classés dans un ordre invariable.

Mais les autres, bien que rigoureusement similaires sous le rapport spécifique, n'offraient aucune prise appréciable aux impressions lumineuses.

Selon toute évidence, c'était seulement à une certaine phase de leur gigantesque maturité que les neigeux roseaux recueillaient les contours colorés frappant leur tissu.

Le jeune homme se promit d'épier ce moment afin d'en tirer parti.

Les vues fixées sur la plante initiale ne pouvaient en effet le satisfaire, étant donné leur aspect trouble et nuageux.

Il voulait créer des épreuves nettes et fines, dignes d'être avantageusement placées devant tous les yeux.

Sans aucune aide, Fogar fit dans le Béhuliphruen une provision de terre végétale qu'il étala en couche épaisse contre une des parois de sa case.

C'est là qu'il transplanta ses roseaux monstres, qui, pareils à certaines algues amphibies, s'accommodèrent sans peine de cette nouvelle culture purement terrestre.

Dès lors le jeune noir resta sans cesse confiné dans sa case, surveillant jalousement son parterre, qu'il soignait avec une sollicitude constante.

Un jour, penché sur l'étroit massif, il regardait une de ses plantes, qui, déjà élancée, sem-

blait parvenue à un certain degré d'épanouissement.

Soudain un travail se produisit dans le tissu
végétal, que Fogar examina de plus près encore.

La surface blanchâtre et verticale se renouve-
lait à intervalles réguliers par suite d'un étrange
mouvement moléculaire.

Une série de transformations s'effectua ainsi
pendant un laps de temps assez prolongé ; puis
le phénomène changea de nature, et Fogar, à
peine surpris cette fois, vit ses propres traits reproduits avec vigueur par la plante avide d'assimilation picturale.

Différentes poses et expressions du modèle
unique défilèrent tour à tour sur l'écran intérieurement agité par de continuelles perturbations,
et l'adolescent eut la confirmation de l'énigme
qu'il avait à peu près devinée : son arrivée au
fond du Tez avait coïncidé avec la phase enre-
gistrante survenue dans l'évolution de la première plante, qui aussitôt s'était emparée âprement des images situées en face d'elle.

Par malheur la nouvelle suite d'aperçus, parfaite comme netteté, manquait absolument d'esthétique et d'intérêt. Fogar, n'étant pas averti,
avait pris toute sorte d'attitudes baroques, et ses
portraits, à demi grimaçants, se succédaient avec
la plus fastidieuse monotonie.

Avisant une plante voisine qui paraissait prête

à entrer prochainement dans sa période de ré-
ceptivité lumineuse, le jeune homme s'occupa
de préparer à l'avance quelque ensemble de visions dignes de retenir un moment l'attention.

Peu de jours avant, en retraversant le Béhuliphruen avec sa provision complète de terre végétale, Fogar avait découvert Juillard installé
sous d'épais ombrages.

Le travailleur s'était mis à sa place favorite, —
là même où Adinolfa l'avait déjà surpris penché
sur d'anciens journaux illustrés.

Cette fois, adonné à des recherches d'un nouveau genre, Juillard feuilletait un précieux in-
folio enrichi de gravures orientales somptueusement coloriées.

Après s'être distrait pendant quelques instants en admirant les pages éblouissantes, Fogar
avait poursuivi son chemin sans même éveiller
l'attention du penseur profondément absorbé.

Maintenant, le livre, hantant son souvenir, lui
semblait fait pour réaliser ses projets.

A l'insu de Juillard il s'empara du luxueux
ouvrage. Les enluminures contemplées à loisir
ayant éveillé sa curiosité, il vint trouver Sirdah
pour connaître le sens du récit.

La jeune fille se fit lire par Carmichaël le texte
peu touffu et put donner à son frère le résumé
suivant d'un conte arabe intitulé : *Le Poète et la
Moresque.*

A Bagdad vivait jadis un riche marchand nommé Schahnidjar.

Cultivant avec raffinement toutes les joies de la vie, Schahnidjar aimait passionnément l'art, les femmes et la bonne chère.

Le poète Ghîriz, attaché à la personne du marchand, avait mission de composer maintes strophes gaies ou plaintives et de les chanter ensuite avec charme sur des airs habilement improvisés.

Tenant à voir la vie en rose dès l'instant de son réveil, Schahnidjar exigeait de Ghîriz une aubade quotidienne destinée à chasser doucement de son cerveau la pâle théorie des beaux songes.

Exact et obéissant, le poète descendait chaque matin dans le magnifique jardin entourant de toutes parts le palais de son maître. Parvenu sous les fenêtres du riche dormeur, il s'arrêtait non loin d'un bassin de marbre d'où s'échappait un svelte jet d'eau lancé par un tube en jade.

Élevant alors jusqu'à sa bouche une sorte de porte-voix en métal terne et délicat, Ghîriz se mettait à chanter quelque élégie nouvelle éclose en sa féconde imagination. Par suite d'une résonance étrange, la légère trompe utilisée doublait chaque son à la tierce inférieure. Le poète exécutait de la sorte un véritable duo solitaire et parvenait à augmenter encore l'attrait de sa prestigieuse diction.

Bientôt Schahnidjar, complètement éveillé, paraissait à la fenêtre avec sa favorite Neddou, la belle Moresque dont il était follement épris.

Ghîriz, à l'instant même, sentait son cœur agité battre violemment. Il regardait avec ivresse la divine Neddou, qui, de son côté, lui jetait de longs regards chargés de brûlant amour.

L'aubade terminée, la fenêtre se refermait, et le poète, errant sous le ciel bleu, emportait dans son esprit l'éblouissante vision, hélas! trop fugitive. Ghîriz aimait passionnément Neddou et se savait aimé d'elle.

Chaque soir, en dilettante convaincu, Schahnidjar, voulant voir le coucher du soleil, escaladait avec la favorite certain monticule sablonneux d'où la vue s'étendait largement du côté de l'occident.

Parvenu au sommet de la stérile tumescence, l'aimable marchand se repaissait joyeusement du spectacle féerique offert par l'horizon ensanglanté.

Après la complète disparition de l'opulente boule de feu, Schahnidjar redescendait au bras de sa compagne, en pensant d'avance aux mets savants et aux boissons choisies appelés à lui procurer sous peu le bien-être et la jubilation.

Ghîriz guettait le moment de cette retraite et, se voyant seul, courait baiser avec ardeur les traces nettement gravées dans le sable mou par les pieds menus de Neddou.

C'étaient là les plus intenses joies du poète, qui n'avait aucun moyen de communiquer avec la Moresque jalousement épiée par Schahnidjar.

Un jour, las d'aimer ainsi de loin sans espoir de rapprochement, Ghîriz alla consulter le Chinois Kéou-Ngan, qui exerçait à Bagdad le double métier de prophète et de sorcier.

Interrogé sur l'avenir d'une intrigue jusqu'alors si entravée, Kéou-Ngan emmena Ghîriz dans son jardin, puis lâcha un gros oiseau de proie qui se mit à décrire dans les airs d'amples courbes majestueuses et grandissantes.

Examinant les évolutions du puissant volateur, le Chinois prédit au poète la très proche réalisation de ses désirs.

L'oiseau, rappelé, vint se poser sur l'épaule de son maître, qui, suivi de Ghîriz, rentra dans son laboratoire.

Inspiré par maints documents épars devant lui, le Chinois rédigea sur parchemin certaines instructions que le poète devait suivre pour atteindre son but.

En recevant le travail, Ghîriz remit à Kéou-Ngan quelques pièces d'or pour prix de la consultation.

Une fois dehors, le poète plein d'espoir se hâta de déchiffrer le précieux grimoire.

Il y trouva la recette d'une préparation culinaire très complexe, dont le fumet seul devait plonger Schahnidjar dans un sommeil profond et durable.

En outre, une formule magique était nettement tracée au bas de la feuille.

Prononcée trois fois à haute voix, cette suite incohérente de syllabes donnerait au plat chargé d'aliments somnifères une résonance cristalline en rapport intime avec l'assoupissement du gênant espionneur.

Aussi longtemps que la sonnerie resterait forte et rapide, les deux amants pourraient s'abandonner librement à leur ivresse, sans craindre le dormeur profondément engourdi.

Un decrescendo progressif, annonçant de loin l'instant du réveil, viendrait les avertir à temps du danger encouru.

Ghîriz prépara pour le soir même le mets en question, qu'il plaça sur un réchaud d'argent au milieu de la table copieusement garnie pour son maître.

A la vue d'une spécialité nouvelle accommodée de façon inconnue, Schahnidjar charmé prit le plat à deux mains pour en flairer voluptueusement les étranges émanations.

Mais, terrassé à l'instant même par une pesante torpeur, il s'affala lourdement, les yeux clos et la tête pendante.

Ghîriz articula distinctement sa triple incantation, et le plat, retombé sur la table, fit entendre avec force un tintement sonore et précipité.

En apprenant par son poète l'efficace intervention du Chinois, la belle Neddou tressaillit de joie et projeta une escapade nocturne dans l'immense jardin de Schahnidjar.

Le nègre Stingo, fidèle esclave de la Moresque, fut placé en faction auprès du marchand, avec mission d'avertir les deux amants au premier symptôme de faiblesse observé dans la sonnerie indicatrice.

Protégés par l'absolu dévoûment de leur sentinelle, Ghîriz et Neddou s'échappèrent en courant, libres de toute arrière-pensée.

Ils passèrent une longue nuit d'ivresse dans un éden enchanteur, au milieu des fleurs les plus rares, puis s'endormirent paisiblement à l'aube naissante, bercés par le murmure d'une cascade.

Le soleil avait accompli déjà la moitié de sa course quand Stingo vint donner l'alerte en prédisant le prochain arrêt du tintement magique récemment amoindri.

Éveillés en sursaut, les deux amants, pleins de voluptueux souvenirs, envisagèrent avec effroi la perspective d'une séparation nouvelle.

Neddou ne songeait plus qu'à secouer le joug de Schahnidjar en fuyant avec Ghîriz.

Soudain un zèbre parut, amené en cet endroit par les hasards d'une course vagabonde.

Effrayé par la présence des personnages inattendus qui lui barraient la route, l'animal voulut revenir sur ses pas.

Mais, sur un ordre de sa maîtresse, le nègre fit un bond et saisit par les naseaux le coursier promptement dominé.

Ghîriz avait compris la pensée de Neddou; leste et léger il enfourcha le zèbre puis aida sa compagne à se hisser en croupe.

Au bout d'un moment, les deux fugitifs, après un signe d'adieu fait à Stingo, s'éloignaient au galop de leur rapide monture. La Moresque brandissait, en riant de sa pauvreté, une bourse contenant quelques pièces d'or, seule fortune réservée aux frais de l'aventureuse équipée. Ghîriz, ayant la veille donné tout son avoir à Kéou-Ngan, ne pouvait rien ajouter à ce modeste pécule.

Après une course folle et ininterrompue, le zèbre, exténué, s'abattit vers le soir au sein d'une forêt ténébreuse.

Sûrs d'avoir momentanément déjoué toute poursuite, Ghîriz et Neddou voulurent apaiser leur faim aiguisée par la fatigue et par le fouettement de l'air.

Les deux amants se partagèrent la besogne.
Ghîriz devait faire provision de fruits savoureux,
tandis que Neddou chercherait quelque source
fraîche, propre à étancher la soif.

Certain arbre centenaire, au tronc géant
facilement reconnaissable, fut choisi comme
point de réunion, et chacun se mit en campagne
dans la pénombre envahissante.

A la suite de maints détours, Neddou découvrit la source souhaitée.

La jeune femme voulut aussitôt s'en retourner; mais, au milieu de la nuit rapidement
tombée, elle s'égara peu à peu, et, prise d'angoisse, erra pendant des heures sans pouvoir
retrouver l'arbre immense désigné pour but.

Folle de douleur, Neddou se mit en prière,
émettant le vœu de jeûner dix jours durant si
elle parvenait à rejoindre Ghîriz.

Réconfortée par cet élan vers la puissance
suprême, elle reprit sa marche avec un nouveau
courage.

Peu de temps après, sans savoir par suite de
quels mystérieux circuits, elle se trouva soudain
en présence de Ghîriz, qui, l'œil hagard, n'osant
quitter la place convenue, l'attendait en poussant des cris d'appel.

Neddou s'élança dans les bras du poète
en remerciant Allah de son intervention si
prompte.

Ghîriz montra sa récolte de fruits, mais Neddou refusa d'en prendre sa part en contant les détails de son vœu efficace.

Le lendemain, les deux fugitifs continuèrent à pied le chemin commencé; pendant la nuit, le zèbre s'était échappé en rompant ses liens.

Durant plusieurs jours, le couple alla de village en village, errant à l'aventure.

Neddou commençait à ressentir les tortures de la faim. Bien que désespéré, Ghîriz n'osait la pousser à enfreindre sa promesse, dans la crainte d'attirer sur elle la colère céleste.

Le dixième jour, la jeune femme était si faible qu'elle pouvait à peine avancer même en se soutenant au bras de son amant.

Soudain elle chancela et tomba inanimée sur le sol.

Ghîriz, appelant à l'aide, vit accourir une marchande de victuailles dont l'échoppe se dressait au bord de la route.

Sentant la mort prête à lui ravir sa maîtresse, le poète prit une rapide détermination.

Sur sa demande, la marchande empressée apporta divers aliments, et Neddou, rouvrant les yeux, se reput avec délice de cette nourriture bienfaisante.

Douée d'une nouvelle énergie, la jeune femme se remit en marche, afin de fuir les nombreux émissaires que le riche Schahnidjar, dont elle connaissait l'ardente passion, avait sans nul doute lancés sur ses traces.

Mais une inquiétude l'obsédait sans trêve, basée sur le remords d'avoir rompu le jeûne avant le délai voulu.

Une rencontre faite le jour suivant augmenta ses transes, qui prirent subitement une précision plus terrible.

En pleine campagne, un homme aux allures de fou l'accosta en gesticulant et lui mit le trouble dans l'âme en lui prédisant une chute vertigineuse et prochaine pour punition de son parjure.

Quelques heures passèrent pendant lesquelles Ghîriz et Neddou gardèrent le silence, douloureusement impressionnés par l'étrange prophétie.

Vers le soir, à un détour du chemin, la jeune femme poussa un cri d'effroi, cherchant à chasser de la main quelque horrible vision.

Devant elle, d'innombrables yeux sans corps ni figure apparaissaient deux à deux, en la fixant durement avec blâme et sévérité.

En outre, ces regards fascinants l'attiraient peu à peu vers le bord de la route, qui surplombait un abîme insondable hérissé de pointes rocheuses.

Étranger à cette brusque hallucination, Ghîriz ne comprenait rien à l'épouvante de son amie.

Tout à coup, sans avoir pu tenter un geste pour la retenir, il vit Neddou entraînée vers le précipice par une force invincible.

La malheureuse tomba en heurtant son corps de rocher en rocher, poursuivie dans sa chute par les yeux menaçants qui semblaient lui reprocher son offense à la Divinité.

Ghîriz, penché sur le gouffre, voulut partager le sort de son amante et d'un bond s'élança dans le vide.

Les deux cadavres s'affalèrent côte à côte, réunis pour l'éternité dans d'inaccessibles profondeurs.

*
* *

Fogar avait écouté attentivement le récit de Sirdah.

Les enluminures prenaient maintenant pour lui une signification claire et pleine d'unité, qui rendit décisive l'utilisation projetée.

Par prudence, lors de son inoffensif larcin, l'adolescent avait soustrait, en même temps que l'in-folio, un album pour écoliers dont chaque page contenait un portrait d'animal souligné par la désignation latine de l'espèce.

Les scènes coloriées du conte arabe pouvant

se trouver en nombre trop restreint, ce second ouvrage, dont chaque vue se suffisait à elle-même, assurait un copieux supplément capable d'alimenter jusqu'au bout le spectacle réclamé par la plante.

Armé de l'in-folio et de l'album en réserve, Fogar guetta l'heure propice, en observateur désormais conscient et averti.

L'instant venu, il plaça successivement devant l'énorme roseau blanc, dont il épiait les transformations atomiques, toutes les gravures d'orient échelonnées dans l'ordre du récit.

Cette série terminée, il ouvrit l'album, dont une page fut enregistrée au dernier moment.

La phase réceptive ayant pris fin, le jeune homme put constater la parfaite réussite de son opération, en voyant les images défiler avec netteté sur l'écran végétal délicatement impressionné.

Il ne restait plus qu'à soigner la plante, destinée à reproduire indéfiniment les fins tableaux qui maintenant faisaient partie d'elle-même.

Fogar remit secrètement les deux ouvrages à leur place; Juillard, absorbé par quelque nouvelle étude, n'avait pas même soupçonné leur disparition momentanée.

Possédant les éléments complets de son exhibition, l'adolescent trouva un moyen d'ingénieuse coordination.

Il prit le parti définitif de tout réunir sur son cadre, qui lui était si commode pour obtenir le sommeil léthargique générateur de caillots sanguins.

Chènevillot dota la couchette des annexes voulues, soigneusement adaptées à la forme spéciale de tel animal ou de tel objet.

Le bariolage automatique du roseau gigantesque semblait désigné pour distraire les spectateurs pendant la syncope volontaire, qui devait se prolonger avec monotonie.

Pourtant, la première phase de l'évanouissement offrant un réel attrait dû à la disparition graduelle de la vie et du souffle, il convenait de laisser Fogar en vedette exclusive jusqu'au moment de prostration absolue qui le rendait semblable à un cadavre.

Dans ce but, Chènevillot arrangea la plante comme un ciel de lit et plaça au-dessus d'elle un phare électrique à brillant réflecteur.

En choisissant pour l'expérience une heure suffisamment obscure, les vues changeantes seraient tour à tour éblouissantes ou cachées, suivant le docile caprice d'un courant maniable.

Fogar, qui tenait à faire tout lui-même, devait seul disposer de l'allumage. Mais, pendant la somnolence léthargique, une rigidité complète des jambes et des bras était nécessaire pour amener la condensation sanguine. Chènevillot soumit donc le courant électrique à l'action d'une tige horizontale, terminée par une sorte de béquille propre à emboîter l'aisselle gauche du dormeur. Encore assez lucide pour guetter la venue de la première image, l'adolescent pourrait ainsi, par un imperceptible mouvement du corps, embraser le phare au moment voulu.

Une petite alcôve, pourvue d'une illumination spéciale, servirait à montrer dans tous ses détails la structure intérieure de l'éponge bizarre et vivante.

Quand Chènevillot eut achevé son travail, Fogar s'exerça patiemment à faire rebondir son savon humide sur les trois lingots d'or fixés au pied de sa couche dans trois solides supports à griffes.

Il acquit vite une merveilleuse adresse à ce jeu difficile, réalisant de vrais prodiges de précision et d'équilibre.

Entre temps il s'occupait de la plante avec sollicitude.

La racine, soigneusement respectée, reposait maintenant dans un pot de grès fixé au cadre. Un arrosage régulier entretint la vitalité des tissus, dont les empreintes, sans cesse renaissantes, gardèrent toute leur netteté.

XVI

DEPUIS notre arrivée à Éjur, le Hongrois Skarioffszky s'exerçait quotidienne-ment sur sa cithare aux sons purs et troublants.

Sanglé dans son uniforme de tzigane qu'il ne quittait jamais, l'habile virtuose exécutait d'é-tourdissants morceaux, qui avaient le don d'é-merveiller les indigènes.

Toutes ses séances étaient suivies par un groupe de Ponukéléiens attentifs et nombreux.

Agacé par cette assistance encombrante, le grand artiste voulut choisir, pour son travail, une retraite solitaire et séduisante, bien à l'abri des visites importunes.

Chargé de sa cithare et du support pliant des-tiné à la recevoir, il gagna le Béhuliphruen, sous les hautes futaies duquel il s'enfonça d'un pas vif sans paraître hésiter sur la direction à suivre.

Après une assez longue étape, il s'arrêta au bord d'une source en un lieu pittoresque et charmant.

Skarioffszky connaissait déjà cet endroit d'isolement et de mystère; un jour il avait même tenté de se baigner dans le ruisseau limpide, qui coulait avec mille reflets sur de brillantes roches micacées; mais, à sa grande surprise, il n'avait pu vaincre la résistance de l'eau, dont la prodigieuse densité empêchait toute pénétration un peu profonde; s'affalant alors sur les genoux et sur les mains, il était parvenu à franchir en tous sens la pesante rivière sans humecter son corps soutenu au-dessus de la surface.

Négligeant cette fois l'étrange cours d'eau, Skarioffszky s'empressa d'installer cithare et support devant une roche basse pouvant servir de siège.

Bientôt, assis devant l'instrument, le virtuose se mit à jouer lentement certaine mélodie hongroise empreinte de tendresse et de langueur.

Au bout de quelques mesures, bien que très absorbé par le va-et-vient de ses baguettes, Skarioffszky eut l'intuition visuelle d'un mouvement léger s'accomplissant du côté de la rivière.

Un rapide coup d'œil lui permit d'apercevoir un ver énorme, qui, sortant de l'eau, commençait à ramper sur la berge.

Sans s'interrompre, le tzigane, par une série de regards furtifs, surveilla le nouvel arrivant, qui se rapprochait doucement de la cithare.

Faisant halte sous le support, le ver se lova sans crainte entre les pieds du Hongrois, qui, en baissant les yeux, le voyait immobile au ras du sol.

Oubliant vite l'incident, Skarioffszky continua son travail, et durant trois grandes heures des flots d'harmonie s'échappèrent sans trêve de son poétique instrument.

Le soir venu, l'exécutant se mit enfin debout; regardant le ciel pur exempt de toute menace pluvieuse, il résolut de laisser la cithare en place pour la prochaine étude.

Au moment de quitter sa retraite il aperçut le ver qui, rebroussant chemin, se dirigeait du côté de la berge pour disparaître bientôt dans les profondeurs de la rivière.

Le lendemain, Skarioffszky s'installa de nouveau près de la source bizarre et entama son labeur par une capricieuse valse lente.

Pendant la première reprise, le virtuose fut quelque peu distrait par le ver colossal, qui, se dressant hors du courant, gagna directement son poste de la veille, où il resta gracieusement enroulé jusqu'à la fin de la séance musicale.

Cette fois encore, avant de se retirer, Skarioffszky put voir l'inoffensif reptile qui, saturé de mélodie, s'enfonçait sans bruit dans le calme ruisseau.

Le même manège se renouvela pendant plusieurs jours. A l'instar des charmeurs de serpents, le Hongrois, par son talent, attirait infailliblement le ver mélomane, qui une fois capté ne pouvait plus s'arracher à son extase.

Le tzigane s'intéressa vivement au reptile, dont la confiance l'étonnait; un soir, le travail terminé, il lui barra la route avec sa main pour tenter un essai d'apprivoisement.

Le ver, sans aucune appréhension, escalada les doigts qu'on lui offrait, puis s'enroula en de multiples tours sur le poignet du Hongrois, qui relevait progressivement sa manche.

Skarioffszky fut surpris par la charge formidable qu'il lui fallait supporter. Adapté au milieu dense fourni par l'eau de la rivière, le ver, malgré sa souplesse, offrait un poids immense.

Cette première expérience fut suivie de beaucoup d'autres. Le ver connut bientôt son maître et sut obéir au moindre appel de sa voix.

Une telle docilité fit naître dans l'esprit du tzigane un projet de dressage qui pouvait conduire à de précieux résultats.

Il s'agissait d'amener le reptile à tirer lui-même quelques sons de la cithare, en cultivant patiemment sa mystérieuse passion pour l'ébranlement sonore des couches d'air.

Après de longues réflexions, Skarioffszky imagina un appareil propre à utiliser la pesanteur de l'onde spéciale habitée par le ver.

Les roches de la rivière lui fournirent quatre plaques de mica solides et transparentes, qui, taillées finement puis soudées avec de l'argile, formèrent un récipient adapté à certaines fins. Deux branches résistantes, plantées verticalement dans le sol de chaque côté de la cithare, soutinrent dans leur extrémité fourchue l'appareil à base longue et mince bâti en manière d'auge.

Skarioffszky dressa le ver à se glisser dans le récipient de mica puis à boucher en s'allongeant une rainure ménagée dans l'arête inférieure.

S'armant d'une large cosse de fruit, il eut vite fait de puiser à la source quelques pintes d'eau qu'il versa dans l'auge transparente.

Ensuite, avec l'extrémité d'une brindille, il souleva, pendant un quart de seconde, un infime fragment du corps étendu.

Une goutte d'eau s'échappa et vint frapper une corde qui vibra très purement.

L'expérience, renouvelée plusieurs fois dans la région voisine, donna une suite de notes formant ritournelle.

Soudain le même contour musical fut répété par le ver, qui de lui-même livra passage au liquide par une série de soubresauts accomplis sans erreur aux places voulues.

Jamais Skarioffszky n'eût osé compter sur une aussi prompte compréhension. Sa tâche lui parut désormais facile et fructueuse.

Mesure par mesure il apprit au ver plusieurs mélodies hongroises vives ou mélancoliques.

Le tzigane commençait par se servir de sa brindille pour éduquer le reptile, qui ensuite reproduisait sans aucun secours le fragment demandé.

Voyant l'eau se glisser à l'intérieur de la cithare par deux ouvertures de résonance, Skarioffszky, à l'aide d'une épingle, pratiqua sous l'instrument un trou imperceptible qui laissa fuir en fine cascade le trop-plein du liquide recueilli.

La provision était parfois refaite à la rivière toute proche, et le travail marchait à souhait.

Bientôt, poussé par une ambition grandissante, le Hongrois, une brindille dans chaque main, voulut obtenir deux notes à la fois.

Le ver s'étant prêté d'emblée à cette nouvelle exigence, les morceaux de cithare, invariablement basés sur le choc parfois simultané de deux baguettes, devenaient tous abordables.

Décidé à paraître au gala comme dresseur et non plus comme exécutant, le tzigane, pendant plusieurs jours, s'attela passionnément à sa besogne éducatrice.

A la fin, multipliant les difficultés, il ficela
une longue brindille à chacun de ses dix doigts
et put apprendre au ver maintes acrobaties polyphoniques généralement exclues de son répertoire.

Sûr désormais de pouvoir exhiber l'étonnant
reptile, Skarioffszky rechercha divers perfection-
nements capables d'améliorer l'appareil dans
son ensemble.

Sur sa prière, Chènevillot remplaça par une
double monture métallique, fixée au support
même de la cithare, les deux branches fourchues
qui jusqu'alors soutenaient le récipient de mica.

En outre un feutrage partiel garnissant l'instrument fut destiné à doucement amortir le choc
retentissant des pesantes gouttes d'eau.

Pour éviter l'inondation de la place des Trophées, une terrine à canal feutré devait recueillir
la mince cascade échappée de la cithare.

Ces apprêts terminés, Skarioffszky paracheva
l'éducation du ver, qui chaque jour, aux premiers sons de la cithare, sortait promptement de
l'épaisse rivière, dans laquelle le Hongrois s'em-
pressait de le replonger lui-même à la fin du travail.

XVII

E tous les fils de l'empereur, Rhéjed, âgé de douze ans, était le plus espiègle et le plus turbulent.

Il passait ses journées à inventer mille jeux bizarres, souvent assez extravagants pour mettre sa vie en danger.

Le Béhuliphruen, théâtre habituel de ses exploits, lui fournissait mainte occasion de satisfaire ses fougueux penchants.

Tantôt l'agile négrillon escaladait un arbre immense pour recueillir des nids dans les branches les plus élevées; tantôt, à coups de pierres, il donnait la chasse aux oiseaux ou aux quadrupèdes, qu'il savait prendre aussi à l'aide de pièges fort ingénieux.

Un jour, au moment de déboucher dans une étroite clairière, Rhéjed aperçut un rongeur au pelage roux, qui semblait humer le vent comme pour choisir sa route.

L'enfant tenait à la main une forte gaule récemment prise à un buisson. D'un coup de cette arme primitive il assomma le rongeur, qui tomba sur le flanc au milieu de l'espace découvert.

En s'approchant, Rhéjed remarqua une bave abondante qui s'échappait de la gueule du cadavre en exhalant une odeur spéciale prodigieusement forte; écœuré par ce spectacle, il traversa la clairière et continua son chemin.

Soudain, entendant un violent bruit d'ailes, il vit, en se retournant, un formidable oiseau de proie à longues pattes d'échassier, qui, après quelques tournoiements concentriques, s'abattit brusquement auprès du rongeur.

Rhéjed revint sur ses pas avec l'arrière-pensée de tuer le volatile, qui attaquait déjà le cadavre à coups de bec.

Voulant viser avec justesse la tête particulièrement vulnérable, il s'approcha doucement de face pendant que l'oiseau baissait le cou.

L'enfant, tout surpris, distingua au-dessus du bec deux ouvertures olfactives, qui, sans doute frappées à distance par la senteur de la bave étrange, avaient prévenu puis conduit l'oiseau impatient de goûter au festin promis.

Toujours armé de sa gaule, Rhéjed prit son élan et atteignit en plein occiput le volatile, qui s'affaissa sans un cri.

Mais, en cherchant à examiner de plus près sa nouvelle victime, l'enfant se sentit retenu au sol par un aimant invincible.

Son pied droit reposait sur une lourde pierre plate recouverte par la bave du rongeur.

Cette substance, à demi sèche déjà, formait une glu irrésistiblement puissante, et Rhéjed ne put dégager son pied nu qu'au prix de violents efforts générateurs d'écorchures profondes et cruelles.

Craignant de s'empêtrer de nouveau, l'espiègle, une fois libre, ne songea qu'à s'éloigner vivement du dangereux endroit.

Au bout d'un moment, quelques lointains frémissements d'ailes lui firent tourner la tête, et il aperçut dans les airs un second volateur de même race, qui, averti par la senteur toujours plus pénétrante, s'élançait rapidement vers la curée tentatrice.

Rhéjed conçut alors un plan hardi, basé à la fois sur les propriétés adhérentes de l'étonnante bave et sur le trouble évident que l'odeur exhalée par elle semblait porter dans le clan de certains volatiles à puissante envergure.

Différentes herbes, fraîchement foulées, lui indiquèrent le dernier chemin tracé par le rongeur.

En un point de cette passée, susceptible d'être suivie avant peu par des animaux d'espèce identique, Rhéjed creusa une petite fosse que de légers branchages dissimulèrent complètement.

Le lendemain, enchanté de la réussite de son piège, l'enfant retira de l'étroite excavation, pour le rapporter vivant dans sa case, un rongeur à toison rousse tout pareil au premier.

Obéissant à un sentiment d'émulation suscité par les projets de Fogar, l'aventureux Rhéjed voulait corser le gala en se faisant enlever dans les airs par un des oiseaux à narines répandus dans le Béhuliphruen.

Le rongeur, tué au dernier moment, fournirait une bave abondante qui, attirant par ses émanations le volateur requis, servirait ensuite au rapide agencement de quelque ingénieux attelage aérien.

Cette dernière condition nécessitait l'emploi d'un objet plat, propre à recueillir la glu animale, qui, simplement épanchée sur le sol, fût demeurée inutilisable.

Rhéjed, en explorant les débris du *Lyncée*, découvrit un léger battant d'armoire fort bien adapté à ses vues.

L'enfant n'exposa qu'en partie son projet, gardant pour lui, par crainte de l'immanquable *veto* paternel, tout ce qui se rapportait à son voyage dans l'azur.

XVIII

Il y avait deux mois que Séil-kor était parti, et nous attendions impatiemment son retour, car, les préparatifs du gala se trouvant terminés, nous sentions que l'ennui, jusqu'alors combattu par le travail ou la spéculation, ne tarderait pas à nous gagner de nouveau.

Heureusement, un incident fort inattendu vint nous offrir une distraction puissante.

Un soir, Sirdah nous fit le récit d'un événement grave accompli le jour même.

Vers trois heures, un ambassadeur du roi Yaour, traversant le Tez en pirogue, s'était fait introduire dans la case de Talou, auquel il apportait de bonnes nouvelles : le souverain du Drelchkaff, ayant eu vent de ce qui se passait à Éjur, était obsédé par l'ardent désir d'entendre chanter, en voix de tête, l'empereur vêtu de son éblouissante toilette; il accorderait sans condition la guérison de Sirdah si le père de la jeune aveugle consentait à monter en sa présence sur la scène des Incomparables pour chanter avec son émission féminine l'*Aubade* de Dariccelli.

Flatté de la demande et ravi de pouvoir à si bon compte rendre la vue à sa fille, Talou commençait déjà une réponse affirmative, quand Gaïz-dûh — c'était le nom de l'ambassadeur nègre — se rapprocha de quelques pas pour faire à voix basse de secrètes révélations. Le prétendu désir si ardemment formulé n'était qu'une ruse devant permettre à Yaour de pénétrer librement dans Éjur à la tête d'une nombreuse escorte. Connaissant l'orgueil de Talou et sachant à l'avance que son redoutable voisin voudrait l'éblouir en le recevant au milieu de toutes ses troupes, le roi espérait prendre l'armée ennemie au piège dans l'espace relativement restreint de la place des Trophées. Pendant que la population éjurienne, attirée par la cérémonie, serait massée aux abords de l'esplanade, l'armée drelchkaffienne passerait le Tez sur un pont de pirogues rapidement improvisé, puis se répandrait autour de la capitale comme une ceinture humaine, afin d'envahir de tous les côtés à la fois le lieu de la représentation. Au même instant

Yaour donnerait à son escorte le signal de l'attaque, et les guerriers ponukéléiens, pressés comme dans un étau, seraient massacrés par leurs fougueux agresseurs, qui entre maints avantages auraient celui de la surprise. Maître de la situation, Yaour se ferait proclamer empereur, après avoir réduit en esclavage Talou et toute sa lignée.

Gaïz-dûh trahissait ainsi sans remords son maître, qui rétribuait mal ses services et se montrait souvent brutal envers lui. Pour prix de sa délation il s'en rapportait à la générosité de Talou.

Décidé à tirer profit de l'avertissement, l'empereur renvoya Gaïz-dûh avec mission de convier le roi Yaour pour le jour suivant au déclin du soleil. Flairant d'avance une magnifique récompense, l'ambassadeur s'en alla plein d'espoir, tandis que Talou élaborait déjà dans sa tête tout un plan de défense et d'attaque.

Le lendemain, par ordre de l'empereur, la moitié des troupes ponukéléiennes se cacha dans les massifs du Béhuliphruen, tandis que le restant s'abritait par tout petits groupes dans les cases du quartier le plus méridional d'Éjur.

A l'heure dite, Yaour et son escorte commandée par Gaïz-dûh se placèrent debout dans une dizaine de pirogues et traversèrent le Tez.

Posté sur la rive droite, Rao, le successeur de Mossem, guettait le débarquement; il conduisit le roi jusqu'à la place des Trophées, où Talou

attendait sans armes, affublé de sa toilette féminine et entouré seulement d'une poignée de dé-
fenseurs.

En arrivant, Yaour jeta un regard autour de
lui et parut troublé par l'absence des guerriers
qu'il comptait prendre au piège. Talou marcha
au-devant de lui, et les deux monarques échangèrent quelques propos, que Sirdah, restée parmi
nous, traduisit à voix basse.

Tout d'abord, Yaour, s'appliquant vainement
à dissimuler son inquiétude, demanda s'il n'aurait
pas le bonheur de voir les belles troupes ponukéléiennes, dont on vantait partout l'audace et la
fierté. Talou répondit que son hôte avait légèrement devancé l'heure désignée et que ses guerriers, actuellement occupés à l'achèvement de
leur parure, viendraient dans quelques instants
se masser sur l'esplanade pour rehausser par leur
présence l'éclat de la représentation. Rassuré par
cette affirmation, mais craignant d'avoir éveillé
à la suite de sa question imprudente les soupçons de l'empereur, Yaour affecta aussitôt de
s'occuper de futilités. Il se mit à passionnément
admirer l'accoutrement de Talou, en manifestant
le brûlant désir de posséder quelque costume
semblable.

A ces mots, l'empereur, qui cherchait une
occasion de gagner du temps jusqu'à l'arrivée
de l'armée ennemie, se tourna brusquement vers

notre groupe et, par l'intermédiaire de Sirdah, nous donna l'ordre de trouver dans nos bagages une toilette analogue à la sienne.

Habituée à jouer le *Faust* de Gœthe au cours de toutes ses tournées, Adinolfa s'échappa en courant et revint au bout d'un moment portant sur le bras sa robe et sa perruque de Marguerite.

A la vue du cadeau qu'on lui offrait, Yaour fit entendre de radieuses exclamations. Jetant ses armes sur le sol, il put, grâce à son extrême maigreur, entrer sans peine dans la robe, qui s'agrafa par-dessus son pagne ; puis, se coiffant de la perruque blonde aux deux nattes épaisses, il fit quelques pas majestueux, semblant réellement joyeux de l'effet produit par son bizarre déguisement.

Mais une immense clameur retentit soudain au dehors, et Yaour, flairant quelque trahison, se hâta de bondir sur ses armes et de s'enfuir avec son escorte. Seul Gaïz-dûh, prêt à combattre dans les rangs de ses ennemis, se joignit aux guerriers ponukéléiens, qui, à la suite de Talou et de Rao, se précipitèrent sur les traces du roi. Aussitôt, attiré par l'émouvant spectacle qui se préparait, notre groupe prit le pas de course dans la même direction et atteignit en peu de temps la limite sud d'Éjur.

Nous pûmes facilement nous rendre compte de ce qui venait de se produire. L'armée drelchkaffienne, suivant la décision royale, avait traversé le Tez sur un pont de pirogues ; au moment où le dernier homme mettait le pied sur la rive droite, les bandes de Talou, poussant des cris en guise de signal, étaient sorties en même temps des cases d'Ejur et des massifs du Béhuliphruen pour enserrer l'ennemi de toutes parts, en se servant à leur profit de la tactique imaginée par Yaour. Déjà le sol était jonché de morts et de blessés drelchkaffiens, et la victoire paraissait acquise aux troupes de l'empereur.

Yaour, toujours affublé de sa robe et de sa perruque, s'était bravement jeté dans la mêlée et combattait parmi les siens. Armé d'une lance, Talou, portant sa traîne sur son bras gauche, fonça sur lui, et un duel étrange s'engagea entre ces deux monarques d'apparence carnavalesque. Le roi parvint d'abord à parer plusieurs coups, mais bientôt l'empereur, à la suite d'une feinte habile, perça profondément le cœur de son antagoniste.

Promptement découragés par la mort de leur chef, les Drelchkaffiens, de plus en plus décimés, ne tardèrent pas à se rendre et furent emmenés à Ejur pour être traités en captifs.

Tous les cadavres, sauf celui d'Yaour, furent lancés dans le Tez, qui se chargea de les charrier jusqu'à la mer.

XIX

PEU de temps avant la victoire de Talou, une étonnante nouvelle s'était répandue jusqu'à Éjur; on commentait la présence auprès d'Yaour d'un couple européen comprenant une jeune femme et son frère entraînés au delà du Tez par les hasards d'une exploration.

Le frère ne semblait jouer qu'un rôle fort effacé, mais la voyageuse, captivante et belle, affichait orgueilleusement sa liaison avec Yaour, sur lequel ses charmes pleins d'attraits avaient produit d'emblée une impression profonde.

Après la bataille, Talou se fit amener les deux inconnus, qui furent libres d'errer sans gardiens en attendant un arrêt touchant le sort qui leur serait réservé.

L'exploratrice — une Française nommée Louise Montalescot — se lia vite avec nous et, tout heureuse de retrouver des compatriotes, nous mit au courant des diverses péripéties dont l'enchaînement l'avait conduite avec son frère jusqu'en cette lointaine contrée africaine.

D'origine modeste, Louise était née dans la banlieue de Paris. Son père, employé dans une fabrique de poterie, gagnait régulièrement sa vie en exécutant différents modèles de vases et de récipients; cette tâche dénotait un véritable talent de sculpteur, dont le brave homme ne tirait d'ailleurs aucune vanité.

Louise avait un jeune frère, objet de sa plus ardente affection. Norbert — c'était le nom du gamin — s'exerça dès sa petite enfance sous la direction de son père et parvint, avec une grande facilité, à modeler de fines statuettes en forme de flacons ou de bougeoirs.

Envoyée de bonne heure à l'école, Louise montra d'étonnantes dispositions pour le travail; grâce à un brillant concours, elle obtint une bourse dans un lycée de filles et put faire ainsi de fortes études. A vingt ans, possédant tous ses brevets, elle vécut facilement du produit de ses leçons et se perfectionna seule dans toutes les branches des lettres et des sciences. Dévorée par la passion du fécond labeur, elle regrettait le temps qu'il lui fallait consacrer au sommeil et aux repas.

Son fanatisme l'attirant surtout vers la chimie, elle poursuivait âprement, au cours de ses veilles, certaine grande découverte depuis longtemps en germe dans son esprit. Il s'agissait d'obtenir, par un procédé purement photographique, une force motrice suffisamment précise pour guider avec sûreté un crayon ou un pinceau. Déjà Louise touchait presque au but; mais il lui manquait encore une essence très importante et jusqu'alors demeurée introuvable. Le dimanche elle allait herboriser dans les bois voisins de Paris, cherchant vainement la plante inconnue qui devait parfaire sa mixture.

Or, en lisant dans divers récits d'explorateurs maintes féeriques descriptions de la flore tropicale, la jeune fille rêvait de parcourir les brûlantes régions du centre africain, certaine de centupler, au milieu d'une végétation sans pareille, ses maigres chances de réussite.

Pour se distraire de son idée fixe, Louise travaillait chaque jour à un court traité de botanique attrayant et imagé, ouvrage de vulgarisation destiné à mettre en relief les étonnantes merveilles du monde végétal. Elle termina vite cet opuscule, qui, tiré à un grand nombre d'exemplaires, lui rapporta une petite fortune.

En se voyant à la tête de cette somme inat-

tendue, la jeune fille ne songea plus qu'à entre-
prendre le grand voyage si ardemment désiré.

Mais, depuis quelque temps, elle éprouvait une
gêne dans le poumon droit, — une sorte d'op-
pression pénible et persistante lui donnant le
sentiment d'une provision d'air impossible à
chasser. Voulant prendre un avis autorisé avant
de partir pour sa lointaine expédition, elle alla
consulter le docteur Renesme, dont elle avait lu
et admiré les célèbres ouvrages sur les maladies
de poitrine.

Le grand spécialiste fut frappé par la bizarrerie du cas. Une tumeur interne s'était formée
dans le poumon de Louise, et l'atonie de la partie malade rendait incomplète l'expulsion de
l'air inspiré.

Selon Renesme, l'affection était causée, sans
aucun doute, par certains gaz nocifs que la jeune
fille avait absorbés au cours de ses expériences
chimiques.

Il devenait urgent de créer une issue factice
à l'air, car, sans cette précaution, la tumeur ne
pouvait manquer de grossir indéfiniment. En
outre, l'appareil respiratoire serait pourvu d'une
sonorité quelconque appelée à faire constater à
toute heure son bon fonctionnement, — la
moindre obstruction d'un de ses principaux organes pouvant permettre à l'extumescence d'accomplir d'irréparables progrès.

Admirablement douée au point de vue physique, Louise, malgré la gravité de son caractère, n'était pas exempte d'une certaine coquetterie. Désespérée par la révélation de Renesme, elle chercha le moyen de rendre autant que possible gracieux et esthétique l'instrument chirurgical qui allait désormais faire partie de sa personne.

Prenant comme prétexte son prochain départ pour de périlleuses contrées, elle résolut d'adopter le costume masculin, dont la commodité convenait parfaitement aux difficultés d'une audacieuse exploration.

Son choix se fixa sur un uniforme d'officier; elle pourrait ainsi donner aux tuyaux sonores une apparence d'aiguillettes, en imitant le subterfuge grâce auquel on dissimule les cornets de sourds dans des montures d'éventails ou de parapluies.

Renesme se prêta volontiers à la réalisation de ce caprice et construisit son appareil suivant les plans demandés.

L'opération réussit à souhait; la tumeur, placée dans le bas du poumon, fut mise en communication avec l'air extérieur au moyen d'une étroite ouverture, à laquelle vint s'adapter un tube rigide subdivisé en plusieurs aiguillettes creuses et résonnantes.

Grâce à l'action bienfaisante de cette soupape, Louise pouvait mener sans crainte désormais une vie de fatigues et de labeur. Chaque soir elle devait obstruer l'ouverture avec un bouchon métallique, après avoir ôté l'appareil devenu inutile pendant la respiration calme et régulière du sommeil.

Quand elle se vit pour la première fois dans son costume d'officier, la jeune fille fut un peu consolée de sa triste mésaventure. Elle trouva sa nouvelle tenue fort seyante et put admirer l'effet de sa magnifique chevelure blonde, qu'elle laissait tomber en boucles naturelles sous son mince bonnet de police crânement incliné vers l'oreille.

Même pendant les périodes les plus actives de ses études si absorbantes, Louise n'avait jamais négligé son frère Norbert.

Sa tendresse pour lui était devenue plus attentive encore après la disparition de leurs parents, morts presque en même temps au cours d'un terrible hiver générateur d'épidémies meurtrières.

Norbert occupait maintenant le poste de son père à la fabrique de poterie et possédait un merveilleux tour de main pour exécuter rapidement toutes sortes de figurines pleines de vie et de grâce. En dehors de ce talent très réel, le jeune homme avait peu d'intelligence et subissait complètement l'excellente influence de sa sœur.

Louise voulait partager avec Norbert son opulence subite; elle résolut donc de se l'adjoindre pendant son magnifique voyage.

La jeune fille s'intéressait depuis peu à une pie apprivoisée trouvée dans d'étranges conditions. L'oiseau lui était apparu pour la première fois un dimanche, en plein bois de Chaville. Midi venait de sonner au loin, et Louise, après une fatigante séance d'herborisation, s'était assise au pied d'un arbre pour faire un frugal repas. Soudain une pie effrontée et gourmande s'approcha d'elle en sautillant, comme pour quêter des miettes de pain, qui lui furent aussitôt jetées en abondance. L'oiseau, rempli de reconnaissance, s'avança plus près encore sans aucune frayeur, se laissant caresser et prendre par la généreuse dispensatrice, qui, touchée de cette confiante sympathie, le ramena chez elle et commença son éducation. Bientôt la pie vint au moindre appel se poser sur l'épaule de sa maîtresse et poussa l'obéissance jusqu'à rapporter dans son bec tel léger objet désigné du doigt.

Louise était maintenant trop attachée à sa compagne ailée pour accepter l'idée de l'abandonner à des soins mercenaires. Elle emmena donc l'oiseau le jour où, pleine d'exubérant optimisme,

elle prit en compagnie de son frère l'express de
Marseille.

Conduits à Porto-Novo par un rapide paquebot, le frère et la sœur recrutèrent à la hâte
une petite escorte d'hommes blancs et se diri-
gèrent vers le sud. Le projet de Louise était
d'atteindre la Vorrh, que lui avaient signalée
plusieurs livres d'explorateurs; c'est là surtout
que son imagination découvrait à l'avance toutes
sortes de merveilles végétales.

Son espoir ne fut pas trompé lorsque après de
longues fatigues elle eut connaissance de l'imposante forêt vierge. Sur l'heure elle commença
ses recherches, éprouvant une joie immense en
voyant presque à chaque pas, sous forme de
fleur ou de plante, quelque nouveau trésor inconnu.

Avant son départ, Louise avait composé chimiquement certain liquide corrosif propre à faciliter sa besogne. Une goutte de cette solution,
versée sur un végétal quelconque, devait révéler, par une combustion partielle accompagnée
d'une légère fumée, la présence indubitable de
l'essence désirée.

Or, malgré l'infinie variété des spécimens entassés dans la Vorrh, les essais continuellement
répétés demeurèrent infructueux. Durant bien
des jours Louise poursuivit sa tâche avec courage, pénétrant sans cesse plus avant sous l'ad-

mirable frondaison. Parfois, apercevant sur un arbre quelque feuille bizarre et attrayante, elle la désignait à la pie, qui la cueillait avec son bec pour la lui donner.

Toute la Vorrh fut ainsi traversée du nord au sud sans aucun résultat. Louise, désespérée, ne tentait plus que machinalement son expérience habituelle quand tout à coup une goutte de sa préparation, jetée par acquit de conscience sur une plante nouvelle, provoqua la courte combustion vainement guettée depuis si longtemps.

La jeune fille eut une minute d'ivresse qui la dédommagea de ses déceptions passées. Elle fit une abondante cueillette de la précieuse plante fine et rougeâtre, dont les graines, cultivées en serre chaude, devaient lui fournir sa provision future.

C'est à la tombée de la nuit que la voyageuse avait fait sa mémorable découverte; on campa sur le lieu même de la halte, et chacun s'étendit pour dormir, après un solide repas au cours duquel toutes les décisions furent prises pour revenir promptement à Porto-Novo.

Mais le lendemain, en s'éveillant, Louise et Norbert se virent seuls. Leurs compagnons les avaient trahis, dérobant, après en avoir coupé les courroies, certaine sacoche qui, toujours portée en bandoulière par la jeune fille, contenait dans ses divers compartiments une pesante charge d'or et de billets. Songeant à éviter une dénonciation, les misérables avaient attendu l'étape la plus lointaine, afin d'enlever toute chance de retour aux deux abandonnés privés de vivres.

Louise ne voulut pas tenter l'impossible en cherchant à regagner Porto-Novo; elle marcha au contraire vers le sud, dans l'espoir d'atteindre quelque village indigène d'où elle pourrait se faire rapatrier moyennant la promesse d'une rançon. Elle fit une ample provision de fruits et sortit bientôt de la Vorrh, ayant traversé l'immense forêt tout entière sans rencontrer aucune trace de Velbar ni de Sirdah, que l'incendie devait avant peu chasser de leur retraite.

Après quelques heures de marche, Louise fut arrêtée par le Tez, dont le cours, à une certaine distance d'Éjur, remontait sensiblement vers le nord. A ce moment un tronc d'arbre descendait le cours d'eau à la dérive. Sur un signe de sa sœur, Norbert agrippa la longue épave, et, poussés par une forte branche formant godille, les deux exilés purent passer le fleuve, installés tant bien que mal sur l'écorce humide. La jeune fille avait saisi avec joie cette occasion de mettre une barrière entre elle et ses guides, qui, pouvant regretter d'avoir épargné leurs victimes, étaient encore capables de quelque retour offensif.

A partir de ce point, le frère et la sœur suivirent invariablement la rive gauche du Tez et tombèrent ainsi au pouvoir d'Yaour, que la beauté de Louise troubla profondément.

Au cours de ses études, la jeune fille s'était trouvée mêlée à un monde d'étudiants et d'étudiantes dont les doctrines très avancées avaient déteint sur elle; volontiers elle affichait le mépris de certaines conventions sociales et allait parfois jusqu'à prôner l'union libre. Yaour, jeune et de visage impressionnant, exerça un attrait puissant sur son imagination éprise d'imprévu. Or, selon ses idées, deux êtres attirés l'un vers l'autre par un élan réciproque ne devaient subir l'entrave d'aucun préjugé. Heureuse et fière du côté romanesque de l'aventure, elle se donna sans réserve au roi étrange dont la passion s'était allumée dès le premier regard.

Tout projet de rapatriement fut ajourné par ce dénoûment inattendu.

Lors de leur fuite traîtresse au sein de la Vorrh, les guides avaient laissé certain sac dont le contenu, inutile pour eux mais infiniment précieux pour Louise, se composait d'une foule d'objets et d'ingrédients se rapportant à la grande découverte photographique jusqu'alors inachevée.

La jeune femme reprit ses travaux avec ardeur, ne doutant pas de la réussite maintenant qu'elle possédait l'introuvable essence fournie par les plantes rouges de la forêt vierge.

Pourtant la besogne exigea encore de longs tâtonnements, et le but n'était pas atteint au moment de la bataille du Tez.

En achevant son récit, Louise nous avoua le violent chagrin que lui causait la mort de l'infortuné Yaour, dont le brûlant souvenir ne pouvait manquer de planer sur son existence tout entière.

XX

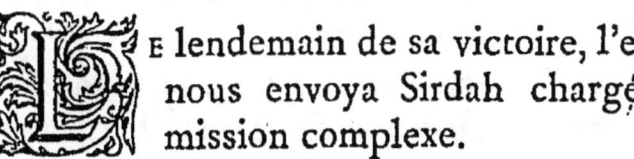E lendemain de sa victoire, l'empereur nous envoya Sirdah chargée d'une mission complexe.

Talou, qui aux fonctions de souverain joignait celles de chef religieux, devait se sacrer lui-même roi du Drelchkaff, titre auquel son dernier succès lui donnait droit.

Or le monarque prétendait rehausser l'éclat de l'insigne proclamation en la faisant coïncider avec le gala des Incomparables.

Voulant impressionner ses sujets, il nous demandait en outre de lui indiquer quelque tradition grandiose en usage chez les blancs.

Juillard parla aussitôt de la sainte ampoule et s'offrit pour fournir d'avance tous les détails nécessaires sur la façon d'administrer l'huile consacrée. En même temps, Chènevillot résolut d'ériger un petit autel sur le côté nord de la place des Trophées.

Cette première question tranchée, Sirdah continua l'énoncé de ses requêtes.

Yaour IX n'ayant aucun parent issu d'Yaour Ier, sa mort marquait l'extinction définitive de sa race.

Pour embellir la cérémonie du sacre et affirmer les droits incontestables des Talou, l'empereur désirait exposer une sorte de pièce généalogique sur laquelle, après avoir pris Souann pour point de départ, on soulignerait de façon saisissante l'anéantissement de la branche rivale.

Très orgueilleux de son origine européenne, l'empereur tenait à voir figurer sur le document projeté l'antique portrait qui, pieusement transmis de père en fils dans la lignée des Talou, représentait les deux sœurs espagnoles épouses de Souann.

Juillard se chargea volontiers d'établir cet acte dynastique, appelé à orner l'autel déjà construit dans la pensée de Chènevillot.

En dehors de ces divers détails, une curieuse figuration devait être fournie par le cadavre même du malheureux Yaour.

La lance avec laquelle l'empereur avait frappé le roi défunt portait à sa pointe, comme beaucoup d'armes ponukéléiennes, un poison très violent qui, en déterminant la mort infaillible, possédait en outre l'étrange propriété d'empêcher pendant quelque temps toute putréfaction des tissus.

Le corps de l'illustre vaincu pourrait donc, même après une attente durable, être placé pour la solennité sous le caoutchouc caduc jadis dédié à la race des Yaour.

D'après l'empereur, cette humiliation imposée à la plante maudite réclamait, par contraste, une décoration glorieuse du palmier semé plus tard par Talou IV.

L'ouvrier peintre Toresse fut choisi pour composer un écriteau commémoratif rappelant la restauration déjà lointaine, dont la date coïncidait exactement avec la genèse de l'arbre.

Sirdah nous apprit en même temps que le jour du sacre serait marqué par le supplice de tous les coupables, dont Rao deviendrait l'exécuteur.

Gaïz-dûh, qui à sa demande d'une splendide récompense n'avait obtenu de l'empereur que cette seule réponse : « *Tu es un traître, et tu seras puni comme un traître* », devait avoir la tête coupée avec un tranchant de hache fait en un bois spécial aussi résistant que le fer et propre à éviter toute effusion de sang.

Mossem aurait la plante des pieds brûlée au moyen d'un fer rouge, qui graverait un à un les caractères mensongers tracés jadis par lui-même sur l'acte mortuaire de Sirdah.

Rul périrait sous la piqûre des longues épingles d'or qui depuis tant d'années ornaient sa chevelure; les pointes perceraient sa chair à travers les œillets du corset rouge, maintenant réduit à l'état de loque par un trop long usage.

Pour Djizmé, l'empereur, dont l'imagination était à bout de ressources, nous demandait l'indication de quelque supplice en usage dans nos pays. Chènevillot eut alors une pensée qui, en évitant toute souffrance à la condamnée, avait en outre l'avantage de reculer sa mort à une date peut-être lointaine. Parmi ses fournitures, l'architecte possédait un paratonnerre du plus récent modèle, qu'il destinait au château du baron Ballesteros. Il était facile, au prochain orage suffisamment direct, de mettre Djizmé en contact avec le fil conducteur de l'appareil et de la faire ainsi électrocuter par les nuages. Or le mauvais temps était rare à Éjur, et quelque événement imprévu, capable de délivrer l'infortunée, pouvait fort bien précéder le premier éclat de foudre à venir.

L'industrieux Naïr devait avoir la vie sauve à cause des pièges si utiles qu'il fabriquait en vue de détruire les moustiques. Mais, pour l'auteur du billet illustré adressé à Djizmé, la simple captivité exempte de tourments constituant, paraît-

il, un châtiment trop doux, Talou désirait voir
s'élever, au bord de la place des Trophées, une
sorte de socle sur lequel serait fixé le collet
tendu certain soir par Séil-kor. Voué à une immobilité continuelle et trouvant à peine la place de
s'étendre pour sommeiller, Naïr, le pied pris dans
la boucle qui une fois déjà lui avait été fatale, tra-
vaillerait sans relâche à la confection de ses délicats engins. Pour ajouter le supplice moral à
l'énervante contrainte physique, le chapeau melon, le gant de Suède et la lettre à vignettes, véritables instruments de sa ridicule mésaventure,
seraient placés sans cesse à portée de sa vue.

Afin de rendre plus complète la figuration du
sacre, Talou réclamait encore une prison, d'où
les condamnés, preuves vivantes de son pouvoir
absolu, assisteraient à son triomphe.

Après l'exposé de ces sinistres nouvelles, Sirdah nous fit part d'un événement heureux également fixé pour le jour du gala. Il s'agissait de
sa propre guérison effectuée par le sorcier Bachkou, qui maintenant était soumis à l'autorité de
Talou. Dans son impatience, l'empereur avait
voulu conduire sa fille à l'habile opérateur le
soir même de la bataille du Tez. Mais Sirdah s'é-
tait refusée à recouvrer la vue en une journée
souillée par tant de sang répandu. Elle préférait
garder cette joie supplémentaire pour la date

du sacre, déjà signalée par l'éclatante glorification de son père.

Quelques mots concernant les Montalescot terminèrent le mandat de Sirdah.

Aux yeux de l'empereur, Louise avait mérité le châtiment suprême par le seul fait de sa liaison amoureuse avec l'ennemi mortel dont tout souvenir devait disparaître. Talou allait même jusqu'à englober l'inoffensif Norbert dans la haine que lui inspirait tout ce qui, de près ou de loin, avait connu la faveur d'Yaour. Mais Sirdah, fort à propos, avait piqué la curiosité de son père par l'exposé de la grande découverte qui hantait la jeune femme; désireux de voir fonctionner l'appareil projeté, Talou s'était promis de surseoir au jugement de l'étudiante, qui pouvait librement poursuivre son labeur.

*
* *

Huit jours suffirent à Chènevillot pour exécuter ses nouveaux travaux.

Au nord de la place des Trophées s'élevait un petit autel précédé de plusieurs marches; en face, sur le côté sud, s'étendait une prison destinée aux condamnés, et, non loin du théâtre des

Incomparables, on voyait se dresser, muni de tous les accessoires demandés, un socle en bois sur lequel Naïr fut immédiatement installé.

Particulièrement séduit par l'idée de faire périr Djizmé sous une étincelle céleste, Talou avait pleinement approuvé le projet de Chènevillot. Mise au courant du genre de supplice qu'on lui réservait, la malheureuse avait obtenu de l'empereur deux suprêmes faveurs : celle de mourir sur la natte blanche aux multiples dessins que son amant lui avait jadis offerte, et celle de porter à son cou, au moment fatal, une carte à triple lunaison qui, en évoquant ses jours de brillantes réceptions, lui rappellerait au milieu de sa détresse son temps de splendeur toute-puissante.

Chènevillot s'était servi de la natte en question pour tapisser un appareil d'électrocution que la foudre seule devait actionner.

XXI

LES Montalescot s'étaient vite habitués à leur nouvelle résidence. Louise s'occupait avec passion de son étonnante découverte, pendant que Norbert explorait curieusement le Béhuliphruen ou la rive droite du Tez.

La pie apprivoisée, toujours fidèle, faisait l'admiration de tous par son attachement et son intelligence; l'oiseau, réalisant chaque jour de nouveaux progrès, exécutait avec une sûreté merveilleuse les ordres les plus divers dictés par sa maîtresse.

Un jour, en errant au bord du Tez, Norbert fut séduit par l'extrême souplesse d'une terre jaunâtre légèrement humide, dont il s'empressa de faire provision. Le jeune homme put dès lors occuper ses loisirs en modelant, avec sa facilité habituelle, de charmantes statuettes délicieusement campées, qui une fois séchées au soleil prenaient la consistance et l'aspect de la terre cuite. Talou, s'intéressant manifestement à ces travaux artistiques, semblait élaborer quelque projet dont une circonstance fortuite amena bientôt la complète maturité.

Depuis que nous séjournions à Éjur, diverses bêtes de boucherie, embarquées sur le *Lyncée* pour être abattues en cours de route, avaient contribué tour à tour à notre alimentation. Grâce au maître-coq parcimonieux, fort ménager de cette précieuse réserve, il restait encore plusieurs veaux appelés à subir le sort de leurs compagnons. Le prévoyant cuisinier se décida enfin à entamer ce groupe de survivants et nous servit un soir à dîner, en même temps que les tranches appétissantes de la première victime, un plat de mou finement assaisonné. Talou, qui par instinctive curiosité s'était toujours montré friand de nos mets européens, goûta soigneusement cette dernière préparation, dont il voulut aussitôt connaître la provenance et l'aspect naturel.

Le lendemain, Sirdah, triste et angoissée, vint nous trouver de la part de son père, dont elle commenta les pénibles instructions par une foule d'appréciations personnelles.

A son avis, Talou exécrait Louise, dont l'image s'associait toujours dans sa pensée avec celle du roi Yaour. Le frère et la sœur étaient confondus dans le même sentiment d'aversion farouche, et l'empereur ne leur offrait un double exeat qu'en échange de prodiges irréalisables, dont il avait laborieusement réglé tous les détails avec un raffinement plein de malicieuse cruauté.

Parmi les caisses et ballots éventrés lors de l'accident du *Lyncée*, se trouvait un important stock de jouets adressé à un marchand de Buenos-Ayres. Talou s'était fait montrer en détail tous les articles, nouveaux pour lui, contenus dans le colis, s'intéressant spécialement aux objets mécaniques, dont il manœuvrait lui-même le remontoir. Il avait distingué surtout certain chemin de fer qui le ravissait par son merveilleux roulement dû à un complexe réseau de rails facilement démontables. C'est de cette amusante invention qu'était issu en partie le projet dont Sirdah venait nous exposer le détail.

Inspiré par son dernier dîner, Talou exigeait du pauvre Norbert la construction d'une statue de grandeur naturelle, captivante comme sujet et suffisamment légère pour rouler, sans les détériorer, sur deux rails crus faits de cette même matière inconsistante si bien accommodée la

veille par le maître-coq. En outre, sans parler cette
fois d'aucun poids spécial, l'empereur réclamait
trois œuvres sculpturales plus ou moins articu-
lées, dont seule la pie savante devait, à l'aide de
son bec ou de ses pattes, mettre le mécanisme
en mouvement.

Ces conditions remplies, se joignant au bon
fonctionnement de l'appareil dont Louise poursuivait l'achèvement, assureraient la liberté
du frère et de la sœur, qui dès lors pourraient se
joindre à notre détachement pour atteindre Porto-
Novo.

Malgré l'extrême rigueur de cet ultimatum,
Louise, sans céder à l'abattement, comprit que
son devoir était d'encourager et de guider
Norbert.

Il s'agissait, en premier lieu, de trouver une
matière à la fois légère, flexible et résistante,
pouvant servir à élever une statue presque impondérable.

On fit à l'aventure des recherches dans les
bagages extraits de notre navire, et Louise poussa
brusquement un cri de joie en découvrant plusieurs paquets importants, bourrés de baleines de
corsets uniformément noires. En consultant les
étiquettes, on vit que l'envoi était fait par une
maison en liquidation, qui sans doute avait cédé
au rabais une partie de son approvisionnement
de réserve à quelque fabricant américain.

Les intérêts en jeu étant trop graves pour laisser place à aucun scrupule, Louise s'empara de la marchandise, quitte à dédommager plus tard le destinataire.

Pour choisir le sujet captivant imposé par les instructions de l'empereur, la jeune femme n'eut qu'à puiser au hasard dans sa mémoire copieusement enrichie par d'innombrables lectures. Elle se souvint d'une anecdote contée par Thucydide dans son *Histoire de la Guerre du Péloponèse,* alors qu'en de rapides préliminaires l'illustre chroniqueur cherche à comparer le caractère athénien et la mentalité spartiate.

Voici quel est en substance le classique récit tant de fois traduit par maintes générations de lycéens.

Un riche Lacédémonien nommé Kténas avait à son service un grand nombre d'ilotes.

Au lieu de mépriser ces esclaves ravalés par ses concitoyens au niveau des bêtes de somme, Kténas ne songeait qu'à relever au moyen de l'instruction leur niveau moral et sensitif. Son but noble et humanitaire était d'en faire ses égaux, et, pour forcer les plus paresseux à étudier avec zèle, il avait recours à de sévères punitions, ne craignant pas d'user parfois de son droit de vie et de mort.

Le plus récalcitrant du groupe était sans contredit un certain Saridakis, qui, aussi mal doué qu'apathique, se laissait distancer sans honte par tous ses camarades.

Malgré les plus durs châtiments, Saridakis restait stationnaire, consacrant vainement des heures entières à la simple conjugaison des auxiliaires.

Kténas vit dans cette manifestation de complète incapacité l'occasion de frapper d'une façon terrible l'esprit de ses élèves.

Il donna trois jours à Saridakis pour graver définitivement le verbe ειμι dans son souvenir. Ce délai écoulé, l'ilote, devant tous ses condisciples, articulerait sa leçon en face de Kténas, dont la main armée d'un stylet atteindrait à la moindre faute le cœur du coupable.

Sûr d'avance que le maître agirait suivant ses terrifiantes promesses, Saridakis, torturant son cerveau, fit d'héroïques efforts pour se préparer à la suprême épreuve.

Au jour dit, Kténas, rassemblant ses esclaves, se plaça près de Saridakis, en dirigeant vers la poitrine du malheureux la pointe de sa lame. La scène fut courte; le récitant se trompa grossièrement dans le duel de l'unique imparfait, et un coup sourd résonna soudain au milieu du silence angoissé. L'ilote, le cœur transpercé, tourna un instant sur lui-même et tomba mort aux pieds de l'inexorable justicier.

Sans hésiter Louise adopta cet émouvant modèle.

Secondé par les indications de sa sœur, Norbert parvint à élever, avec les flexibles baleines, une légère statue munie de roues. Les clous et outils nécessaires à ce travail lui furent délivrés par Chènevillot, qui construisit lui-même une bascule bien équilibrée propre à recevoir au dernier moment les rails délicats et fragiles. Pour compléter l'œuvre pleine de vigueur impressionnante, Louise traça en lettres blanches sur le socle noir un large titre explicatif, précédant la conjugaison du fameux duel murmuré par les lèvres expirantes de l'ilote.

Les effigies à mouvement commandées par l'empereur réclamaient maintenant trois autres sujets.

L'enthousiaste Louise était grande admiratrice de Kant, dont les portraits hantaient fort nettement son esprit. Sous ses yeux Norbert exécuta un buste de l'illustre philosophe, en ayant soin d'évider l'intérieur du bloc pour ne laisser au sommet de la tête qu'une couche argileuse sans nulle épaisseur. Chènevillot disposa dans la cavité cranienne un jeu de lampes électriques à puissants réflecteurs, dont l'éclat devait figurer les flammes géniales de quelque lumineuse pensée.

Louise s'inspira ensuite d'une vieille légende bretonne relatant de façon touchante l'héroïque et célèbre mensonge de la nonne Perpétue, qui ne craignit pas de risquer sa vie en refusant de livrer aux sbires lancés à leur poursuite deux fugitifs cachés dans son couvent.

Cette fois ce fut un groupe entier que Norbert dut modeler avec art et patience.

En dernier lieu, le jeune homme, docile instrument de sa sœur, évoqua le régent courbé devant Louis XV; l'étudiante aimait l'antithèse contenue dans cette humble marque de respect donnée à un enfant par le plus puissant personnage du royaume.

Chaque œuvre était munie d'un mécanisme très simple, spécialement adapté au bec ou aux pattes de la pie, dont l'éducation coûta plus de peine qu'on ne pouvait s'y attendre.

En effet, le nouveau travail était beaucoup plus complexe que les insignifiants tours de force accomplis jusqu'alors par l'oiseau. Les mouvements devaient être exécutés à la file sans pilotage ni indications, et le volatile retenait difficilement une telle série d'évolutions différentes et précises. Norbert aida sa sœur pour le laborieux dressage qu'il était urgent de mener à bien.

Cependant Louise poursuivait activement ses travaux chimiques, dont les dernières manipulations exigeaient un local aménagé d'une façon toute particulière au point de vue de l'éclairage.

Sur sa demande, Chènevillot édifia une sorte de logette fort exiguë, dont les parois, prudemment privées d'issues, n'engendraient aucun rais.

Une lumière jaunâtre très atténuée devait seule être admise au sein du laboratoire; or un vitrage teinté, même assombri par la plus dense opacité, n'aurait pu manquer de produire des reflets désastreux sur l'étrange plaque sensible en préparation.

La solution du problème fut donnée par Juillard, qui avait assisté aux entretiens de Louise et de l'architecte.

Le savant possédait dans sa grande caisse de livres un précieux exemplaire de la *Jolie Fille de Perth,* provenant de la première édition du célèbre ouvrage. Les pages vieilles de plus d'un siècle étaient complètement jaunies et pouvaient servir à tamiser et à ternir l'aveuglante clarté du soleil africain.

Malgré le prix inestimable de cette pièce extrêmement rare, Juillard, sans hésiter, l'offrit à l'étudiante, qui, la trouvant parfaitement adaptée à ses projets, remercia chaudement l'aimable donateur.

Chènevillot découpa les feuillets en forme de tuiles, qui, disposées sur plusieurs épaisseurs et

maintenues par une fine charpente, composèrent
la partie supérieure de la logette. Un judas pratiqué au milieu de cette légère toiture permet-
trait à la prisonnière de venir parfois humer un
peu d'air pur, après avoir couvert soigneusement
ses divers ustensiles et ingrédients. La prudence
devant, dans un cas aussi grave, l'emporter sur
le confort, c'est par cette ouverture laissée
unique à dessein que Louise effectuerait ses en-
trées et ses sorties, au moyen de deux petites
échelles doubles à degrés plats fabriquées par
l'architecte dans ce but spécial. La moindre in-
filtration lumineuse pouvait en effet compro-
mettre la réussite du travail, et le judas du plafond se prêtait mieux qu'aucune porte latérale à
une fermeture hermétique garantie par son
propre poids.

La logette se dressait sur la place des Trophées, non loin de la Bourse, dont la séparaient
les statues de Norbert correctement alignées.
Avant de poser le toit, Chènevillot avait aménagé l'intérieur, qui contenait une des échelles
doubles, une chaise volante et une table chargée
des fournitures nécessaires à la merveilleuse découverte.

Louise passa dès lors la plus grande partie de
ses journées enfermée dans son laboratoire, parmi
ses drogues, ses cuvettes et ses plantes; elle employait ses moments de liberté à parfaire le dres-

sage de la pie, qui lui tenait toujours fidèle compagnie au sein du fragile cachot.

Quand on interrogeait la jeune femme sur
l'issue de ses triturations chimiques, elle semblait
pleine d'espérance et de joie.

XXII

Sur ces entrefaites Séil-kor reparut à la tête de ses porteurs noirs, qui pliaient sous le poids de nombreuses marchandises achetées avec l'argent des rançons. Chaque tributaire avait payé dans la mesure de ses moyens, et les familles des plus pauvres matelots, réunissant leurs économies, s'étaient résignées à verser leur contingent dans l'ensemble.

Après une longue conférence avec l'empereur, Séil-kor vint nous communiquer les nouvelles. Les lettres rédigées par nous ayant rapporté une somme suffisante, notre libération, de ce côté, ne souffrirait aucun retard. Mais une condition imprévue restait à remplir.

Depuis le combat sanglant livré aux troupes drelchkaffiennes, Talou, cherchant la solitude

sous les massifs du Béhuliphruen, avait passé bien
des heures à composer maintes strophes sonores
qui, prenant pour sujet la victoire remportée sur
Yaour, devaient enrichir la *Jéroukka* d'un chant
supplémentaire intitulé la *Bataille du Tez*.

A l'occasion de son sacre, l'empereur ferait
chanter l'épopée entière par ses troupes ; mais le
nouveau chant, terminé le matin même, était encore ignoré des guerriers noirs, et de longues
études seraient nécessaires pour l'apprendre à un
groupement aussi nombreux.

En conséquence, Talou confiait à Carmichaël le soin d'exécuter au jour dit, avec sa
resplendissante voix de tête, la portion récente
de son œuvre. Un tel choix aurait encore l'avantage de mettre en relief les strophes inconnues
du vaste poème et de souligner cette *première*,
devenue ainsi sensationnelle.

Pour chanter la *Bataille du Tez* le jeune Marseillais garderait son costume masculin, car
Talou voulait se sacrer roi du Drelchkaff dans
la toilette même qu'il portait le jour de sa victoire, toilette à grand effet dont la forme lui
semblait particulièrement majestueuse. L'empereur comptait d'ailleurs faire partie du programme en vocalisant l'*Aubade* de Dariccelli.

Son explication achevée, Séil-kor remit à
Carmichaël une large feuille de papier couverte par lui de mots étranges mais parfaite-

ment lisibles, dont la périlleuse prononciation
se trouvait fidèlement reproduite au moyen de
l'écriture française; c'était la *Bataille du Tez*,
transcrite à l'instant par le jeune noir sous la
dictée de l'empereur.

L'air était fourni par la répétition continuelle
d'un motif unique et bref, que Séil-kor ap-
prendrait facilement à Carmichaël.

Comptant sur la peur pour obtenir une interprétation parfaite, Talou punissait d'avance la
moindre faute de mémoire par trois longues
heures de consigne, pendant lesquelles, travail-
lant en vue d'une nouvelle récitation lyrique
soumise au même code, Carmichaël, immobile
et debout, la face tournée contre un des sycomores de la place des Trophées, repasserait sa
leçon sous l'étroite surveillance d'un noir.

Ayant recueilli l'acquiescement forcé du jeune
chanteur, Séil-kor, toujours mandataire de Talou,
exigea de nous un simple conseil sur le rôle que
pourraient jouer dans la cérémonie du sacre les
trente-six frères de Sirdah.

Il nous parut que des enfants de cet âge, tout
désignés pour l'emploi de pages servants, ajoute-
raient au pittoresque du tableau en portant la
longue traîne de leur père au moment où celui-ci
se dirigerait majestueusement vers l'autel. Mais
six tout au plus trouveraient place autour de la

jupe, et un tirage au sort s'imposait. Chènevillot prit alors l'engagement de fabriquer un
grand dé à jouer qui servirait à nommer les élus
parmi les nombreux garçonnets divisés en six
rangées.

Quant aux dix épouses de l'empereur, elles
devaient exécuter la *Luenn'chétuz*, danse hiéra-
tique intimement liée aux rites rares et mar-
quants.

En terminant, Séil-kor nous montra une
longue bande de parchemin enroulée sur elle-
même et couverte de groupes belliqueux grossièrement dessinés par Talou.

Au cours de ses campagnes, l'empereur, sans
rien écrire, prenait des notes quotidiennes uniquement basées sur l'image, fixant à l'aide de
croquis, pendant que sa mémoire était fraîche
et précise, les différentes opérations accomplies
par ses troupes.

Une fois revenu dans sa capitale, il se servait
de ce guide stratégique pour composer ses vers,
et nous avions en somme sous les yeux le propre
canevas de la *Jéroukka*.

Ayant découvert dans nos bagages un baro-
mètre enregistreur dont il s'était fait expliquer
la marche, Talou rêvait de voir ses dessins défiler automatiquement sur le rouleau mobile du
précieux instrument.

La Billaudière-Maisonnial, habitué aux travaux délicats, se chargea de réaliser l'impérial désir; il sortit de la boîte barométrique le fragile mécanisme, dont il accéléra le mouvement, et bientôt un ingénieux appareil, revêtu de la bande de parchemin, fonctionna près de la scène des Incomparables.

XXIII

QUELQUES jours passèrent encore, pendant lesquels Carmichaël apprit à la façon des perroquets le texte barbare de la *Bataille du Tez*. Guidé par Séil-kor, il avait retenu sans peine l'air étrange adapté aux strophes et se sentait en mesure de chanter avec maîtrise le nouveau fragment de la *Jéroukka*.

A la Bourse le *Carmichaël* n'avait cessé de monter depuis qu'un chant ponukéléien, œuvre prodigieusement bizarre comme paroles et comme musique, s'était substitué au répertoire habituel du jeune Marseillais.

Aux approches du grand jour la spéculation avait pris un nouvel essor, et une dernière séance, qui promettait d'être mouvementée, de-

vait avoir lieu juste avant le début de la représentation.

*
* *

Désireux de contribuer à la magnificence du
gala en tissant un riche manteau de sacre destiné à l'empereur, Bedu installa au-dessus du
Tez son fameux métier, qui n'avait nullement
souffert pendant l'échouement.

Il dressa une carte de l'Afrique environnée
d'une vaste portion de mer et marqua en rouge
vif toute la contrée soumise au sceptre de Talou.

La limite sud du Drelchkaff étant imparfaite-
ment connue laissait le champ libre à l'artiste,
qui par flatterie prolongea le royaume jusqu'au
cap de Bonne-Espérance, dont il traça le nom en
toutes lettres.

Le réglage des aubes effectué, la machine fut
mise en mouvement, et bientôt un lourd vêtement d'apparat était prêt à s'affaler, au moment
solennel, sur les épaules du souverain.

Encouragé par cette réussite, Bedu voulut
ménager une surprise à Sirdah, qui nous avait
toujours témoigné tant de bonté et de dévoûment.

Il dessina pour elle un somptueux modèle de manteau, dont les sujets d'ornement reproduisaient maintes émouvantes scènes du Déluge.

L'inventeur comptait mettre l'appareil au point le matin même du sacre pour le faire fonctionner devant Sirdah, qui, après sa guérison, ne pourrait manquer de contempler avec un vif plaisir la vision fournie par le travail féerique du prodigieux mécanisme.

L'opération de Bachkou devant avoir lieu à la nuit tombante, un phare d'acétylène, trouvé dans le matériel du *Lyncée* puis installé au bord de l'eau, darderait sur la machine même les gerbes éclatantes projetées par son réflecteur.

* * *

Pour amplifier le spectacle consacré au fleuve, Fuxier résolut de confectionner plusieurs pastilles bleues, qui, plongées dans le courant, créeraient à la surface des eaux toutes sortes d'images distinctes et fugitives.

Avant de se mettre à l'œuvre, il nous consulta collectivement sur le choix des sujets à traiter et recueillit pêle-mêle une foule d'idées, dont il ne retint que les suivantes :

1° Persée portant la tête de Méduse.

2° Un festin espagnol accompagné de danses échevelées.

3° La légende du poète provençal Giapalu, qui, étant venu certain jour chercher l'inspiration dans le site pittoresque où le Var jaillit du sol, laissa surprendre ses secrets par le vieux fleuve, curieusement penché pour lire au-dessus de son épaule. Le lendemain, les flots murmurants récitèrent depuis la source jusqu'à l'embouchure les vers nouveaux, qui frappés au coin du génie furent aussitôt connus dans tout le pays sans apporter aucun nom d'auteur. Giapalu stupéfait voulut en vain établir sa paternité; on le traita d'imposteur, et le pauvre poète mourut de chagrin sans avoir connu la gloire.

4° Une particularité du pays de Cocagne concernant la régularité du vent, qui donnait l'heure exacte aux habitants sans aucune peine d'entretien ni de remontage d'horloge.

5° Une aventure galante du prince de Conti, racontée par lui-même en ces termes discrets dans sa correspondance:

Au printemps de l'an 1695, François-Louis de Bourbon, prince de Conti, était l'hôte d'un vieillard octogénaire, le marquis de ***, dont le château se dressait au milieu d'un parc immense et ombreux.

L'année précédente, le marquis avait épousé une jeune femme dont il se montrait fort ja-

loux, tout en n'ayant pour elle que des attentions de père.

Chaque nuit, le prince de Conti allait retrouver la marquise, dont les vingt ans ne pouvaient
s'accommoder d'une éternelle solitude.

Ces visites réclamaient d'infinies précautions.
Pour ménager en cas d'alerte un prétexte à sa
fuite, le prince lâchait dans le parc, avant
chaque rendez-vous, certain geai apprivoisé, qui
depuis longtemps déjà le suivait dans tous ses
voyages.

Un soir, concevant quelques soupçons, le
marquis alla frapper chez son hôte; n'ayant pas
obtenu de réponse, il pénétra dans la chambre
vide et aperçut les vêtements de l'absent épars
sur un meuble.

L'octogénaire se rendit aussitôt chez sa femme
en la sommant de le recevoir sur-le-champ. La
marquise ouvrit sa fenêtre sans bruit et la re-
ferma de même, pendant que son amant se laissait glisser jusqu'au sol. Cette manœuvre avait
demandé quelques secondes à peine, et le verrou
de la porte put être tiré en temps voulu.

Le vieux jaloux entra sans rien dire et visita
en vain tous les recoins de la chambre. Après
quoi, l'idée d'une évasion par la fenêtre lui étant
venue à l'esprit, il sortit du château et se mit à
fureter dans le parc.

Bientôt il découvrit Conti à demi nu, qui lui

exposa les recherches auxquelles il se livrait par suite de l'escapade de son geai.

Le marquis voulut accompagner son hôte pour voir s'il disait vrai. Au bout de quelques pas le prince s'écria : « Le voici! » en montrant, perché sur un arbre, l'oiseau apprivoisé, qui au premier appel vint se poser sur son doigt.

Les soupçons du vieillard se dissipèrent aussitôt, et l'honneur de la marquise demeura sauf.

Armé de ces cinq sujets, Fuxier recommença, dans son bloc de substance bleue, le travail minutieux qu'il avait déjà mené à bien pour le modelage interne des diverses pastilles rouges réclamées par la figuration du tableau shakespearien.

XXIV

Un matin, Séil-kor faillit périr victime de son dévoûment à l'empereur. Vers dix heures, on l'apporta sanglant sur la place des Trophées pour le remettre entre les mains du docteur Leflaive.

L'accident avait eu pour cause un événement rapide et inattendu.

Quelques minutes avant, le traître Gaïz-dûh avait réussi à s'échapper. Séil-kor, témoin de ce coup d'audace, s'était lancé à la poursuite du fugitif, qu'il avait bientôt rattrapé puis saisi par le bras gauche.

Gaïz-dûh, dont la main droite serrait une arme, s'était retourné avec colère pour frapper Séil-kor à la tête; le léger retard issu de cette brusque scène avait permis aux gardiens d'accourir et de ramener en même temps le prisonnier et le blessé.

Le docteur Leflaive pansa la plaie et promit
de sauver le malade.

Dès le lendemain, tout danger de mort était
complètement écarté, mais des troubles psychiques ne tardèrent pas à se manifester, déterminés par une importante lésion du cerveau.
Séil-kor avait perdu la mémoire et se refusait à
reconnaître aucun visage.

Darriand, en visitant le malade, vit une occasion merveilleuse d'accomplir un miracle à l'aide
de ses plantes hypnotiques. Possédant plusieurs
pellicules vierges de tout coloriage, il pria Bedu
de peindre sur une de ces longues bandes
souples et transparentes un certain nombre de
scènes empruntées à la période la plus marquante
de la vie de Séil-kor.

L'idylle avec Nina devait sans conteste avoir
la préférence. Transporté auprès de son amie,
qu'il croirait réellement présente à ses yeux, le
jeune noir pourrait éprouver une émotion salutaire propre à lui rendre brusquement toutes ses
facultés.

Parmi les reliques du pauvre dément on trouva
une large photographie, qui, montrant Nina de
face, fournit à Bedu de précieuses indications.

**
* *

Ayant achevé la préparation de ses pastilles, Fuxier, sur nos instances, voulut bien compléter sa série d'expériences par l'éclosion d'une grappe de raisin dont chaque grain contiendrait un sujet différent.

On quêta de nouvelles inspirations à la ronde. Libre de régler à sa guise l'importance de la grappe, Fuxier arrêta le nombre des grains à dix et jeta son dévolu sur les thèmes suivants :

1° Un aperçu de la Gaule celtique.

2° La fameuse vision du comte Valtguire, qui aperçut en songe un démon sciant le corps de son ennemi mortel, Eudes, fils de Robert le Fort. Encouragé par ce signe, qui semblait lui promettre l'appui du ciel en vouant son adversaire à la mort et à la damnation, Valtguire, oubliant toute prudence, redoubla d'acharnement dans la campagne sanglante qu'il menait contre Eudes et ses partisans. Cette fougue lui fut fatale et devint la cause de sa capture suivie d'une immédiate décollation.

3° Une évocation de la Rome antique au temps

de sa plus grande splendeur, symbolisée par les jeux du Cirque.

4° Napoléon victorieux en Espagne mais maudit par la population toujours prête à la révolte.

5° Un évangile de saint Luc relatant trois miracles accomplis par Jésus sur la progéniture des époux Guedaliël, dont l'humble cabane, illuminée par la présence du divin Maître, s'était soudain remplie d'échos radieux après avoir abrité le deuil le plus amer. Deux jours avant la céleste visite, l'aîné des enfants, jeune garçon de quinze ans, pâle et débile, était mort subitement en exerçant son métier de vannier. Étendu sur sa couche, il tenait encore dans ses doigts crispés l'antenne d'osier maniée par lui au moment fatal. Sur deux sœurs que chérissait le défunt, la première était devenue muette à la suite du saisissement causé par la vue du cadavre; quant à la plus jeune, ce n'était qu'une pauvre infirme laide et bossue, qui ne pouvait consoler ses parents de leur double malheur. En entrant, Jésus étendit la main vers l'impressionnante aphone, qui, aussitôt guérie, chanta rapidement à plein gosier un trille sans fin semblant annoncer le retour de la joie et de l'espoir. Un second geste de la main toute-puissante, dirigée cette fois vers la couche funèbre, rendit la vie au mort, qui, reprenant sa tâche interrompue, courba puis noua dans ses doigts exercés l'antenne d'osier souple et docile. Au même moment, une nouvelle merveille se révélait aux yeux des parents éblouis : Jésus venait d'effleurer du doigt la douce infirme, brusquement embellie et redressée.

6° La ballade d'Hans le Robuste, légendaire bûcheron de la Forêt Noire, qui malgré son grand âge soulevait à lui seul sur ses épaules plus de troncs et de fagots que ses six fils réunis.

7° Un passage de l'*Émile,* dans lequel Jean-Jacques Rousseau décrit longuement la première impression virile ressentie par son héros à la vue d'une jeune inconnue en robe ponceau assise devant sa porte.

8° Une reproduction du tableau de Raphaël intitulé *Satan blessé par l'épée de l'Ange.*

Muni de tous ces matériaux, Fuxier se mit à l'œuvre, nous donnant le captivant spectacle de son étrange et patient travail.

Assis devant son cep de vigne, il fouillait le germe de la grappe future à l'aide d'instruments en acier d'une extrême finesse, ceux-là mêmes qui lui servaient pour la confection intérieure de ses pastilles.

Parfois il puisait dans une boîte minuscule différentes matières colorantes propres à s'amalgamer aux personnages lors de leur développement.

Durant des heures il poursuivait son labeur miraculeux, s'acharnant exclusivement sur l'endroit précis d'où les grains devaient surgir, dépouillés à l'avance de leurs pépins par cette terrible trituration.

XXV

QUAND tout le monde se fut déclaré prêt, Talou fixa la date du sacre et choisit dans le calendrier ponukéléien le jour équivalent au 25 juin.

Le 24, l'ichtyologiste Martignon, qui n'avait jamais interrompu ses excursions en pirogue le long des côtes, rentra fort agité par une surprenante découverte qu'il venait de faire à la suite d'un sondage profond.

Il portait soigneusement à deux bras un aquarium entièrement caché par un léger plaid et refusait d'en montrer le contenu dans le but de ménager son effet pour le lendemain.

Cet événement faisait prévoir quelque importante fluctuation du *Martignon* pour la dernière séance de jeu.

*
*   *

Le 25 juin, dès deux heures de l'après-midi,
chacun se mit au point pour la grande solennité.

Une burette appelée à représenter la sainte
ampoule fut extraite d'un huilier du *Lyncée,* puis
placée sur l'autel à l'usage de Talou, auquel Juillard avait appris la manière de se graisser le front.

Près du flacon l'on campa debout une large
feuille de parchemin, sorte de bulle qui, dictée
à Rao par l'empereur, synthétisait une solennelle
proclamation.

Balbet, ayant imaginé une épreuve de tir iné-
dite, piqua en terre, à droite de l'autel, un large
pieu taillé par un ouvrier de Chènevillot; derrière, dressé dans l'axe voulu, un tronc de sycomore offrait une surface restreinte qui, verticalement aplanie par ordre de l'architecte, devait
arrêter les balles sans risques de fâcheux contre-
coups.

Sur le faîte du pieu l'illustre tireur posa un
œuf mollet dont le maître-coq, d'après sa recommandation, avait soigneusement réglé la cuisson
de manière à solidifier le blanc sans détruire en
rien la souplesse du jaune.

L'œuf, parfaitement frais, venait d'être pondu par une des poules embarquées à Marseille sur le *Lyncée*.

Olga Tcherwonenkoff, les cheveux et le buste ornés de feuillages pris dans le Béhuliphruen, s'était affublée d'un costume de danseuse péniblement improvisé par ses soins. Hector Boucharessas avait cédé un de ses maillots de rechange, qui, patiemment découpé puis recousu, emprisonnait maintenant les jambes et les cuisses de l'imposante matrone; plusieurs rideaux de fenêtre, choisis dans le stock du tapissier Beaucreau, avaient fourni le tulle de la jupe, et l'ensemble était complété par un corsage bleu de ciel largement décolleté, provenant d'une robe de cérémonie emportée par la Livonienne en vue de soirées à passer dans les grands théâtres de Büenos-Ayres.

Jadis, au moment d'exécuter en scène le *Pas de la Nymphe*, Olga, svelte et légère, apparaissait montée sur une biche, au milieu d'un décor forestier sauvage et profond. Soucieuse de réaliser une entrée semblable, l'ex-danseuse comptait se faire porter par Sladki, car un essai tenté la veille avait montré que le gracieux animal était de force à subir pendant quelques instants le poids énorme de sa maîtresse.

En attendant l'heure de se produire, l'élan

soumis et fidèle cheminait paisiblement aux côtés
de la Livonienne.

Bedu avait terminé le matin même la pellicule
peinte destinée à réveiller la mémoire endormie
de Séil-kor. Voulant obtenir des projections très
nettes, Darriand résolut de tenter l'expérience
à la nuit absolument close, en utilisant la toque,
le loup et la fraise découpés jadis par Nina; le
contact de ces trois objets, conservés pieusement par le précoce amoureux, pouvait en effet
contribuer dans une large mesure à la résurrec-
tion soudaine des anciens souvenirs.

Grâce à un travail acharné, Louise Montalescot
avait trouvé la solution du problème tant cherché. En passant toute la nuit dans son laboratoire
suffisamment éclairé par la lune actuellement
pleine et fort brillante, la jeune femme était certaine de terminer son appareil, qui serait prêt à
fonctionner au lever du jour. Les poétiques lueurs
de l'aube se prêteraient parfaitement à un premier essai de reproduction automatique, et Talou,
rempli de curiosité, donna son approbation à
Sirdah, chargée de lui soumettre ce projet d'expérience matinale.

Quant à la pie, elle jouait maintenant son
rôle avec une sûreté infaillible, et l'empereur
n'avait qu'à choisir son moment pour la mettre

à l'épreuve. L'ilote lui-même devait être mû par l'oiseau sur deux rails que Norbert venait de fabriquer avec une provision de mou réclamée au maître-coq.

Aux approches de quatre heures, Mossem, Rul, Gaïz-dûh et Djizmé furent enfermés dans la prison construite par Chènevillot.

Rao garda la clé, puis s'occupa de recruter une poignée d'esclaves capables de l'aider dans la tâche d'organisateur que l'empereur lui avait depuis longtemps confiée.

Bientôt Talou parut en grande toilette.

Tout le monde était présent pour la figuration, y compris les troupes ponukéléiennes chargées de chanter la *Jéroukka*.

Sentant venir l'heure solennelle, Juillard fit une recommandation à notre groupe, déjà massé au sud de l'esplanade.

Pour la remise des décorations, l'historien comptait se baser uniquement sur les impressions du public noir, dont l'instinct naïf lui semblait apte à fournir un jugement sincère et juste.

Nos applaudissements pouvant influencer les spectateurs indigènes et troubler surtout la tâche observatrice du distributeur d'insignes, nous étions invités à garder une muette immobilité après chacune des exhibitions.

Ce mot d'ordre avait en outre l'avantage de refréner d'avance l'enthousiasme partial et intéressé que tel candidat au grand cordon du Delta pourrait inspirer à certains joueurs porteurs de ses actions.

Au dernier moment, voulant se ménager une apparition sensationnelle, l'empereur chargea Rao de régler en dehors de la place des Trophées un cortège qui s'avancerait lentement dans un ordre déterminé.

Le silence s'établit parmi nous, et l'on sait comment la cérémonie du sacre puis la représentation de gala, complétées après une nuit paisible par l'expérience de Louise Montalescot, furent suivies de l'énervante consigne que Carmichaël purgeait en ma compagnie sous la surveillance d'une sentinelle indigène.

XXVI

DEPUIS trois longues heures, le jeune Marseillais, par crainte d'une seconde punition, s'acharnait à répéter la *Bataille du Tez*, qu'il fredonnait maintenant d'une façon impeccable sans que je pusse relever la moindre faute sur le texte ombragé par les branches du sycomore.

Soudain Talou, apparaissant au loin, s'achemina vers nous accompagné de Sirdah.

L'empereur venait lui-même délivrer son merveilleux interprète, auquel il voulait faire subir sans retard un nouvel examen.

Enchanté d'être mis à l'épreuve en un moment où sa mémoire fraîchement exercée le rendait sûr de lui, Carmichaël, toujours fidèle au registre du soprano, se mit à chanter crânement son incompréhensible morceau, qu'il articula cette fois jusqu'au bout sans la plus minime erreur.

Ébloui par cette exécution parfaite, Talou reprit le chemin de la case impériale, après avoir chargé Sirdah d'exprimer à l'intéressé son entier contentement.

Rendu libre par cette agréable sentence, Carmichaël me prit des mains, pour le déchirer avec un joyeux empressement, le texte infernal qui lui rappelait tant d'heures de travail angoissantes et fastidieuses.

Après avoir approuvé en moi-même son geste d'innocente vengeance, je quittai avec lui la place des Trophées pour vaquer aux divers emballages, que rien ne retardait plus désormais.

Notre départ s'effectua le jour même, au début de l'après-midi. Les Montalescot s'étaient joints au cortège, qui, dirigé par Séil-kor entièrement guéri, se composait de tous les naufragés du *Lyncée*.

Talou avait mis à notre disposition un certain nombre d'indigènes chargés de porter nos vivres et les rares bagages qui nous étaient laissés.

Un brancard soulevé par quatre noirs fut réservé à Olga Tcherwonenkoff, qui souffrait toujours de son coup de fouet.

*
* *

Dix jours de marche nous suffirent pour atteindre Porto-Novo; là, comblé de remerciements bien mérités par ses loyaux services, Séil-kor nous dit adieu, afin de reprendre avec son escorte le chemin d'Éjur.

Le capitaine d'un grand navire en partance pour Marseille consentit à nous rapatrier. C'est en France que chacun avait hâte de se rendre, car, après d'aussi troublantes aventures, il n'était plus question de gagner directement l'Amérique.

La traversée s'accomplit sans incident, et le 19 juillet nous prîmes congé les uns des autres sur le quai de la Joliette, après un cordial échange de poignées de mains, auquel seul Tancrède Boucharessas dut rester étranger.

Achevé d'imprimer

le deux octobre mil neuf cent neuf

PAR

ALPHONSE LEMERRE

6, RUE DES BERGERS, 6

A PARIS

I-J-5. — 4954.